**DULCE CHACÓN**

# La voz dormida

punto de lectura

Título: La voz dormida
© 2002, Dulce Chacón
© Santillana Ediciones Generales, S.L.
© De esta edición: abril 2006, Punto de Lectura, S.L.
*Torrelaguna, 60. 28043 Madrid (España)*   www.puntodelectura.com

ISBN: 84-663-0724-9
Depósito legal: B-4.803-2006
Impreso en España – Printed in Spain

Diseño de cubierta: Pdl
Fotografía de cubierta: *Miliciana de la "Columna Uribarry" con un niño en brazos*
                        Archivo General de la Administración (Alcalá de Henares)
Fotografía de la autora: © Chicho
Diseño de colección: Punto de Lectura

Impreso por Litografía Rosés, S.A.

21 / 1

*A los que se vieron obligados a guardar silencio.*

# PRIMERA PARTE

«En vano dibujas corazones en la ventana:
el caudillo del silencio
abajo, en el patio del castillo, alista soldados.»

PAUL CELAN

# 1

La mujer que iba a morir se llamaba Hortensia. Tenía los ojos oscuros y no hablaba nunca en voz alta. Sólo cuando la risa le llenaba la boca, se le escapaba un Ay madre mía de mi vida que aún no había aprendido a controlar, y lo repetía casi a gritos sujetándose el vientre. Se pasaba gran parte del día escribiendo en un cuaderno azul. Llevaba el cabello largo, anudado en una trenza que le recorría la espalda, y estaba embarazada de ocho meses.

Ya se había acostumbrado a hablar en voz baja, con esfuerzo, pero se había acostumbrado. Y había aprendido a no hacerse preguntas, a aceptar que la derrota se cuela en lo hondo, en lo más hondo, sin pedir permiso y sin dar explicaciones. Y tenía hambre, y frío, y le dolían las rodillas, pero no podía parar de reír.

Reía.

Reía porque Elvira, la más pequeña de sus compañeras, había rellenado un guante con garbanzos para hacer la cabeza de un títere, y el peso le impedía manipularlo. Pero no se rendía. Sus dedos diminutos luchaban con el guante de lana, y su voz, aflautada para la ocasión, acompañaba la pantomima para ahuyentar el miedo.

El miedo de Elvira. El miedo de Hortensia. El miedo de las mujeres que compartían la costumbre de hablar en voz baja. El miedo en sus voces. Y el miedo en sus ojos huidizos, para no ver la sangre. Para no ver el miedo, huidizo también, en los ojos de sus familiares.

Era día de visita.

La mujer que iba a morir no sabía que iba a morir.

# 2

El muñeco de Elvira vuelve a ser guante en su mano derecha. Hortensia lo contempla, sin dejar de acariciarse el vientre y procurando que Elvira no advierta su mirada. Un guante. Un solo guante, un guante diminuto tejido por las manos amorosas de una madre puede convertirse en desconsuelo si no se anda con precaución, si la cautela deja de ser compañera de viaje por un descuido, por un instante, el tiempo suficiente para que un rostro se vuelva, para que unos ojos vean lo que hubiera sido mejor que no vieran.

Hortensia se encontraba junto a Elvira en el locutorio, una habitación con un pasillo central flanqueado por vallas tupidas y metálicas. Por el interior del pasillo caminaba una funcionaria vigilando a las internas y a sus familiares. A Elvira la visitaba su abuelo y a Hortensia su hermana, Pepa. Ninguno de los cuatro acertaba a oír nada. Hortensia gesticulaba para que su hermana entendiera que su embarazo no le causaba molestias. Articulaba las palabras precisas, una a una, las justas, despacio, para que Pepa llevara a su marido muchos besos de su parte. Y se abrazaba a sí misma para enviarle un abrazo.

La algarabía de los visitantes no permitía que Hortensia escuchara lo que su hermana se afanaba en decirle.

A gritos, Pepa intentaba ponerla al corriente de que aún no habían fijado la fecha de su juicio.

—Que todavía no se sabe cuándo saldrá tu juicio.

—¿Qué?

—El juicio, que no se sabe nada.

Hortensia se agarró a la alambrada que cercaba el pasillo que la separaba de Pepa. Pepa se agarró a la alambrada de enfrente para acercarse más a ella; fue entonces cuando ambas vieron a la guardiana que recorría el pasillo girar la cabeza, y detener su mirada en el guante de Elvira.

## 3

Los garbanzos de la cabeza del títere aún estaban manchados de sangre. Elvira deshizo el muñeco ante los ojos sorprendidos de su abuelo, que observaba desde el otro lado del pasillo. Alzó el guante. La guardiana pasó de largo, suponiendo que la joven divertía a su abuelo con un juego, y continuó recorriendo el pasillo con paso firme y las manos enlazadas en la espalda. Cuando la funcionaria estuvo suficientemente alejada de ella, Elvira sacó los garbanzos manchados de sangre y se señaló las rodillas.

La distancia y la penumbra impidieron que el anciano viera las heridas de su nieta, aún abiertas.

La guardiana se detiene en seco. Gira la cabeza. Endurece el gesto. Grita: ¡Elvira, atrás! Reanuda la marcha lentamente y se dirige hacia Elvira apretando los labios en un mohín disfrazado de sonrisa. Retuerce los dedos sin retirar las manos de la espalda y vuelve a gritar:

—¡Elvira, atrás!

Elvira da un paso hacia atrás, justo cuando la guardiana golpea la alambrada con su palma izquierda, a la altura del rostro de Elvira.

—La visita ha terminado para usted. Retírese a su galería y espéreme allí.

Y añade, sin gritar, dirigiéndose al abuelo de Elvira:

—Márchese.

El anciano mira a la mujer que tiene al lado, a la hermana de la que va a morir, a Pepa. La interroga con los ojos, pero no pregunta qué ha pasado, porque es mejor no hacer preguntas.

—Váyase, abuelo, la visita ha terminado para su nieta y para usted.

Elvira guarda los garbanzos en el bolsillo, se enfunda el guante en su diminuta mano y la esconde también en el bolsillo, reprimiendo el deseo de agitarla para despedir a su abuelo. Tampoco el anciano se atreve a despedirse de ella. La mira. Y se da la vuelta. Se abre paso entre los familiares, que continúan gritando mientras se empujan unos a otros para ocupar el espacio que ha dejado libre junto a la valla metálica. Y se marcha sin haber comprendido nada.

Nada. En absoluto.

# 4

No había nevado. Las mujeres formaban corros en el patio para sumar sus tibiezas, para reunir entre ellas un poco de calor. Poco. Atisbaban el cielo, con el deseo de que la nieve cayera. Si nieva, templa, insistía Reme, la mayor del grupo, mientras Tomasa, una extremeña de piel cetrina y ojos rasgados, la miraba incrédula.

—Que templa, te lo digo yo.

—Qué sabrás.

—Lo sé, porque mi hijo vive en León, y me lo cuenta. Además, el año pasado cuando nevó, templó.

—Ya se verá.

Tres días llevaban mirando al cielo.

—¿Y qué hace tu hijo en León?

—Está a la mina.

—¿Y ha visto el mar?

—Si en León no hay mar.

—Ah.

—Pero un día vio a la Pasionaria.

—¡Anda ya!

Reme entretenía sus dedos peinando a Hortensia, haciendo y deshaciendo su trenza una y otra vez.

—Yo tenía asín de largo el pelo. Y asín de negro.

—¿De verdad que tu hijo vio a la Pasionaria?

—De lejos, pero la vio.

Tres días estuvieron mirando al cielo. Y tres días estuvo Elvira sin poder verlo. Los tres días que permaneció recluida en la celda de castigo por haber intentado explicarle a su abuelo que soportó el dolor en los interrogatorios, hincada de rodillas sobre los garbanzos, sin despegar los labios, sin contestar una sola pregunta, sin desvelar la identidad de su hermano Paulino.

Y ahora, arrellanada en un rincón del patio, después de haberse negado a compartir el corro donde Tomasa, Reme y Hortensia intentan mitigar el frío, Elvira se acaricia las mejillas con los guantes que le había tejido su madre.

Y comenzó a toser.

—Elvirita se ha puesto mala.

—Tiene calentura desde que salió del «cubo».

—Habrá que avisar a la guardia civila.

—Para el caso que te va a hacer.

Reme dejó de anudar la trenza de Hortensia.

—Yo voy a ir.

—Pues ve, ya volverás.

—Cuidado que eres refunfuñona, Tomasa. Únicamente sabes refunfuñar que refunfuñar. Refunfuñar únicamente, carajo.

Tomasa puso en jarras los brazos bajo su toca de lana y se le encaró:

—¿Y qué otro carajo se puede hacer aquí?

Las discusiones de Tomasa y Reme nunca duraban mucho. Antes de que ambas se acaloraran, mediaba Hortensia entre ellas y las calmaba sin mucha dificultad.

Pero en esta ocasión, Hortensia no las escucha siquiera. Porque toda su atención se concentra en Elvira. La contempla, procurando que Elvira no advierta su mirada.

Hortensia ha dejado de acariciarse el vientre. Se sujeta los riñones mientras camina hacia el rincón donde Elvira desliza por sus mejillas los guantes que le hizo su madre poco antes de morir.

Y Elvira tirita.

# 5

La fiebre no es más que otra forma de delirio. Delirar es soñar. Y soñar es sentirse lejos. Soñar es estar de nuevo en casa. Lejos. Huele a mandarinas. Elvira está en casa. Y le fascina la música que escucha en la radio.

*Ojos verdes, verdes como la albahaca...*

A Elvira le apasiona Miguel de Molina, y Celia Gámez, y la zarzuela, también le gusta mucho la zarzuela, y Antoñita Colomé y doña Concha Piquer. A ella le gustaría ser cantante, y que los maestros Valverde, León y Quiroga le compusieran unos *Ojos verdes* sólo para ella, con brillo de faca.

*... y el verde, verde limón.*

Pero su padre ha prohibido terminantemente a su madre que aliente las fantasías de la niña. Y su madre, doña Martina, apaga la radio en cuanto siente llegar a su marido. Ella no cree que las canciones sean obscenas, aun así, apaga la radio para que él no se enfade.

—Mamá.

Doña Martina ha apagado la radio. Y Reme regresa para decir que no hay sitio en la enfermería, que la guardiana le ha dicho que la enfermería está llena.

Y que no tiene entrañas, ha dicho:

—Esa guardia civila no tiene entrañas en las entrañas.

La extremeña de piel cetrina expresa un Ya te lo dije sin pronunciar palabra, bajando a la vez la barbilla y las pestañas al tiempo que tuerce los labios, bien apretados. No ha permitido que Hortensia se acerque al petate de Elvira, por temor a un mal parto si llega a contagiarse.

—No te arrimes, no vaya a ser, que ya tenemos bastante con lo que tenemos de sobra.

Y continúa aplicando paños de agua fría en la frente que arde, en los brazos que arden, y en la nuca, y en el cuello.

—Mamá.

Pero la fiebre no baja. El delirio mantiene el sueño en los ojos abiertos de Elvira y, a escondidas de su padre, canta un cuplé para su madre y para su hermano Paulino. Ellos aplauden. Ella se siente artista. Nunca entenderé de dónde te viene la chispa, le dice su madre mientras coloca una fuente de mandarinas en el centro de la mesa. Nunca lo entenderé, repite.

—No me lo explico.

Y no se lo explica doña Martina, porque ella es hija de un militar más bien soso, nacida en Pamplona, y esposa de otro militar, más soso si cabe, casada en Burgos, y jamás ha conocido gracia o cascabel alguno, ni en ella ni en su familia ni en la familia de su marido.

—Ha sido Valencia, mamá. El sol. Las flores. El clima. Valencia tiene la culpa. Y tú, por haberla parido aquí, como a una naranja.

Sonríe Paulino. Paulino. Su hermano mayor. Su héroe, aunque aún no se haya marchado a la guerra.

21

Elvira adora a Paulino, que se ríe de ella, y de su madre, de las dos, y Elvira se queja:

—Mamá.

Y Hortensia escribe en su cuaderno azul. Escribe a Felipe. Le escribe que siente las patadas de la criatura en el vientre, y que si es niño se llamará como él. Escribe que piensa que Elvirita se muere, como se murió Amparo, y Celita, sin dejar de toser, como se murieron los hijos de Josefa y Amalia, las del pabellón de madres. Escribe que la chiquilla pelirroja tiene una calentura muy mala. Y que lo único que pueden hacer por ella es darle el zumo de las medias naranjas que les dan a cada una después del rancho. Escribe que no sacan mucho porque están muy secas.

—Mamá.

Reme y Tomasa se miran, y miran a Hortensia. Reme recuerda a su madre. Muchas veces le hubiera gustado llamarla, así, como Elvira llama a la suya, aunque su madre esté muerta desde hace más de veinte años, muchas veces, pero no se ha atrevido nunca. Tomasa incorpora a la niña y le da a cucharadas el zumo de las medias naranjas del postre de todas. Elvira traga. Y entre cucharada y cucharada se queja:

—Mamá.

Tomasa añora también a su madre, al igual que Hortensia, que levanta la vista de su cuaderno azul.

—Mamá.

Y el quejido de Elvira es el quejido de todas.

# 6

En la puerta de la prisión, el abuelo de Elvira espera a la mujer que conoció en su anterior visita. No le han permitido ver a su nieta. Está enferma, le han dicho. Pero han cogido la lata de cinc donde le lleva siempre la comida, y se la han devuelto vacía, buena señal. Y ahora espera a Pepa, la hermana de la mujer que escribe su diario en un cuaderno azul.

—Señorita.

Es menuda, y rubia. Camina con pasos cortos, acelerados, porque ha empezado a llover.

—Señorita.

Va enfundada en un abrigo demasiado grande. Y un mechón de cabello se le escapa de la toquilla que cubre su cabeza, una toquilla negra bastante ajada.

—Señorita.

El anciano se levanta apenas el sombrero para saludar mientras se acerca a ella.

—¿Es a mí?

—Usted perdone, señorita.

Ninguno de los dos lleva paraguas. Y ambos tienen los ojos de un color azul clarísimo, casi celeste.

—¿Sabe usted algo de mi nieta?

—¿De quién?

—Elvira González Tolosa, mi nieta.

—¿La chiquilla pelirroja?

—Exacto, sí.

—Está con mi hermana en la galería, pero hoy no ha salido a comunicar.

—Ya, ya, precisamente. Verá...

—Ahora me acuerdo de usted.

—¿Se acuerda?

El anciano levanta las solapas de su chaqueta para cubrirse el cuello. Viste traje y corbata negros, pero no lleva abrigo y a Pepa le extraña porque su aspecto es de un gran señor y la calidad de su vestimenta se advierte hasta en el fieltro de su sombrero.

—Sí, que le trataron de muy malas maneras, muy malamente, sí. Venga, arrímese aquí que nos vamos a empapar.

El anciano la sigue, y una vez a resguardo, se levanta el sombrero.

—Perdone, no me he presentado. Me llamo Javier Tolosa Ibarmengoindia.

—¡Josú!

—Encantado de conocerla.

—Josefa Rodríguez García, para servirle.

Pepa siente lástima al verlo tan caballero, y tan aterido. Sus miradas azules se encuentran por primera vez. A ella la calienta un abrigo que había sido de su padre, y no sabe que el abuelo de Elvira vendió el último que le quedaba hace apenas una semana.

La joven se dispone a escuchar al anciano. Observa su delgadez extrema, su piel finísima y pálida, casi

transparente, la elegancia de los dedos largos que suje-
tan la solapa que abriga su garganta.

—Usted dirá.

En cuanto el abuelo de Elvira comienza a hablar,
Pepa percibe la fragilidad en su voz. La conoce bien, esa
fragilidad. Palabras a medias. Palabras buscadas y silen-
ciadas antes de llegar a los labios.

—Me han dicho que está enferma, pues.

Palabras que se niegan a ser pronunciadas.

—¿Le ha dicho algo su hermana, de mi nieta...?

Él quiere preguntar algo más.

—¿Sabe usted si...?

La lata de cinc tiembla en la mano de don Javier
Tolosa Ibarmengoindia. Si ha muerto, quiere preguntar.
Pepa sabe que es eso lo que el abuelo de Elvira quiere
preguntar. Y sabe que no se atreve a preguntarlo.

—Le han cogido la comida, ¿no?

Dice, señalando la lata vacía.

—Sí.

—Entonces no se preocupe.

Y le cuenta que ella regresó a su casa con la lata llena
la última vez que visitó a su padre en la cárcel de Porlier.

—Mi padre era maestro tornero en Córdoba, ¿sabe
usted?

Le dice que se vinieron de Córdoba al acabar la
guerra, porque su padre estaba con la República y allí lo
sabía todo el mundo.

—Y aquí lo debían de saber también, porque lo
trincaron nada más llegar a Madrid.

No le traigas más comida, no la va a necesitar, dice que
le dijeron en la puerta de la cárcel de Porlier. Y rechazaron

la lata cuando Pepa se disponía a entregarla. Tu padre ya no está aquí. ¿Y dónde está? No está. No preguntes, vete, y no vuelvas más. Y mucho cuidadito con llorar y formar escándalo.

—Así lo supe yo.

Dice, señalando su propia lata.

Así supo que no volvería a ver a su padre.

—Y así sabe usted que su nieta está ahí dentro.

Pepa señala esta vez la lata vacía del abuelo de Elvira.

Y el anciano controla la intención de sus ojos. Y ella también.

## 7

Aún se pregunta Pepa cómo ha reunido el valor suficiente para enviarle un mensaje a Hortensia. Y sigue estando nerviosa, a pesar de que hace horas que regresó del penal. Hace horas que se ha despedido del abuelo de Elvira. Hace horas que vio caminar a don Javier bajo la lluvia, con la cabeza baja, alejándose de ella abrazado a su lata vacía. Hace horas que ha llegado a casa de los señores. Y ya le ha preparado la sopa a don Fernando.

Tiembla.

Ha de tener cuidado.

Porque ella no es valiente, como lo es su hermana, que no dudó en incorporarse a las milicias. Porque Hortensia fue miliciana. Y guerrillera también, se fue a la guerrilla poco después de la muerte de su padre, aun estando embarazada de cinco meses.

Le ha mentido al abuelo de la niña pelirroja.

Le ha mentido al caballero que tiene unos apellidos tan raros, porque en los tiempos que corren hay que guardarse algunas verdades. A su padre no lo cogieron por estar con la República, lo cogieron porque sabían que el marido de Hortensia estaba en el monte; y lo mataron porque no quiso decir dónde estaba. Su padre era valiente. Su padre era tan valiente como Hortensia. Porque a ella también se la llevaron para interrogarla cuando a su padre ya no le podían interrogar. Casi a diario se la llevaban, creyendo que un día les iba a decir que su marido estaba con El Chaqueta Negra, creyendo que un día les iba a decir dónde estaba. Un día, Hortensia se iba a cansar de tanto ir y venir con el miedo a cuestas. Pero no se cansó. Ella soportó lo suyo. Y se fue detrás de su hombre porque un somatén que había venido de Barcelona le dio una patada en el vientre. Sólo temió perder al hijo que esperaba. Hortensia era valiente.

Pero Pepa no resistiría ni una sola patada. Ella no. Si a ella la cogen, los cogen a todos. Ella es igual que su madre, que no soportó un invierno detrás de un parto prematuro, el suyo. Menuda, indefensa, débil y rubia, como sin hacer, como su madre.

Ha de tener cuidado.

Piensa.

Y vigila la bandeja porque aún le tiemblan un poco las manos y no quiere derramar la sopa que lleva para don Fernando. Camina despacio, mirando hacia el frente y luego hacia el plato de sopa, y después al suelo y luego al frente y después al plato y al suelo.

Procura no mirar el pan.

Camina despacio y tarda en llegar al comedor lo que no ha tardado nunca. Los cubiertos tintinean cuando deposita la bandeja en la mesa. Pero no ha derramado ni una gota de sopa. Ni una sola gota.

—Pepa.

La voz de don Fernando llega de la sala. Ella acude a la llamada retirándose el mechón que le resbala en la frente y se sitúa junto a la chimenea encendida para aprovechar un poco de calor mientras pregunta:

—¿Mande?

Don Fernando deja el periódico sobre sus rodillas y se quita las gafas para mirarla:

—Hace frío. Hoy voy a cenar aquí.

Pepa abandona el calor de las llamas y regresa a la bandeja y a la sopa, decidida a controlar su temblor.

No quiere ver el pan. Pero lo mira. Lo mira y sonríe mientras alza de nuevo la bandeja. Lo mira.

Sonríe.

Tiembla.

Y piensa en Hortensia. Imagina su estremecimiento cuando muerda su pan, cuando sus labios rocen el mensaje de Felipe. La carta que ella misma recogió en el camino de Cerro Umbría, bajo la tercera piedra después del poste de luz con un tajo en el medio, una piedra bien grande y bastante plana que tiene un matorral delante que la oculta del camino. La misma piedra que le señaló su cuñado Felipe cuando se llevaron a Hortensia:

—Mira, y fíjate bien. Aquí debajo, dentro de una lata que hay aquí debajo, te dejaré mañana una cosa. La coges sin que nadie te vea, y se la llevas a Tensi.

Porque él la llamaba siempre Tensi. La coges sin que nadie te vea. Pepa le miró a los ojos, y no quiso decirle que se sentía desfallecer de miedo. Le dijo que había ido al cerro para avisarle de que en las granjas de El Altollano la Guardia Civil contaba los animales por la noche, y obligaba a los paisanos a entregar las llaves de los corrales, y que por la mañana devolvía las llaves y contaba de nuevo los animales para saber quién vendía

provisiones a la guerrilla. Y que así había caído Hortensia, cuando se disponía a comprar una gallina. Ella sólo
había ido a contárselo, para que no la esperara. Y querría
haberle dicho que había ido con el miedo aplastándole el
cuerpo y que mientras esperaba a Felipe junto al matorral, cuando escuchó los tres golpes de piedra de la contraseña, casi se olvida de que tenía que contestar con otros
tres golpes. Y que no volvería nunca al cerro, eso querría
haberle dicho. Pero no se lo dijo. Le miró a los ojos y vio
en ellos la mirada de su hermana, la misma mirada que
Hortensia le puso al pedirle que fuera al cerro a decirle a
Felipe que no la esperara. La misma mirada tenía Felipe,
y Pepa le prometió llevarle a Hortensia lo que él quisiera mandarle.

Pero la primera vez fue más fácil. Aquel día dejaron
de temblarle las piernas en cuanto levantó la piedra casi
plana escondida detrás del matorral y abrió la caja de lata. Porque lo que Felipe había dejado para Hortensia no
estaba prohibido que se lo llevara. Y lo entregó al llegar
a la cárcel de Ventas, en la puerta, a la monja que se
encargaba de recoger los paquetes. Era sólo un cuaderno en blanco.

Un cuaderno azul.

# 8

Antes de tragarse el papel, Hortensia lo retiene en la boca. Lo ha leído más de veinte veces. Lo ha memorizado y sigue las instrucciones de Felipe. No lo rompas, podrían encontrar los pedazos. No quiere tragar, desea mantener en su boca los besos que le manda Felipe. No lo quemes, podrían sorprenderte antes de que hubiera ardido por completo. Quiere saborear su nombre, escrito por la mano de Felipe. Cómetelo, Tensi, no sabe mal, y piensa en mí. La celulosa se va deshaciendo y Hortensia no quiere tragar. Piensa que estaré en tu boca, Tensi. La bola seca que se formó al principio es ya una pasta amarga con sabor a tinta. No quiere tragar, pero los pasos de la guardiana se acercan. Te mando muchos besos, Tensi, todos los que no he podido darte. Los pasos de la guardiana se acercan. Te mando muchos besos, Tensi. Los pasos de la guardiana resuenan por la galería, es la hora del taller. Aguanta, vida mía.

El sonido metálico y creciente de las llaves se suma al ruido de la puerta al abrirse. Hortensia intenta tragar. Te quiero, Tensi. El esfuerzo de papel y tinta le produce arcadas. Por aquí andamos igual, mal y bien según el día. Pero Hortensia controla sus náuseas, y traga. Por la noche, cuando cambiamos de campamento y se ven las estrellas, miro siempre la nuestra, pronto la veremos juntos, muy pronto. La náusea y el esfuerzo por tragar provocan una lágrima de Hortensia.

La funcionaria ha entrado ya.

Es Mercedes.

—¡Al taller!

Acompaña su voz cantarina dando palmas. Repite:

—¡Al taller!

Las mujeres que acuden al taller de costura en los sótanos de la prisión forman una fila para seguir a Mercedes en silencio y en orden. Hortensia enrolla su petate de borra, se seca la lágrima y busca su cuaderno azul. Ella no va al taller, porque aún no tiene condena. Tomasa permanece junto a la cabecera de Elvira. Y tampoco va al taller. Tomasa no va por principios. Se niega a coser uniformes para el enemigo. Tomasa sostiene que la guerra no ha terminado, que la paz consentida por Negrín es una ofensa a los que continúan en la lucha. Ella se niega a aceptar que los tres años de guerra comienzan a formar parte de la Historia. No. Sus muertos no forman parte de la Historia. Ni ella ha sido condenada a muerte, ni le ha sido conmutada la pena, para la Historia. Ella no va a dar treinta años de su vida para la Historia. Ni un solo día, ni un solo muerto para la Historia. La guerra no ha acabado. Pero acabará, y pronto. Y ella no habrá cosido ni una sola puntada para redimir pena colaborando con los que ya quieren escribir la Historia. Ni una sola puntada. Y por eso mira a Reme con desdén cuando Reme se incorpora a la fila. Porque Reme ha abandonado. Se ha vuelto mansa. Reme no sabe valorar el sacrificio de los que siguen cayendo. Ella es una derrotista, que sólo sabe contar los muertos. Ella sólo sabe llorarlos. Y cuenta su historia, su pequeña historia, siempre que puede, como si su historia acabara aquí. Pero no acaba aquí. Desde luego que no, y Tomasa no piensa contar la suya hasta que todo esto haya acabado. Y será lejos de este lugar. Lejos. Observa a Reme. Y Reme se incorpora con mansedumbre a la fila ignorando su desdén.

Hortensia se oculta de Mercedes volviéndose hacia la pared, e intenta despegar con la lengua un resto de pasta de papel que se le ha adherido al paladar.

Un resto. Un pequeño resto.

Muy pronto acabará todo, quizá incluso antes de que salga tu juicio, y estaré contigo cuando nazca el crío. Si es niña, la llamaremos Hortensia, como tú, Tensi.

# 9

No hace dos semanas que Mercedes consiguió su primer trabajo, como funcionaria de prisiones. Por ser viuda de guerra lo consiguió, y le gusta. Lleva el pelo cardado, recogido en un moño alto con forma de plátano que deja ver la cabeza de multitud de horquillas a lo largo de su recorrido, desde la nuca a la coronilla. Ella prefiere no hundirlas del todo, prefiere que se vean, y las cuenta una a una cuando se peina. Siente que le favorece ese peinado, y también le favorece el uniforme. Se ciñe el cinturón apretándolo al máximo para marcar su cintura, y siempre, al acabar de ponerse su capa azul, se da una vuelta frente al espejo.

Antes de conducir a las mujeres al taller de costura, se acerca a la cabecera de Elvira y le pregunta a Tomasa cómo sigue la niña:

—¿Cómo sigue la niña?

—¡Cómo va a seguir, mal!

Tomasa endurece la expresión de su rostro. Las arrugas se hunden como surcos en su piel color de aceituna al fruncir el ceño. Sus ojos rasgados se achinan para mirar con desprecio. Hortensia la observa. Sentada sobre su petate enrollado, cierra su cuaderno azul y le dirige

34

una mirada de No seas tan bruta. Mercedes le entrega a hurtadillas unas píldoras que ha traído a escondidas, mientras toca la frente de la enferma.

—Dele una por la mañana y otra por la noche.

A Tomasa no se le ablanda el corazón, por mucho que Hortensia la mire así, por mucho que sepa que Mercedes se arriesga a ser descubierta por la chivata, que acecha sus movimientos desde el primer lugar de la fila, ávida por encontrar cualquier información que le sirva de moneda de cambio. No se ablanda, porque a ella no se la dan, nadie se la da, y la nueva sólo pretende hacerse la buena. Toma las pastillas que Mercedes le ofrece y las esconde en la mano bajo su toca de lana sin darle las gracias, en el momento en que Elvira abre los ojos, despejados y atentos por primera vez desde que comenzó su delirio.

—¿Estamos en Valencia?

—No, hijita.

—Creía que estaba en Valencia.

Mercedes se alegra al verla despertar. La arropa, y vuelve a tocarle la frente.

—Tiene menos fiebre. Pero, de todas formas, dele la medicina.

Dice, dirigiéndose a Tomasa y bajando la voz, porque se ha acostumbrado a hablar de este modo con las internas. Ya encabezando la fila, ordena:

—Que se abrigue bien.

La extremeña de piel cetrina asiente sin pronunciar palabra.

—¿Tienes frío, Elvirita?

—¿Me voy a morir?

35

Tomasa busca con la mirada a Hortensia y a Reme para sonreírles. Sonríe, con la boca abierta. Reme y Hortensia entienden el motivo de su sonrisa y sonríen también.

Reme camina hacia el taller de costura. En fila, en silencio y en orden, sigue a Mercedes y a las demás, mirando atrás, a Tomasa. Y Hortensia toma de nuevo su lápiz sin dejar de sonreír.

Elvirita no va a morirse, dicen aquellas sonrisas cómplices.

No. Elvira no va a morir.

# 10

En silencio y en orden abandonan la sala las mujeres hacia el sótano de la prisión de Ventas. Y Elvira le
contesta, a Tomasa, que no tiene frío.

—Pero tengo hambre.

Pero tiene hambre. Tiene tanta hambre como en el
puerto de Alicante, cuando esperaba un barco que nunca
llegó, y a su madre se le acabaron las joyas y ya no tenía
nada para cambiar por chocolate a la guardia italiana que
los vigilaba, y el dinero republicano ya no era de curso
legal, y los billetes que había ahorrado doña Martina en-
vejecían inútiles en el fondo de una caja de caoba, una
caja preciosa que había comprado su padre en Guinea.
Porque su padre había vivido en Guinea, antes de conocer a su madre, antes de que lo trasladaran a Pamplona y
luego a Burgos, donde se casó con ella y nació Paulino.
Su padre había vivido en muchos sitios. Elvira sólo en
dos: nació en Valencia, y no salió de Valencia hasta que la
trajeron aquí, a esta ciudad que ni siquiera conoce, de
la que ha visto tan sólo una plaza de toros, muy bonita, a
través de los barrotes de la puerta del furgón. Ni siquiera conoce Alicante, sólo vio una calle con muchas palmeras camino del puerto.

Pero su padre conocía bien todas las ciudades en las que vivió, y de cada una de ellas conservaba un recuerdo. De Malabo se trajo la cajita de madera donde su madre guardaba los ahorros, pero se trajo también una dolencia en el estómago que le obligó a abandonar el ejército cuando la ley de Azaña. Era teniente cuando se retiró. Y Elvira recuerda que su madre se puso muy contenta. Pero no se puso tanto cuando volvió a incorporarse, aunque le hubieran ascendido a capitán. No se puso nada contenta. Fue al principio de la guerra, y el batallón donde su padre era capitán se llamaba Alicante Rojo. Así lo escribía su padre en las cartas, Batallón Alicante Rojo, delante de la fecha y detrás de ¡Viva la República!

Dos días después de recibir el primer ¡Viva la República!, que llegó desde Segorbe, un pueblo de Castellón, Paulino entró en casa con un papel en la mano.

En la boca, Paulino escondía una sonrisa.

—Me he alistado como voluntario, mamá.

Su madre abandonó el peine y la melena roja de Elvira:

—Eres demasiado joven.

—No.

No, replicó Paulino con firmeza mostrándole el papel que llevaba en la mano. Su madre continuó peinando a Elvira:

—Eres demasiado joven, Paulino.

No añadió nada más; acostumbrada a que las decisiones de los hombres no se discuten. Paulino ya es un hombre, le había escrito su marido en la primera carta, y la República le necesita.

Cuando la madre, doña Martina, acabó de anudar una cinta en la cola de caballo que le había hecho a Elvira, la niña corrió a la habitación de su hermano.

—¿Tú también te vas a la guerra?

—Mueve la coleta como a mí me gusta, chiqueta.

El cabello de Elvira azotó el aire a izquierda y derecha, y su hermano aprovechó los ojos cerrados de la niña para tirar de un extremo del lazo.

—Mamá, mamá, Paulino me ha deshecho la coleta.

Paulino se marchó al frente esa misma tarde. Acababa de cumplir diecinueve años.

Las cartas del padre de Elvira llegaban casi a diario a Valencia. La madre se las leía a la hija con voz cadenciosa, entonando las palabras como en un cuento infantil junto a la cabecera de la cama. La misma voz que pone Tomasa para contarle que lleva cinco días en pleno delirio.

Al principio, doña Martina esperaba las cartas con alegría y las leía con emoción. Pero según pasaba el tiempo, la alegría de la espera dio paso a la congoja de esperar. Y al más mínimo retraso, la congoja se convertía en angustia.

Llevaba más de siete meses recibiendo carta de su marido casi a diario. Algunas eran notas apresuradas escritas en cualquier papel, en cualquier parte, sólo para que ella supiera que se encontraba bien, y que no la olvidaba.

No te olvido.

Por eso doña Martina, al cumplirse la segunda semana de la llegada de la última carta, supo que ya no debía esperar ninguna más.

Pero se sorprendió cuando llegó la maleta.

Llegó su maleta.

Un sargento pagador se la llevó a casa.

Su maleta.

Doña Martina abrió la puerta y el sargento le mostró la maleta diciendo que la enviaban desde Trijueque.

—En Guadalajara ha pasado un desastre muy gordo, con los italianos.

Elvira vio palidecer a su madre y taparse la cara con las manos.

—Vaya a Capitanía General, señora. Allí hay unas listas muy grandes con muchos nombres.

La niña cogió la maleta que el sargento pagador alzaba del suelo. Le dio las gracias y cerró la puerta. Doña Martina no apartaba los ojos de la maleta.

Quizá lleguen en su interior las cartas que faltan, todas juntas, las de los últimos quince días, o quizá su marido le envía un recuerdo de Trijueque. Sí, abrirá la maleta doña Martina con ese resto de esperanza. Con un resto de esperanza, aunque sólo sea por un instante, abrirá la maleta negando la verdad que ha ido aceptando según comenzaron a faltar noticias de su marido, la verdad que ahora, que es más evidente que nunca, no quiere admitir. Porque aún es posible que no sea cierto. Aún es posible. Y mientras Elvira arrastra la maleta hacia el salón, su madre reniega de la certeza que asumió poco a poco en los últimos quince días.

No, aún es posible que no sea verdad.

No.

Aún es posible que en una maleta lleguen quince cartas.

Sus dedos acariciarán la suavidad de la piel, recorrerán la huella de muchos viajes. Se detendrán en el cuero que engarzan las hebillas y desabrocharán los cintos lentamente.

Porque aún es posible.

No te olvido.

Aún es posible que desde Trijueque llegue un recuerdo.

Es el nueve de marzo de mil novecientos treinta y siete.

Era el nueve de marzo, cuando doña Martina abrió la maleta. Esa misma mañana, Elvira acudió con su madre a Capitanía General, y no encontraron el nombre de su padre en las listas.

El nueve de marzo de mil novecientos treinta y siete, su madre le dijo a Elvira que habría que avisar a Paulino, poco después de cerrar la maleta, donde sólo encontraron dos uniformes, una gorra de plato, dos pares de leguis y ropa interior; ningún objeto personal, y todo el silencio, de su padre.

## 12

Muchas veces, y muchas más, fueron Elvira y su madre a Capitanía General de Valencia para buscar el nombre de su padre en las listas. Y en todas las ocasiones regresaron sin haberlo encontrado. Pero Elvira sueña que no ha muerto. Fantasea aún con que un día volverá. Ha de regresar para reñirle cuando cante *Ojos verdes*. Y ella le ayudará a ponerse los leguis que venían en su maleta. Los ceñirá con cuidado, para no mancharlos con el betún de los zapatos, que brillarán como nunca en los pies de su padre.

Después de más de tres años, aún fantasea.

*Dejaste mis brazos cuando amanecía...*

Las mujeres regresan mansamente del taller de costura, en fila, en silencio y en orden. Reme y Mercedes se acercan a la cama de Elvira.

*... y en mi boca un gusto a menta y canela...*

Tomasa interrumpe la melodía que tararea para la chiquilla pelirroja que no va a morir.

—Ha vuelto a dormirse. Ha dormido un buen rato y creo que ahora se está despertando.

—Bendito sea Dios.

Se le ha escapado a Reme, ese Bendito sea Dios. Se le ha escapado al ver la tranquilidad del sueño de Elvira.

Se le ha escapado delante de Tomasa, que huye siempre de semejantes expresiones.

—Sea por siempre Bendito y Alabado.

Contesta Mercedes, y Tomasa se levanta sin mirarlas y se retira al rincón donde tendió los paños higiénicos que lavó ayer por la tarde. Comprueba que están húmedos aún y que han quedado algunas manchas. Y maldice en voz baja:

—Maldita sea mi estampa.

Maldice porque se ha puesto de mal humor. Y porque ya no tiene edad para menstruar, y durante el último año se le retrasa todos los meses. Pero viene. Viene cada mes con más hemorragia y sólo tiene tres paños, y en invierno tardan demasiado en secar.

—Maldita sea. Maldita sea la madre que la parió.

Lo ha dicho entre dientes. Pero Mercedes lo ha oído. Lo ha dicho mirando a Mercedes. Y la guardiana se acerca a ella:

—¿Qué ha dicho?

—He dicho maldita sea.

—¿Y qué más?

—Nada más.

—La he oído decir algo más.

La mujer que lleva el pelo cardado y un moño con forma de plátano se impacienta. Hace apenas dos semanas que trabaja como funcionaria de prisiones, y es la primera vez que se enfrenta a un conflicto. La he oído decir algo más, repite alzando la voz.

Tomasa guarda silencio. Se cubre el pecho con la toca de lana y al tiempo que cruza los brazos, y sin apenas mover los pies, carga el peso de su cuerpo sobre la cadera derecha echándose levemente hacia atrás. Conoce la inexperiencia de Mercedes. Sabe que quiere hacerse la simpática, la buena. Pero no lo es. La tiene frente a sí, y está nerviosa. Parece que le palpita una vena en la sien. Mercedes es débil, por eso necesita esconderse de las otras funcionarias para hablar con las internas en voz baja. Y por eso se acerca a ellas, porque es débil, y pretende ser buena. A Tomasa no va a engañarla. Tomasa sabe perfectamente de qué lado está.

—La he oído decir algo más, ¿qué más?

Mercedes insiste en preguntar. Y Tomasa insiste en su silencio. No es su intención medirse con ella. Pero se mide. No es su intención retarla. Pero la reta. La mira fijamente y levanta la barbilla.

Desde una distancia prudente, la chivata observa con una sonrisa en los labios. Mercedes la ve sonreír, contiene la respiración y traga saliva. Vuelve a tragar. Y grita:

—¡Conteste!

Ya todas las mujeres que ocupan el pasillo de la galería la están mirando. La impotencia crece en la rabia de Mercedes. Sí, le palpita una vena en la sien. Grita aún más:

—¡Conteste!

A Tomasa le gustaría contestar que maldice a la putísima madre que la parió. Pero no lo hace. Porque el silencio es lo que más les duele, mantiene la boca cerrada y la misma posición, asentando su firmeza en la cadera y en sus brazos cruzados.

En quince días no se puede aprender un oficio, pero Mercedes ha de reaccionar si no quiere que la chivata la acuse ante sus superioras de falta de autoridad, y que las internas descubran que no sabe qué hacer. Ha de reaccionar, eso es lo único que sabe. Tomasa también lo sabe. Achina los ojos. Y espera.

La bofetada resuena en la galería.

Las mujeres que mantenían la mirada fija en Mercedes bajan la vista.

Elvira acaba de despertar. Aunque aún no puede abrir los ojos.

## 13

Es más fácil guardar el luto cuando se puede velar al muerto. Es más fácil si se ha tenido la posibilidad de abrazar su cabeza, como hizo Tomasa antes de vestirse de negro. Doña Martina no tuvo esa suerte. Doña Martina no pudo leer siquiera el nombre de su marido en las listas de Capitanía General. Y por eso Elvira, su hija, la más pequeña de la galería número dos, puede soñar. Aunque Paulino les contara al llevarlas a Alicante que el Batallón Alicante Rojo fue aniquilado en una carretera de Guadalajara. Nadie sobrevivió al bombardeo.

—Los aviones volaban tan bajo que los barrieron a todos. Y a padre el primero, que él no era de los que corren para atrás.

Doña Martina escucha sin un solo pestañeo, con la mirada fija en Paulino, que ha regresado únicamente para asegurarse de que su madre y su hermana se marcharán de Valencia. Ha regresado con un camarada para acompañarlas a Alicante. En el puerto cogerán un barco que las llevará a Orán.

—Has de irte con Elvirita, madre.

Madre. Su hijo la llama madre. Nunca más la llamará mamá. Lleva pantalón y chaqueta de pana, una boina con visera y un fusil ametrallador al hombro. Le asegura que la situación es muy peligrosa, que Casado pretende negociar la paz con Franco para que no haya represalias. Ya ha enviado mensajeros a Burgos. Es un golpe de Estado.

—Madre, ¿me oyes?

Madre. Doña Martina sólo ha entendido que su hijo la llama madre, y sólo ha oído la palabra paz.

—Entonces, ¡ya llega la paz!

La desesperación de Paulino obliga a intervenir a su compañero, que rodea los hombros de doña Martina y le explica que lo que está llegando es mucha sangre. Las represalias no van a cesar.

—Has de sacar a la chiqueta de aquí, madre.

Ella asiente con un gesto. Guarda en el bolso la caja de sus ahorros. Y suspira.

—¡Vamos!

Se ajustó Paulino el fusil al hombro mientras dijo ¡Vamos! Se lo dijo a Felipe, el camarada que le acompaña desde que se incorporó a filas. El miliciano que ha sido su sombra desde el día que ambos llegaron a Benimamet para recibir un curso de instrucción guerrillera. Ocho semanas estuvieron allí. Después se incorporaron los dos al XIV Cuerpo del Ejército Guerrillero y les asignaron la zona de Extremadura. Juntos atentaron contra el ferrocarril Mérida-Cáceres. Y al día siguiente, Felipe le salvó la vida en un enfrentamiento con tropas regulares. Desde entonces no se han separado.

—No se angustie, señora, pronto podrá volver.

Paulino cargó con la maleta que un día trajera el sargento pagador, donde su madre llevaba la ropa que mandó teñir de negro el día nueve de marzo de mil novecientos treinta y siete, cuando regresó por primera vez de Capitanía General. Luto. Luto para una viuda que no abrazará la cabeza de su esposo. Luto y ausencia para la niña pelirroja que aún insiste en soñar.

Soñar. Semidormida.

*Arriba, parias de la tierra.*

Y Elvira se incorpora semidespierta al escuchar a Reme, que ha comenzado a cantar a media voz. Elvira escucha, semidormida. Reme desafina.

*En pie, famélica legión.*

Reme intenta desviar la atención de Mercedes, que ha vuelto a alzar la mano contra Tomasa, pero Reme desafina. Y Elvira entona la melodía que tantas veces ha escuchado cantar a Paulino. Hortensia la sigue en un susurro apenas perceptible, apenas suficiente para que Mercedes gire la cabeza hacia ellas.

*Atruena la razón en marcha.*

El trío continúa cantando a medio tono. Tomasa se suma al himno.

*Del pasado hay que hacer añicos.*

Las demás internas de la galería corean a sus compañeras. Casi un rumor, un susurro apenas, aunque crece, sin que ellas eleven la voz. Crece a medida que, una a una, se incorporan todas al canto. Un murmullo que crece. Crece.

*Legión esclava, en pie, a vencer.*

Mercedes retira la amenaza, deja caer la mano que cernía sobre el rostro de Tomasa y, con furor en los ojos, se gira hacia el grupo que se ha formado alrededor del petate de Elvira.

*Agrupémonos todos.*

—¡Silencio!

*En la lucha final.*

—¡Silencio he dicho!

Encaramada a su petate, Elvira dirige el canto con los brazos sin poder controlar la emoción, alzando con sus manos el oleaje de un mar puesto en pie, sin advertir que le sangran de nuevo las rodillas. Y Hortensia olvida por un momento el dolor de las suyas y canta mirándose el vientre. Canta con las palmas abiertas rodeando su embarazo. Sus dedos amorosos repiquetean llevando el ritmo.

Conforme se desborda la intensidad del rumor de las voces, a medida que el sonido se va convirtiendo en un bramido lento que inunda la galería, la chivata siente más y más miedo. Se tapa los oídos y busca un lugar donde esconderse. Busca. Busca. Y encuentra la espalda de Mercedes.

Al percibir los movimientos de la chivata en su retaguardia, la funcionaria se asusta. Se da la vuelta y grita a la que buscaba ocultarse que se largue de allí.

—¡Largo!

*Y se alcen los pueblos con valor.*

—¡Silencio! ¡Silencio!

Algunas mujeres han levantado el puño para cantar.

## 14

Llorar es perder el control. Y a Tomasa no le gusta perderlo. Pero ahora, en la soledad de la celda de aislamiento donde Mercedes la ha castigado, se le escapa una lagrimilla pensando en Reme. Y durante los quince días que dure su encierro, atrapará más de una en sus pestañas y las retirará con el nudillo del dedo índice sin permitirles caer.

Pensará en Reme. Y en las compañeras que alzaron su voz cuando Mercedes alzó la mano contra ella por segunda vez. Y resistirá el frío y el hambre. Resistirá el vacío y el silencio de aquel limitado espacio que conoce bien, porque no es la primera vez que la castigan. Resistirá el paso de las noches, y sabrá que ha llegado la mañana cuando una funcionaria abra la puerta y le dé un cazo de rancho, un chusco de pan y una escoba. Resistirá, barrerá su celda pensando en Reme. Recordando su mirada en el momento de empezar a cantar. Y sonreirá, porque Reme no sabe cantar. No sabe, aunque se empeñe en endulzar las cosas cantando. No sabe, aunque se empeñe en decir que su madre le enseñó a cantar al mismo tiempo que a coser, y que de ella aprendió que las cosas amargas hay que tragarlas deprisa, y que pierden sabor si se les pone el azúcar de una canción. Así es la Reme. Pura inocencia. Inocente, y tan mayor. Y por eso está aquí. Por inocente. Por eso la trajeron desde un pueblo de Murcia, del que no quiere decir su nombre y al que no piensa volver. La Reme cree que sus vecinas tuvieron la culpa. Pero no se puede ser tan inocente. Está más claro que las claras del día que no se puede bordar una bandera en la camilla de tu casa si la tienes arrimada a la ventana. No se puede, por mucho que tengas la persiana echada y la tapes con una sábana blanca; por mucho que pienses que la rebelión no va para largo, porque la rebelión iba ya para más de un año. No se puede, por muy bonita que estuviera quedando. Y no se puede ser madrina de guerra y salir a la calle con la alegría en la boca y una foto en la mano para enseñársela a tu consuegra justo al día siguiente de la toma de Teruel. No se puede. Y menos en un pueblo como el de la Reme, donde los rebeldes no tuvieron que pegar ni un solo tiro, ni uno solo, que en el pueblo de la Reme debían de ser todos de la CEDA, o se hicieron de Falange de repente. Señor, señor. Y la Reme había de saberlo, que para lo que está a la vista no se precisan candiles. Y se tenía que haber guardado muy mucho de mantener abierta la ventana. Y de enseñarle la foto del soldado a su consuegra delante del estanco. Porque la estanquera empezó a gritar que aquellas dos eran rojas, y que estaban celebrando la toma de Teruel. Y así pasó lo que pasó, y sin remedio.

Dormir tendría que ser cerrar los ojos. Cerrar los ojos y quedarse dormida, así habría de ser, qué carajo. Quedarse dormida sin tanto buscar una postura para que no duelan las caderas. Qué duro está esto. Y cómo ha de estar un petate de crin de caballo apelmazado de tanto uso, recontra. Y los ojos como platos.

Pensará en la Reme.

Si fuera verdad que el frío da sueño, pero entonces también lo sería que el hambre lo quita.

Pensará en la Reme, en su voz de cáscara de huevo, cuando se rompe para echarlo al plato y hacer una buena tortilla de patatas, con muchas patatas y con muchos huevos. Y en aceite de oliva crudo. Tiene que ser con aceite de oliva crudo. Se le está llenando la boca de saliva. No. La voz de la Reme no es de huevo cascado. Qué ha de ser. Ya tiene que estar amaneciendo. La voz de la Reme es la de un gallo negro en una noche negra. Eso sí. Por contra, la Elvirita apunta maneras. Es mejor no contar las horas, no contar los días. No hará ni una sola muesca en la pared. Ni una sola. No hay noche que no tenga fin. Si hubiera habido más gente de la catadura de Líster, otro gallo nos hubiera cantado. Miles de Líster, ojalá hubiera habido muchos miles, que hubieran aplastado al fascismo en unos meses. Líster sí que tuvo lo que había de tener, y los méritos bien ganados, que antes que en Teruel ya lo había demostrado en Brunete, siempre el primerito en darse en la pelea, o en lo que hiciera falta. Pero tuvo mala suerte, y a veces hay que correr. Como la Reme.

Aunque cualquiera hubiese corrido para esconderse. Cualquiera, menos ella, que escapó para su casa. Porque la Reme es pura inocencia y creyó que la cosa se quedaría en los gritos de la estanquera y de las vecinas, que la vieron salir corriendo y corrieron chillando detrás de ella. Y cuando quiso llegar a su calle, sin aire para respirar, y se paró un momento a apurar la pizca de resuello que le quedaba dentro, entonces vio desde la esquina que «los iguales» y los falangistas ya la estaban esperando en el umbral, y que habían sacado para afuera a su marido y a sus hijas, las tres que le quedaban solteras.

Y menos mal que la nueva quiere hacerse la buena y le ha dejado traerse los paños higiénicos. Se creerá que le quedan bonitas todas esas horquillas, esa ristra que se pone sólo para presumir de que ella tiene muchas y las demás se tienen que apañar con cachos de alambre. Buena no es. Qué coño va a ser ésa buena. Tampoco las monjas son buenas, y eso que tienen la obligación de ser buenas. Pero no lo son, más parecen guardias civiles rancios. Le ha dejado traérselos porque no ha sabido decirle que no. No sabe. Pero ya aprenderá, la muy lagarta. Ya aprenderá, como las otras. La Veneno no le hubiera dejado llevárselos, claro que no. Ni La Zapatones tampoco, que es más mala que la quina, o igual. No se han secado del todo y aquí, con esta humedad, no se secarán. Vaya mandanga.

Y en esto, que aparece el más chico, que ha escuchado el griterío desde la plaza y se agarra a las faldas de la madre. Es de suponer que la Reme no estaría para canciones con azúcar, pero ella dice que le dio la mano al hijo y que cantó por dentro.

Más vale que se cambie ahora, que si no, se le van a manchar las enaguas. Le quedan dos paños y con suerte, día y medio de sangres. Le llegan. Sí. Si calcula bien y los apura, le llegarán.

Señor, señor. A esa criaturita que le nació tarde y mal la mandó un falangista a comprar aceite de ricino.

El padre le dio las perras. De su mismísimo bolsillo pagó la humillación de la Reme. Dale al niño para un litro que tu mujer se va a echar un traguito. Así lo cuenta la Reme. Un litro entero dice que le metieron a embudo delante de sus hijas. Y se ríe. Se ríe siempre al contarlo la muy inocente.

Y Tomasa se lleva otra vez el nudillo del índice a las pestañas.

Carajo con esta humedad, que hasta en los ojos. La Reme se ríe porque el mancebo del boticario la quería bien. Y preparó un litro de cualquier otra cosa en la rebotica cuando el niño tontito le pidió ricino, que iban a purgar a su madre. Trago amargo. Amargo. Aunque a la Reme no le diera ni un retortijón. Y después, la pelaron al rape. Le dejaron un mechón en medio de la cabeza y allí le ataron una cinta con los colores de la bandera republicana. Y le pintaron UHP en la frente. Para eso ha quedado la Unión de Hermanos Proletarios, para humillar a las mujeres en la frente. Reme dice que tenía el pelo tan largo como la Hortensia, y así de negro. Ahora lo tiene de color ceniza, del susto dice que le creció así. Cómo se le ocurriría cantar, con lo taimada que es. Cantó, una canción con azúcar que paró en seco la mano de la novata. Las demás cantaron también. La voz de la Reme es del color de su pelo, el de la ceniza cuando está limpia, en el momento mismo de empezar a usarla para rascar el culo de un puchero y quitarle el hollín. Hay que ver cómo canta la Elvirita, lástima de criatura.

Sí, la voz de la Reme suena a ceniza.

La mujer que iba a morir escribe en su cuaderno azul. Escribe que han ingresado doce mujeres de las Juventudes Socialistas Unificadas y que a ella la van a meter en ese expediente, y que las van a juzgar muy pronto, a las trece. Trece, como las menores que fusilaron el cinco de agosto de mil novecientos treinta y nueve, como Las Trece Rosas. Escribe que a Tomasa le han «dado cubo» para quince días. Reme le está haciendo la trenza. Escribe en su diario que a la extremeña le han debido de pasar cosas muy malas, porque nunca quiere hablar de por qué la trajeron aquí. Dicen que estuvo dos años en Olivenza, con la pena de muerte. Escribe que Tomasa siempre pregunta por el mar. A todo el mundo le pregunta lo mismo.

—¿Has visto el mar?

—¿Cómo es el mar?

Escribe que Elvira se ha puesto buena y que la galería entera está castigada, la chivata también. Escribe que las han castigado a todas con el peor de los castigos. Escribe y escribe mientras Reme la peina.

Todas piensan en Tomasa.

Ninguna habla de Tomasa.

El tiempo será más corto para Tomasa si no mencionan a Tomasa.

—¡No te muevas!

Ha ordenado Reme, e inclina la cabeza de Hortensia y levanta su cabello para mirarle la nuca.

—Plagaíta.

Hortensia comienza a rascarse. Y Elvira también.

—Mírame a mí.

A Reme le basta con retirar apenas el cabello de la
sien pelirroja.

—Plagaíta también, voy a liar la peina ahora mismo. Bien apretada, que así, ni una liendre se escapa,
ni una.

Y después de liarla como sólo ella sabe hacerlo,
bien apretada, pasa la peina una y otra vez por la cabeza de Hortensia. Una y otra vez. Mechón a mechón,
pasa la peina mientras vuelve a decir que así de largo
tenía ella el pelo, y así de negro.

—Asín de largo y de negro tenía yo el pelo.

Elvira y Hortensia la escuchan de nuevo, simulando
que nunca la han oído lamentarse. Y les vuelve a contar que la raparon cuando encontraron la bandera a medio
bordar sobre la camilla del comedor.

Y les cuenta que estuvo casi dos años en la cárcel de
su pueblo, y que ya le había crecido bastante el pelo
cuando volvieron a raparla antes de trasladarla a Murcia,
donde la juzgó un tribunal militar.

—Me echaron doce años.

Doce años.

Y les dice de nuevo que asistió a aquel juicio sin
poder creerlo y sin poder cantar por dentro.

Doce años.

Ayuda a la rebelión militar.

—Yo creía que los rebeldes eran ellos. Yo no entendía nada.

Ella sólo sentía una vergüenza muy honda al pasarse la mano por la cabeza rapada.

Siempre se toca la nuca al recordarlo.

—Ya me llega el pelo al cuello.

Y siempre se estremece.

—El que se pela se estrena.

Bromea Reme. Bromea, para poder seguir hablando. Porque ahora hablará de sus hijas, y a Reme le consuela contar lo que se dispone a contar. Y Elvira y Hortensia lo saben, y escuchan con atención para que Reme tenga su consuelo.

—Ven, sangre mía, ahora te toca a ti.

Cuando Reme se acuerda de sus hijas, la llama, a Elvira, sangre mía.

—Ven, sangre mía, pon la cabeza en mis rodillas.

La llama sangre mía y le coloca la cabeza sobre sus rodillas. Y cuenta que a sus hijas no les pasó nada. A su consuegra, sí. A su consuegra la metieron tres meses en el depósito de cadáveres con ella, porque la cárcel del pueblo estaba llena.

—Cuando nos dijeron que nos llevaban al depósito, mi consuegra preguntó que si nos iban a hacer la autopsia en vivo.

Le dieron aceite de ricino de verdad, y la raparon. La pobre. Sólo porque creyeron que estaba celebrando la toma de Teruel.

—Y por más que se metió los dedos para vomitar, y por más que vomitó, que arrojó hasta el forro de las entrañas, no tardó en irse por las patas abajo.

Pero a sus hijas no les pasó nada gracias a Dios, ni a su hijo tampoco. Gracias a Dios y gracias a uno de los falangistas que entraron a registrar la casa.

—Era falangista, y buena persona, y no consintió que raparan a mis hijas, ni que les dieran a beber guarrerías.

No lo consintió. Pero no pudo evitar que las obligaran a fregar el suelo de la parroquia. Pero eso Reme no lo cuenta, porque prefiere no contarlo.

Durante el tiempo en que Reme estuvo encarcelada en su pueblo, sus hijas atravesaron la plaza a diario cargadas con sus propios cubos y sus propias bayetas ante la mirada acusatoria de las vecinas que se paraban a contemplarlas y alzaban la voz:

—Ni el más tonto se tragaría que no supieran lo que su madre estaba cosiendo.

—Ésas escarmientan, te lo digo yo.

Y ellas miraban al suelo y apresuraban el paso hacia la iglesia.

Reme prefiere olvidar que sus hijas reprimían el llanto cuando le llevaban la comida al depósito de cadáveres, y que a veces no conseguían retener las lágrimas.

—No te muevas, sangre mía.

Y hurga en la melena roja de Elvira, y le acaricia la cabeza, y la aprieta con disimulo contra su vientre.

A sus hijas no les pasó nada. Nada. Y a su hijo tampoco.

—Mientras que a mi pobre Benjamín sí que lo humillaron bien. Un día y otro. Pero él es fuerte. Pobre Benjamín.

Benjamín es fuerte. A él le hicieron barrer las calles del pueblo por haberle permitido semejante oprobio a su mujer. Le hicieron barrer un día y otro hasta que acabó la guerra. Barrer y barrer hasta que trasladaron a Reme a Murcia, donde la condenaron a doce años de prisión. Barrer y barrer hasta que supo que su mujer cumpliría la condena en el penal de Ventas y él decidió abandonar el pueblo y alquilar un pequeño piso en Madrid, para estar cerca de Reme. Pobre Benjamín.

## 16

Están castigadas. Todas las presas de la galería número dos se quedarán sin comunicar hasta el próximo mes. Así se lo dicen a Tomasa, que las han castigado con la peor de las penas. Y le cuentan que Mercedes les impuso el castigo casi haciendo pucheros. Así se lo dicen, cuando Tomasa regresa con dolor en los huesos y la falda manchada de sangre.

—Quítate las faldas, que les voy a dar un agua.

—Ya se la doy yo.

—Qué se la vas a dar tú que vienes baldada.

Reme permanece de pie frente a Tomasa con la mano extendida.

—Anda, quítatela, que van a cortar el agua.

Con disimulo, Tomasa aprovecha el movimiento de sacarse la falda por los pies, se agacha un poco más de lo necesario y desliza bajo el petate los paños higiénicos que lleva escondidos en la toca de lana. Después, le entrega la falda a Reme.

—Ten, y gracias.

—Aquí somos todas hembras, Tomasa.

—¿Y qué?

—No es menester que los escondas.

—Que esconda qué.

—Ésos.

—¿No te dan asco a ti si no son tuyos? Ya te he dado la falda y te he dado las gracias. Y ya lavaré yo lo que tenga que lavar yo.

—Bueno, hija, menudo talante gastas. Siempre estás igual. Dame por lo menos las enaguas.

—No tengo otras.

La mujer que no sabía que iba a morir tercia como siempre entre las dos:

—¿Ya estáis otra vez partiendo los cacharros?

—Ésta, que pretende dejarme en cuero vivo.

—Si es que tiene manchadas las enaguas...

—Es verdad, Tomasa, tienes una mancha grandísima.

—Bueno, ya me la taparé con la toca, no pretenderéis que vaya en bragas a la reunión, ¿no?

—No vengas hoy a la reunión, descansa y mañana tendrás la ropa seca.

—¿Cómo que no vaya? Hay que hacer el pliego para pedir que nos dejen hacer labor.

—Ya está hecho, y entregado.

—¿Y la escuela?

—En marcha.

Le cuentan que las que saben leer y escribir están enseñando a las que no saben, y que en el taller de costura están haciendo un buen trabajo.

—Sacamos prendas para la guerrilla.

—¡Carajo! ¿Cómo lo hacéis?

La presencia de Elvira interrumpe la conversación. Acaba de incorporarse al grupo. Lleva un vestido en las manos, y unas enaguas. Se los ofrece a Tomasa en silencio.

Los ha sacado de su maleta, la maleta de piel que conserva las huellas de muchos viajes. Entrega las prendas que habían sido de su madre como quien realiza una ofrenda, con la emoción de quien se desprende de su valor más preciado. Tomasa no sabe qué decir. Hortensia y Reme no saben qué hacer. Las tres observan a Elvira. Y ella sonríe. Sonríe. Y mantiene con firmeza sus brazos estirados y la mirada fija en el vestido.

La última vez que vio hermosa a su madre fue con ese vestido. Estaban las dos en Alicante, en el puerto, esperando un barco que nunca llegó. Paulino las había llevado hasta allí. Paulino y un camarada suyo que tenía las manos muy grandes las llevaron una noche desde Valencia, y se marcharon convencidos de que las dejaban en lugar seguro. Doña Martina tejía unos guantes de lana para entretener la espera y Elvira la miraba embelesada porque hacía mucho tiempo que no la veía tan guapa. Se había engalanado para el viaje con su mejor vestido recién planchado, un abrigo de terciopelo negro y un sombrero de media luna a juego, un casquete pequeño, casi diminuto, que le cubría escasamente la mitad delantera de la cabeza y resaltaba el color de sus ojos, el color del mar. Elvira no había vuelto a acordarse de aquel sombrero; ella se lo había probado muchas veces, cuando jugaba a ser mayor frente al espejo del ropero subida en los zapatos más altos de su madre. No sabe Elvira cuántos días pasaron en el muelle, sentadas las dos sobre la maleta. No sabe cuántas noches. El vestido de su madre olía a lavanda cuando se recostaba en su regazo para dormir. Su aroma la acompañó durante sus sueños y la envolvió la mañana en la que comenzaron a oírse los gritos. Hasta entonces, la espera había sido tranquila. Los millares de personas que se congregaron en el puerto aguardaban esperanzados los buques para su evacuación y, a pesar de la incomodidad por la falta de espacio y de las dificultades para conseguir comida, los ánimos no decaían. Los mensajes del cónsul francés, emitidos a través de un altavoz desde una tribuna improvisada, tranquilizaban la espera y mantenían la moral, asegurando la intervención de la Sociedad de Naciones, cuyos planes de evacuación controlada estaban en marcha.

—Elvirita, mira, te he acabado los guantes. Toma, pruébatelos.

La niña tragó con avidez un trozo de chocolate que su madre acababa de cambiar por su sombrero. Se limpió una con otra las manos. Y cogió los guantes. Fue entonces, en el momento en que Elvira se probaba los guantes, cuando la voz del cónsul sonó distinta a otras veces y muchos comenzaron a gritar. El Caudillo rechazaba la mediación de potencias extranjeras. El Caudillo ofrecía magnanimidad y perdón a todo aquel que no tuviera manchadas las manos de sangre. Entonces comenzaron los gritos. Entonces muchos hombres se acercaron al agua y lanzaron sus armas al fondo de la dársena. Entonces comenzaron los suicidios. Un miliciano se ahorcó colgándose de un poste de la luz, otro se ató una piedra al cuello y se arrojó al agua, y un hombre de edad avanzada se disparó en la boca a sólo dos pasos de Elvira. Su madre la protegió del horror en su regazo. Y ella hundió la cabeza en el aroma a lavanda de su vestido.

—Es de agradecer, Elvirita, pero a mí me va a quedar chico.

—Reme te lo puede arreglar.

# 17

Los gritos que anunciaron el castigo de las presas de la galería número dos corrieron como lamentos en llamas entre los familiares que esperaban en la cola el primer día del castigo.

—Han castigado a las del número dos.

—Las han castigado sin comunicar hasta el mes que viene.

—¿A quién?

—A las del dos.

—¿A todas?

—A todas.

Fue la hermana María de los Serafines la que se encargó de informar de que las internas no saldrían al locutorio. Gritó que los familiares que trajeran paquetes y comida continuaran en la fila y que los demás podían marcharse.

—¿Les podemos dejar cartas?

La cola era tan larga que sólo los que se encontraban cerca de la monja pudieron escuchar sus palabras.

—¿A quién han castigado?

—A las del dos.

—¿A todas?

—A todas.

—Han castigado a todas las presas.

—Han castigado sin comunicar a todas las presas.

—A las del dos, han dicho a las del dos.

—La mía está en el uno.

—Pues a la tuya no.

—¿Y a la mía?

—¿En dónde está la tuya?

—Yo tengo dos, una en el dos y otra en capilla.

Cuando el desconcierto llegó al final de la cola, la fila ya había comenzado a deshacerse. Los familiares se arremolinaban intentando llegar hasta la puerta. En pleno bullicio, Pepa encontró al abuelo de Elvira, que intentaba acercarse a la monja.

—Cuidadito con empujar, señora, no está viendo que este señor es muy mayor.

Los empujones no cesaron, Pepa agarró del brazo a don Javier temiendo que se cayera. Los que ya estaban agolpados contra la hermana María de los Serafines pronunciaban a gritos los nombres de las presas, preguntando cada uno si la suya podía comunicar.

—Si no vuelven a hacer la cola, no entra nadie. Quiero a todo el mundo en silencio y en fila india.

Gritó la monja. Lo gritó una vez. Su grito no fue más fuerte que el de los demás. Pero todos callaron.

—He dicho que en fila india o no entra nadie, y no lo vuelvo a repetir.

No lo repitió la hermana María de los Serafines. No fue necesario. Pepa se colgó del brazo de don Javier Tolosa y caminó a su paso para colocarse en su sitio. Los demás hicieron lo mismo. Porque todos sabían que la monja era capaz de cumplir su amenaza. Ya lo había hecho una vez.

Nadie olvidaría aquella tarde que se marcharon a casa sin haber entrado en el penal, sin haber entregado siquiera la comida que tanto sacrificio les había costado conseguir, castigados por la hermana María de los Serafines.

—Yo voy detrás de esa señora.

—Nosotros dos vamos juntos.

—¿Sabe usted a quién han castigado?

—A ustedes dos les di yo la vez.

—A las del dos.

—Y yo detrás de ese señor del sombrero.

Los murmullos de los que antes gritaban acompañaron la recomposición de la fila. Algunas mujeres no habían dejado de llorar desde que supieron que no entrarían al locutorio. Y algunos hombres tampoco. Benjamín estaba entre ellos, pero sus lágrimas no eran de las más amargas. Y él lo sabía. La mujer que se encontraba delante de él venía desde Huelva y se lamentaba ante otra que venía de Vitoria.

—No podré volver hasta el año que viene. Dios mío, no podré ver a mi hija hasta dentro de un año. He ahorrado durante todo este año para poder venir hoy, y me tengo que ir sin verla, entrañas mías.

Tristes formaron la cola los que llevaban paquetes y regresarían a casa sin haber visto a sus mujeres, a sus hijas, a sus madres, a sus abuelas, a sus nietas, o a sus hermanas. Siempre familiares directos, ya que otras visitas no estaban permitidas.

—Yo me iré a Cuenca sin ver a mi madre.

—¿Saben si se les pueden pasar cartas?

—Yo vengo de El Torno.

—Yo de Santa Cruz de Moya.

—¿Y paquetes?

—Yo de Noblejas.

Cada cual buscó su turno anterior, y hubo quien aprovechó el trance para intentar colarse.

—Lleva usted demasiada prisa, caballero.

—¿Yo?

—No, esta menda. ¿Se cree que no le he visto?, espabilado.

—Yo iba detrás de este señor del sombrero.

—No, usted iba detrás de aquel sombrero.

—Ah, es verdad.

—Arreando.

No tardó mucho en reordenarse la cola, que avanzó tristemente hacia la puerta del penal de Ventas.

—¿Sabe usted si esta noche ha venido «La Pepa»?

—Sí, han sacado a tres.

La hermana de Hortensia se acercó a las mujeres que tenía delante:

—¿Quién es «La Pepa»?

—La «saca», niña.

—¿Qué «saca»?

—Cuando las sacan para llevárselas.

—A quién.

—Sacan a las condenadas a muerte y se las llevan.

—¿Adónde?

—¿Adónde va a ser?

No preguntó nada más. A partir de ese momento, Pepa quiso llamarse Pepita.

La cola comenzó a moverse en silencio.

Triste caminó Pepita hacia la puerta del penal. Triste caminó el abuelo de Elvira. Triste caminó el marido de Reme, pobre Benjamín. Y tristes caminaron sus hijas.

## 18

En el balcón de la vecina, la ropa tendida estremeció a Pepita. Ella miraba siempre aquel balcón de la esquina de Relatores con Atocha, por si la llamaba Felipe. Lo miraba de reojo, cada vez que salía o entraba a la pensión.

Era casi de noche. Aún no habían prendido las farolas. Pepita regresaba de la estación, adonde acudía a diario para recoger carbonilla de la que soltaban los trenes. Normalmente iba por la mañana temprano, antes de ir a casa de los señores. Pero en esta ocasión, repitió el viaje por la tarde cuando salió del penal con más tiempo que de costumbre al no haber podido comunicar con Hortensia. Miró hacia el balcón, y distinguió de inmediato el mantel a cuadros, las dos servilletas y el calcetín pinzado sobre una de ellas. Felipe la llamaba. Apresuró el paso. Para no sentir la congoja que le subía del estómago, comenzó a correr. Felipe la llamaba. Podría fingir que estaba enferma. Podría caerse en ese mismo momento y romperse en dos. Corrió, como si pudiera huir, como si pudiera ignorar la ropa tendida en el balcón de la vecina. Corrió, derramando tras de sí la carbonilla que llevaba en su lata de cinc.

Cuando llegó a la calle Magdalena, se encontró de frente con don Fernando.

—¿Qué te pasa? ¿Adónde vas tan corriendo?

Ella no pudo contestarle.

—Respira, mujer, respira y cálmate.

Pepita tomó aire y musitó jadeando que iba a la pensión.

—¿Ha pasado algo? ¿Por qué corrías así?

Negó con la cabeza y replicó que corría porque cerraba el trapero y quería vender el picón. Entonces se dio cuenta de que había perdido la mitad de su carga por el camino, y se echó a reír.

—Ahora lo tengo que volver a coger. Y además, me he pasado el puesto del trapero.

Don Fernando escuchó extrañado las excusas de su risa repentina, sin duda nerviosa, pero no le hizo más preguntas.

—Anda, que yo te ayudo.

—No, por Dios, de ninguna de las maneras, señorito.

A pesar de que Pepita rechazó varias veces más la oferta de ayuda, don Fernando se inclinó junto a ella hasta volver a llenar la lata.

—Muy agradecida, señorito.

Aquella noche, Pepita comió sin hambre la cena que había cocinado su patrona. Sopa y tortilla de cáscaras de pepino. Y dio tantas vueltas en la cama, a derecha y a izquierda, dormida y despierta, que acabó por caerse al suelo. La ropa tendida en el balcón de la vecina no dejaba de ondear en sus sueños, y tampoco al despertar. Felipe la llamaba. Y ella no se había partido en dos. Ella había puesto el despertador para levantarse dos horas antes y acudir al cerro. No se había partido en dos. Cogería el primer tren. Ni le había sentado mal la tortilla de la patrona. Que no la llame nunca más. Ese milagro de tortilla sin huevo. Porque la patrona hace milagros. Pepita se levanta del suelo riendo de su torpeza. A su edad, caerse de la cama. Y se mete entre las sábanas, aún calientes. Las mondas del pepino en tortilla tienen un punto a calabacín. Y la sopa, mira que hacer una sopa con huesos recocidos, más mondos que lirondos, con qué le dará la sustancia, porque los huesos relucen como el jarrón de cristal que tiene en el aparador, pero el caldo tiene hasta buena cara. Le dirá a Felipe que no la llame más. Que ella se muere de miedo cada vez que ve el calcetín en lo alto de la servilleta a cuadros. Le dirá que ya tiene de sobra con el miedo que pasa cuando la saluda la vecina en la calle, después de mirar a un lado y otro, y alante y atrás, con disimulo, eso sí, siempre mira con disimulo. Ella sabe de fijo que lo hace para percatarse de que nadie la sigue. Ya tiene bastante. Ella creía que el miedo se iba a quedar en Córdoba. El miedo tenía que haber acabado cuando terminó la guerra. Pero no. No señor. A Felipe le dio por echarse al monte y meter en la brega a todos los demás. La política es una araña peluda muy negra muy negra. Y Pepita se ovilla al lado izquierdo de la cama, y después al derecho. Y se abraza a la almohada. Ella sabe que está atrapada en la tela pegajosa de la araña, y que no se puede despegar. No falta ni media hora para que suene el dichoso despertador. La ha llamado Felipe. Y ella se levantará, claro que se levantará. Porque chico disgusto se llevaría la Hortensia si llega a enterarse de que Felipe la ha llamado y a ella no le ha dado

71

la gana de ir. Chico disgusto. Veinte minutos, y precisamente ahora necesita orinar. Irá. Pero le va a dejar bien clarito que no vuelva a llamarla. En Córdoba se tenían que haber quedado. Pero cuando acabó la guerra, se vinieron aquí, porque era donde estaba Felipe, y porque allí no se podían quedar, por el miedo que les daba la Causa General. ¿Quién se inventaría eso de la Causa General, para que vecinos fueran contra vecinos? Cuánto embuste en nombre de la Causa, cuánta denuncia, hasta falsa. Cuánto desbarajuste. Y Felipe se echó al monte, a este maldito cerro, mira que no hay montes en Córdoba, se podría haber quedado en Córdoba, y echarse al monte en Córdoba, pero no, él se tenía que ir con El Chaqueta Negra, y El Chaqueta Negra se tenía que venir aquí, que no habrá otro sitio donde echarse al monte. Maldito sea El Chaqueta Negra. Dicen que es muy guapo. A lo mejor si estuvieran en Córdoba, no habrían metido presa a Hortensia y ella no estaría así, con el miedo mordiéndole las entrañas porque Felipe la ha llamado. Ella se tenía que haber vuelto para Córdoba, que todavía tiene la casa de su padre. Todavía guarda la llave en su caja de lata debajo de la cama. Tendría que volver. Y quedarse allí. Más sola que un perro. También aquí está más sola que un perro. Y trabajando como un perro. No es que se queje. Pero hay veces que no puede más. Hay veces que le da hasta asco cogerle los huesos a la señora Celia, aunque estén relucientes como patenas. Lo que le da el trapero es poco más de lo que paga a su patrona por ellos, pero céntimo a céntimo se hace la peseta, y con eso, y con lo que saca del picón y lo que cobra en casa de los señores, apaña la comida que le lleva a la

Hortensia, que ella no va a consentir que su hermana coma un cazo menguado de lentejas con gurribinchis y media naranja. También tienen guasa los de aquí, llamarle gurribinchis a los bichos que traen las lentejas. Menos de veinte minutos, y cada vez con más ganas, pero si usa el orinal tendrá que vaciarlo y le da fatiga atravesar el pasillo con sus vergüenzas en la mano. Además, si se levanta se le escapa una poca de la calor de las sábanas. Aguantará. Se arrebujará en la cama y apretará las piernas. Seguro que el trapero los cuece otra vez y vuelve a chuparlos antes de venderlos para hacer harina. Hay tanta hambre. Ella hambre no pasa. Ella ha visto en la calle de Torrijos a unas mujeres revolver en la basura y llevarse las mondas de las patatas y de las naranjas. Pero ella hambre no pasa. La patrona es de buena condición. La patrona le da desayuno, almuerzo y cena, y no le cobra el cuarto, que era de la hija que le fusilaron en el treinta y nueve, a poco de entrar los nacionales en Madrid, la única hija que tenía la pobre, que se llamaba Almudena. La patrona tiene preso al marido, el señor Gerardo, en el penal de Burgos. Va una vez al año a verlo, porque no tiene posibles para ir más. Y va todas las mañanas al cementerio. Y encima le deja quedarse con las migas de los manteles. Más de una se cambiaría por ella. Más de una se daría de canto con los dientes si encontrara una pensión donde parar de balde a cambio de echar una mano a la patrona, fregar la loza, limpiar la cocina, el pasillo y el retrete y planchar la ropa. Y hacer limpieza general los domingos. Eso es lo único que le fastidia. Porque el domingo libra en casa de los señores. Son bien raros, don Fernando y su mujer, no se hablan, y viven cada uno en una parte de la casa, se creen que una es tonta. La señora, doña Amparo, es muy propia, se pasa el día en la torreta redonda que hay arriba, como una paloma. Y menos mal que encontró una casa donde entrar a servir y la pensión Atocha donde quedarse, cuando metieron presa a Hortensia. Su hermana le dijo que fue gracias al mismísimo Chaqueta Negra, que conoce a don Fernando; lo mismo que a la señora Celia, El Chaqueta Negra también conoce a la señora Celia. Y a ella le gustaría ir al parque los domingos. Pero una pensión de balde es una pensión de balde, y encima, enfrente de la casa de los señores, que sólo tiene que cruzar. Más de una se cambiaría por ella. Felisa, la muchacha que servía antes en casa de don Fernando, también conocía a El Chaqueta Negra, un día le dijo que era buen mozo, ahora se acuerda. Hortensia también lo decía. Todo el mundo conoce a El Chaqueta Negra. Aunque, pensándolo bien, a más de una le daría reparo ir mesa por mesa recogiendo los restos del pan negro. El sepulturero se dejó antier uno bien hermoso. Ella lo untó con aceite de una lata de sardinas y lo vendió en la Puerta del Sol. Un bocadillo de sabor a sardina, voceó, y lo vendió enseguida. A ver si vuelve hoy con el mismo apetito. Menos de un cuarto de hora, va a reventar. Vivita, va a reventar vivita. Pero ella se ha hecho una bolsa de terciopelo rojo con un retal que le sobró a su señora de unos cojines y cuando la tiene llena de migas y se la lleva al panadero es la envidia de muchas. Pura envidia, de la mala, que no hay envidia buena. No sólo por los cuartos que se gana, sino por lo preciosa que le ha quedado su bolsita roja de terciopelo con un forro por dentro del mismo color. Se va a levantar. No aguanta más. Pero irá al retrete y volverá a la cama cinco minutos. Los zapatos sin las medias están más fríos que con las medias. Madre mía, qué fríos están.

Pepita se calza como quien se baña en las aguas heladas de un río. Introduce poco a poco los pies sin llegar a plantarlos del todo en el interior de los zapatos. Cruza las piernas, casi de puntillas, y se lleva la mano al sexo. Aprieta. No va a llegar al retrete. No. No va a llegar. Por el rabillo del ojo izquierdo asoma una lágrima. Aprieta los labios. Aprieta más las piernas. Aprieta más el sexo con la mano. Se le escapa. Se le está escapando. Y suda. Resuelve sacar el orinal. Abre la puerta lateral de la mesilla de noche. Abre las piernas. Y ahora ya, cuando se relaja, suspira. Una media sonrisa le ilumina la boca. Cierra los ojos. Y le resbalan, sin prisa, dos lágrimas.

# 19

Bajo la piedra casi plana del camino del cerro, Pepita no ha encontrado ningún mensaje. Agazapada tras el matorral, observa el poste de la luz. Sí, es el que tiene el tajo en el medio. Será que es demasiado temprano. Se sienta en la piedra, y espera. Mira a su alrededor y se cubre la boca con los bordes de la toquilla que abriga su cabeza aferrándose a ellos con las dos manos. Un búho. Ese ruido tiene que ser de un búho. No han pasado ni cinco minutos desde que llegó, cuando escucha los tres golpes de las piedras chocando entre sí; coge dos cantos rodados y responde a la contraseña haciéndolos sonar por tres veces. Un hombre se acerca. No es Felipe. Es más joven que Felipe. Lleva pantalón y chaqueta de pana, una boina con visera y un fusil ametrallador al hombro. Al verlo, Pepita se tapa aún más el rostro con la toquilla dejando apenas los ojos al descubierto, como si pudiera esconderse.

—No te asustes, chiqueta.

La voz de aquel hombre la empuja a saltar. Se apoya con las manos en la piedra casi plana. Se levanta. Deja caer la toquilla y corre a rodear el matorral.

—Ven aquí, no te asustes.

El hombre la sigue despacio. Ha recogido la toquilla del suelo y la lleva en la mano. Pepita comienza a caminar de espaldas bordeando el matorral.

Despacio, él camina hacia ella y ella hacia atrás, mirándose de frente.

—¿Eres Pepa?

—Pepita.

—No tengas miedo, vengo de parte de Felipe.

Sin dejar de caminar, Pepita alarga la mano hacia su toquilla. Pero no consigue alcanzarla.

—¿Y cómo sé yo que no eres un guardia civil disfrazado? Dicen que hay muchos.

—Eso dicen. Y cuando suena el río...

—Suena el agua.

—¿Tengo yo pinta de ser agua? Yo soy Paulino. Soy amigo de Felipe, vengo de su parte.

—¿Y por qué no ha venido él, si se puede saber?

—Se puede.

Es Paulino. Y hace mucho tiempo que Paulino no habla con una mujer tan hermosa. A decir verdad, hace mucho tiempo que Paulino no habla con una mujer, con ninguna.

—Dame mi toca.

—Cógela.

Enfrentados el uno al otro, los dos jóvenes continúan caminando despacio alrededor del matorral.

—Vas a caer. Pareces un cangrejo.

—Tengo que irme.

—Espera, traigo un recado de Felipe.

—Yo no conozco a ningún Felipe.

Paulino suelta una carcajada y la mira a los ojos, maravillosamente azules. Pepita le arranca la toquilla de la mano.

—¿A qué viene tanta guasa?

—No receles tanto, que no soy guardia civil. Ya es tarde para decir que no conoces a Felipe, chiqueta, acabas de preguntarme por él.

—Yo no te he preguntado por nadie.

—Me has preguntado por qué no ha venido Felipe.

—Tengo que irme.

—Yo también podría creer que no eres quien dices, nunca he visto una cordobesa tan rubia. ¿Cómo has salido tú tan rubia y tu hermana tan morena?

—Habrá sido una equivocación de lo alto.

—Bendita equivocación, aunque también Hortensia es muy guapa, pero no te pareces nada a tu hermana, ¿cómo sé yo que eres Pepa?

—Pepita.

—Pepita, de acuerdo, pues yo te creo porque tú me lo dices.

—Eso es cosa tuya, yo tengo que irme.

Los recelos de Pepita no le impiden mirar a Paulino a los ojos. Atraída por aquella mirada que la busca sin que ella pueda resistirse, se coloca la toquilla y vuelve a repetir que tiene que irse.

—Tengo que irme.

—Mira, si yo fuera guardia civil, no podría saber que debajo de esa piedra te dejó un día Felipe una carta para Hortensia. Y otro día, un cuaderno azul. Y para ya, chiqueta.

—¿Cómo le dice Felipe a Hortensia?

—Tensi, la llama siempre Tensi. Y la quiere mucho.

—¿Y por qué no ha venido él?

Paulino se acerca a Pepita y ella vuelve a preguntar:

—¿Por qué no ha venido Felipe?

Él le retira el mechón que le resbala en la frente.

Ella le aparta la mano.

Aún no es el alba.

# 20

Mírame. Mírame, le pedía siempre Hortensia después del amor, cuando él abandonaba su cuerpo y ella buscaba su hombro desnudo para apoyar la cabeza. Mírame, le rogaba buscando sus ojos, aunque yo no te mire, y ella cerraba los suyos. Tensi. Él abría los brazos, agotado, cansado hasta para mirarla. Tendido boca arriba saboreaba su cansancio y le mentía:

—Te estoy mirando.

Ahora Felipe lamenta no poder mentir a Hortensia. Lamenta no poder abrazarla y se pregunta si la abrazará una vez más, una sola vez, antes de morir. Y lamenta haberse enojado con Tensi cuando fue a reunirse con él.

—¿Tú te has vuelto loca? Pueden haberte seguido. Además, éste no es sitio para una mujer, y menos para una preñada.

Ella le devolvió el grito al contestar que un somatén de Barcelona le había pegado una patada en el vientre. Y ahora Felipe lamenta haberle gritado, y recuerda el último beso que le dio, cuando ella se despidió de él antes de bajar a El Llano para comprar una gallina. Él retiró la boca, y le dijo que el monte no es lugar para besos. Y ahora lo lamenta. Y lamenta no haberse abandonado en ella ni una sola vez desde que llegó al cerro, ni una sola vez. Mírame, le habría rogado Tensi. Lo lamenta. Porque Felipe teme que va a morir y, aunque no teme a la muerte, teme morir sin mirarla otra vez. Tensi. Y se lleva la mano al costado y presiona la herida para sujetar el dolor. Ha dejado de sangrar. El emplaste de resina fresca que le colocó Paulino después del tiroteo ha cortado la hemorragia pero el dolor muerde como una alimaña e impone su tiranía. Felipe intenta dominarlo pensando en Hortensia. Tensi. Saca de su bolsillo la fotografía que le regaló en Don Benito, cuando ella aprendió a escribir. *En prueba de mi cariño, te dedico este recuerdo. Tuya para siempre: tu Hortensia.* Tuya para siempre. Y recorre la piel de su retrato. Le acaricia la mejilla. Saborea su ternura con las yemas de los dedos. Le acaricia el brazo. Sonríe al verla sonreír. La besa en los ojos, en los labios abiertos y en los dientes separados. Tensi, con su uniforme de miliciana, con su fusil en bandolera y la estrella roja de cinco puntas cosida en el costado, sonríe para él, con un niño que no es suyo en los brazos. Era un día caluroso de julio, ella se había puesto los pendientes que él le había comprado en Azuaga y se había recogido el pelo ocultando sus trenzas.

—Cuando termine la guerra, tendremos un niño como éste, mira qué guapo es.

Alzó al niño y se echó a reír.

—Ay madre, ay madre mía.

Agitó sus pendientes y la borla de su sombrero. Hacía calor. Y Tensi se bajó la cremallera del mono azul dejando al descubierto su cuello.

—¿Te gustaría, Felipe? Uno como éste, mira, ¿te gustaría?

—Y con el puño cerrado.

—Pero con sus cinco deditos.

—Con deditos o sin deditos, pero el puño cerrado.

—No seas bruto, Felipe.

La besará en el cuello. Le quitará el gorro y acariciará sus dos trenzas. Tensi. Le bajará la cremallera hasta más allá de la cintura. Y gozará de la dulzura de su cuerpo. Acompasará la respiración a la suya, y se deslizará entre sus muslos cobrizos. Sin prisa. Y después, ella le pedirá que la mire. Felipe aprieta los labios y sofoca un suspiro. Porque Tensi espera un hijo, y él no podrá verla con su hijo en los brazos.

Regresa el dolor. Felipe intenta incorporarse para atisbar el sendero por donde ha de regresar Paulino.

Todos los demás están muertos.

Y ahora él va a morirse solo, tirado en el monte, besando el retrato de Tensi. Tensi. Tensi.

Debería pegarse un tiro ahora mismo.

Un tiro. Ahora mismo. Paulino debió matarle cuando él se lo pidió. Pero no le mató.

—No quiero que me cojan vivo.

Su compañero no atendió a su ruego.

—No te cogerán.

Le rodeó la cintura, lo sujetó sobre su hombro y cargó con su peso para ayudarle a caminar hacia un lugar seguro antes de ir a buscar ayuda. Se escondió con él durante horas, debajo del puente que los guardias civiles habían atravesado para marcharse triunfantes, con los cadáveres de sus compañeros colgados en mulas. Y allí, en su escondite, le curó la herida con un apósito de resina de pino fresca y le escuchó hablar de su mujer, de lo mucho que la había querido, y de lo mucho que la quería.

—Llévame a verla.

Le rogó que lo llevara a verla. Se lo rogó repetidamente, sin quejarse de la bala alojada en su costado, doliéndose únicamente de la ausencia de Tensi.

—Llévame a verla.

—Antes hay que sacar esa bala.

Paulino pensó en don Fernando. Porque don Fernando era médico, y aún les debía un favor. Por lo de Paracuellos. Sí, se acordó de don Fernando, el doctor Ortega, y de Paracuellos del Jarama. Felipe y Paulino le conocieron en la primera reunión de la Junta de Defensa de Madrid, en el Ministerio de la Guerra, y pocos días después lo vieron cerca del aeropuerto de Barajas, junto a Kolstov, cuando trasladaban a más de mil prisioneros políticos desde la cárcel Modelo. A otra cárcel dijeron que los llevaban. Aún les debe un favor, conseguir que la hermana de Hortensia sirviera en su casa es echar una mano, pero no es un favor.

Sin escuchar a Felipe, que seguía hablando en voz baja de Tensi, Paulino decidió que recurriría a don Fernando. Lo decidió mientras esperaba el momento adecuado para ir en busca de su enlace a la huerta de El Altollano. No dejaría morir a su compañero. No lo permitiría. Había sido incapaz de evitar las muertes de los demás. Había sido incapaz de convencerles de que debían cambiar de campamento esa misma mañana, cuando se acercó a ellos un hombre que iba recogiendo leña en un carro de bueyes. El perro que iba con él comenzó a ladrar, y el gañán bajó del carro para ver por qué ladraba. Perro y dueño se pararon a cien metros del grupo, que ya había encarado las armas al oír los ladridos. El hombre hizo además de huir.

—No se mueva.

No se movió. No podía moverse.

—Ya se supondrá quiénes somos. Somos guerrilleros defensores de la República.

—Ya he oído hablar.

—¿Qué piensa usted hacer?

—No sé lo que tengo que hacer.

—Lo que tiene que hacer es callarse la boca, no decirle a nadie que nos ha visto.

—Yo no se lo digo a nadie.

—Si da cuenta de que nos ha visto, se pone usted mismo en peligro, a lo mejor no es hoy, ni mañana, pero usted peligra un día a la muerte.

—No, no, tranquilos.

Ese hombre llevaba el miedo en las manos. Les dio un Viva la República y sonrió. Pero el miedo se veía en la piel de gallina de sus manos, en su vello erizado, en su temblor y en las veces que volvió la cara mientras se marchaba.

—Ése no se ha alegrado de vernos, puedes estar seguro. ¿Le has visto las manos?

—Ya estás con lo mismo.

—Ese tío nos denuncia.

—Quiá.

—Si nos aplastamos aquí, aquí mismo nos limpian. Hoy tenemos la de San Quintín aquí mismo.

—Almorzamos y nos vamos.

Todos acusaban la fatiga de la caminata de la noche anterior. Había llovido y estaban mojados. Paulino no insistió. Encendieron un fuego para secarse y se dispusieron a descansar. La Guardia Civil no tardó en rodearlos. Eran las tres de la tarde y estaban comiendo. Los guardias civiles llegaron abiertos, bien separados, con fuego cruzado. Algunos camaradas murieron con un trozo de queso en la boca. No resistieron ni un solo asalto. Ni un asalto. Felipe y Paulino encontraron un hueco en el flanco enemigo rompiendo el cerco con una bomba de piña; pero hirieron a Felipe, y no pudieron huir más allá de unos metros. Se camuflaron en un sembrado. Una hilera de pequeño matorral separaba el sembrado del baldío. Fue entonces cuando su compañero le pidió que le matara.

—Disfrutarán con nuestras muertes, con nuestras vidas no. Y yo no tengo valor.

Él tampoco tuvo valor. Le ayudó a arrastrarse hasta los matorrales y allí, agazapados con el arma en la cara, matar o morir, escucharon voces que se acercaban.

Doce miembros de la partida estaban muertos. Y al menos cinco guardias civiles cayeron con la explosión de la bomba. Felipe quiso lanzar otra, pero Paulino le detuvo:

—Espera, yo creo que no nos han visto.

—Pues al primero que nos vea, me lo vendimio.

El primero que llegó hasta ellos era un número de la Guardia Civil, al que seguía un sargento.

—Mi sargento, aquí hay sangre, uno va herido.

Y Felipe y Paulino se vieron perdidos.

—Me he puesto el traje nuevo esta mañana y ahí en el monte me lo voy a estropear.

—Ya le darán otro.

Quizá el sargento sabía que detrás de los matorrales se agazapaba la muerte. Quizá por eso no se dejó convencer por el número que insistía. Y se marcharon. Quizá huyeron de Felipe y Paulino. O quizá al traje nuevo del sargento le debían la vida los dos. Y los dos esperaron a verlos marchar, hacia el puente, con el resto del tercio.

Paulino intuyó que el mejor lugar para esconder a Felipe mientras él iba a pedir ayuda era precisamente el camino que los guardias civiles tomaron para regresar. El puente.

Y desde su escondite, vieron cómo se alejaban los cadáveres de sus camaradas ensangrentados sobre las mulas, el balanceo de sus cabezas y sus brazos. Doce. Ernesto. El Porra. El Gallego. Los vieron, sin poder diferenciar a unos de otros. Sebas. Carlos. Sus rostros desfigurados. Victoriano. El Torero. El Chiqui. Tomás. Paco. Cien palos. Murillo. Pero él no consentiría que El Cordobés muriera. Él iría en busca de Carmina para que Pepita viniera, y Pepita le traería al médico que le extirparía la bala. Y después, Paulino cumpliría su juramento. Porque Felipe quería ver a Hortensia.

—Júrame que me llevarás a verla, júramelo.
—Te lo juro.

# 21

Los ojos asustados de aquella chiquilla hicieron olvidar a Paulino su propio temor, y la prisa por volver junto a Felipe. Su mirada azulísima lo retenía en un juego imprudente, sin duda impropio de él. Paulino sabía que la celada del día anterior se debía a la traición del hombre que tenía el vello erizado en las manos. Estaba seguro de ello. Y no le cabía la menor duda de que la Guardia Civil volvería al cerro. Su enlace se lo había advertido:

—Pusieron a los vuestros en el suelo de la estación para que todo el mundo los viera antes de echarlos a la zanja. Pero saben que faltan dos muertos. Saben que dos hombres escaparon a la batida, y sospechan que uno de ellos es El Chaqueta Negra. Volverán.

Volverán. Volverán, le había dicho. Y él utilizó el tiempo justo para pedirle a su enlace que avisara a Pepita. Y después, corrió al lado de Felipe sin perder un minuto.

Sin perder un minuto tendría que regresar también ahora junto a Felipe.

Pero esos ojos azules no dejan de mirarle.

—Tengo que irme, voy a perder el tren.

—Felipe está herido.

—¿Está herido?

Y los ojos azulísimos se abren a un miedo mayor del que ya tenían:

—¿Está herido?

—Necesita un médico.

Un médico. Felipe necesita un médico y Pepita aún no sabe lo que Paulino viene a pedirle.

—¿Está grave?

—Necesita un médico.

—Eso ya me lo has dicho, ¿está grave?

—Tiene una bala dentro, hay que sacarla.

—¿Y qué recado me manda?

—Tú trabajas en casa de un médico.

—El señorito no es médico.

—Lo era.

—¿Don Fernando?

Ahora Pepita sospecha, pero aún no tiene la certeza de la petición que Paulino se dispone a hacerle.

—Don Fernando no es médico. Nunca he oído mentar que fuera médico. Trabaja en la platería de la calle Moratín.

—Era médico. Y cuando uno ha sido médico, siempre es médico.

—¡Qué ha de ser!

—Lo es, chiqueta, no te empeñes. Y Felipe necesita que le saquen la bala de dentro, si no se la sacan, se morirá.

—Ay madre, ay madre mía de mi vida y de mi corazón.

Sí, Pepita ya sabe lo que van a pedirle.

—Y tú quieres que yo te traiga al señorito, como si lo viera. Ay qué lástima. Si es que ya lo estoy viendo, tú pretendes que lo traiga yo aquí.

—No, aquí no. Te dirán esta tarde adónde llevarlo. El cerro ya no es lugar seguro.

No es lugar seguro. Pepita gira la cabeza a derecha y a izquierda, como tantas veces ha visto hacer a su vecina, alante y atrás.

—El señorito me puede denunciar si le pido eso.

—Dile que vas de mi parte. Dile que vas de parte de Paulino González.

—A ti también te puede denunciar.

—No lo hará.

—¡Mucho sabes tú, mira tú qué pena!

Paulino volvió a reír. Y Pepita volvió a preguntarle de qué se reía.

—¿Y ahora, de qué te ríes?

—Mi enlace te dirá adónde tienes que llevar al médico. Ve a las dos en punto al mercado de la Cebada, busca el puesto veintiséis y pregunta por Carmina. Ella te dirá que si quieres patatas. Tú le contestas que quieres patatas, puerros y perejil. ¿Te acordarás? Es muy fácil, patatas, puerros y perejil, todo empieza con pe.

—Como Paulino.

—Y como Pepita.

Ella hubiera querido pedirle que no la mirara así. Pero no se lo pidió.

—Quiero ver a Felipe.

—No.

No, contestó Paulino. Y añadió:

—Ahora no. Esta noche lo verás. Adiós, chiqueta.

Y Pepita se gira con intención de marcharse.

—Adiós.

Al despedirse, Paulino la retiene sujetándole el brazo:

—Recuerda: patatas, puerros y perejil. Y no hables de esto con nadie. Y menos, delante de la mujer de don Fernando.

Pepita le dice: No, descuida. Pero le hubiera gustado preguntarle por qué no ha de enterarse la señora. Le hubiera gustado decirle que no se atreverá a hablar con nadie, y tampoco con don Fernando. Le hubiera gustado preguntar por qué no lo hace su enlace. ¿Por qué? Pero no lo pregunta. ¿Por qué ella? Y se aleja de Paulino aferrada a su toca, mirando al suelo.

¿Por qué ella?

¿Por qué?

## 22

Huir no es tomar el tren. No es siquiera alejarse. Huir no es estar lejos. Pepita apoya su cabeza en la ventanilla evitando mirar al cerro. Entorna los ojos para alejarse de Paulino. Porque Paulino le ha acariciado el pelo. Le ha dicho que Hortensia también es muy guapa. También, había dicho. Y le apretó el brazo antes de decirle Adiós. Y la miró a los ojos. Y Pepita se niega a mirar al cerro, para alejarse de Paulino, y de la petición que le ha hecho Paulino. Cierra los ojos, aunque sabe que el tren la lleva directamente hacia el lugar del que pretende estar huyendo. Cuanto más se aleja de Paulino, más se acerca a don Fernando, y regresa a Paulino.

—Todavía hay sangre, ¿la habéis visto?

—No han consentido que nadie la limpie.

Los murmullos de sus compañeras de vagón llevan a Pepita al sobresalto.

—¿Qué sangre?

Casi gritó.

—Chiquilla, ¿no has visto el suelo de la estación?

No. Ella no ha visto el suelo de la estación. Ella miraba al suelo, pero no ha visto el suelo.

—Ayer mataron a doce.

—A diez.

—A mí me han dicho que a doce.

Susurros. Susurros al oído se intercambian las mujeres acercando sus cabezas para que Pepita no las oiga. Pero Pepita las oye.

—Yo los vi, y eran doce.

—La partida entera de El Chaqueta Negra.

—No me digas que han matado a El Chaqueta Negra.

—No, El Chaqueta Negra no estaba entre los muertos, él y otro se escaparon.

—Y antes mataron a cinco o seis guardias civiles.

—Cualquiera sabe, eso nunca lo dicen.

—Ni lo dicen ni lo dirán, pero en la huerta de El Altollano me han dicho a mí que El Chaqueta Negra mató a cinco o seis guardias civiles, y que se escapó con otro que va herido.

—Entonces, Paulino es El Chaqueta Negra.

Se le ha escapado en voz alta, a Pepita, pero ninguna de las pasajeras lo ha oído.

Sí, Paulino es El Chaqueta Negra.

Paulino es El Chaqueta Negra. Y la ha mirado a los ojos. Es El Chaqueta Negra, y por eso conoce a don Fernando. Pepita vuelve ahora la mirada hacia el cerro y se pregunta por qué no le habrá dicho Paulino que es El Chaqueta Negra. Ella lleva un mensaje de El Chaqueta Negra.

Al llegar a la estación de Delicias, continúa pensando en Paulino. Baja del tren sin prisa. Sin prisa camina mirando a los novios que han madrugado para abrazarse, los enamorados que se citan en el andén simulando ser viajeros que se despiden, para evitar la multa por escándalo público a la que se exponen si se abrazan en plena calle. Y sin prisa se dirige hacia el metro, mirando a un lado y a otro, con la cabeza hundida en los hombros. Lleva un mensaje de El Chaqueta Negra. Viaja en el metro mirando de reojo a su alrededor. Lleva un mensaje de El Chaqueta Negra. Y saldrá al exterior atisbando de soslayo a los que suben las escaleras junto a ella. Vigilará a los transeúntes. Recorrerá las calles. Despacio. La Puerta del Sol, Montera, la plaza de Jacinto Benavente. Atocha. Y pisará el umbral de la pensión mirando a derecha y a izquierda antes de entrar. Porque lleva un mensaje de El Chaqueta Negra. Las campanas de la iglesia de San Judas Tadeo darán la media. Las ocho y media. Aún le dará tiempo de limpiar el retrete y de ayudar a la señora Celia en la cocina antes de ir a casa de don Fernando.

Cuando Pepita abra la puerta de la pensión, encontrará a su patrona en el pasillo:

—¿Por qué no me has avisado de que te ibas?

Le preguntará, intrigada, doña Celia, por qué no la ha avisado, ya que Pepita la despierta todas las mañanas para decirle que se va, antes de ir a la estación a recoger carbonilla.

Curiosidad, más que enojo, encontrará Pepita en la voz de doña Celia. Y descubrirá entonces que le tiemblan las piernas y que le cuesta respirar. Descubrirá que le cuesta mantenerse en pie y mirarla de frente. Porque lleva un mensaje de El Chaqueta Negra. Y se sorprenderá al verse allí, en el pasillo de la pensión, porque no recordará haber caminado por las calles, ni haber viajado en metro, ni haber recorrido el andén de la estación, ni haber llegado en tren a Delicias. Ella sólo recuerda que debe dar un mensaje a don Fernando. Debe ir a casa de don Fernando.

—Estás blanca como la cera, muchacha, ¿qué te ha pasado?

Y Pepita no querrá contestar, porque la cabeza se le ha llenado de espuma, de una espuma muy densa, y escucha a lo lejos un silbido, un tren que se marcha. Ella debe ir a casa de don Fernando. Trae un mensaje de El Chaqueta Negra. Le cuesta oír a su patrona, le cuesta mirarla, le cuesta fijar la vista, le cuesta escucharla, y busca con el hombro la pared.

—¿Dónde está tu lata? No vienes de la estación, ¿verdad?

No querrá contestar. Siente que el silbato del tren atraviesa la espuma de su cabeza. Y ella va en ese tren.

Se va.

Y antes de caer al suelo, se apoya de costado en la pared.

No querrá contestar, pero dirá en un murmullo mientras resbala:

—Traigo un mensaje de El Chaqueta Negra.

# 23

Se acerca la Nochebuena. Y doña Amparo ha dejado un mensaje sobre la mesa del comedor, a su marido, a don Fernando. Quiere que le traiga musgo porque va a poner un nacimiento. Y le pide, de paso, que le deje algo de dinero, que ya ha gastado el que le da para la semana y no le queda para comprar el pavo de Navidad y darle un aguinaldo a Pepita.

Don Fernando lee deprisa, rastreando el cariño de su esposa en las palabras escritas en el papel que tiene en la mano. Pero no lo encontrará, no, ni un resto del cariño de su esposa. Se despide de él diciendo que pasado mañana, domingo, no oirán misa en San Francisco El Grande, sino en San Sebastián. Que recuerde que San Francisco, por fin, está en obras, que por fin van a restaurar el altar que destruyó el bombardeo.

Casi dos años lleva don Fernando sin hablar con su esposa. Ya hace casi dos años que se ven tan sólo los domingos. Él la toma del brazo en la puerta de casa y caminan hacia la iglesia mirando al frente, devolviendo los saludos de los que se cruzan con ellos, y la sonrisa, como obliga la cortesía. Ése fue el pacto. Don Fernando acompañaría a misa los domingos a doña Amparo, para no dar lugar a rumores. Y ella viviría en el piso de arriba. Mandarían a Felisa a su pueblo, y meterían una muchacha por horas.

—No quiero que duerma aquí nadie. No quiero un testigo que pueda ir diciendo lo que hacemos y lo que no hacemos.

No quiero, aprendió a decir doña Amparo.

—No quiero verte en la parte de arriba. Y no quiero bajar mientras tú estés abajo. No quiero cruzarme contigo por los pasillos.

No quiero, se acostumbró enseguida a repetir.

—No quiero que me cuentes nada. Nada, ¿me entiendes? No quiero hablar contigo nunca más en la vida.

Ése fue el pacto acordado, cuando el doctor Ortega le comunicó a su mujer que le habían ofrecido un puesto de contable en la platería de Moratín y que abandonaba la medicina.

—He visto demasiada sangre, Amparo.

—La guerra es la guerra, y en la guerra hay sangre, eso fue lo que yo le dije a tu padre para que no te denunciara. ¿Qué vas a decirle tú ahora, que a estas alturas le tienes miedo a la sangre?

Le recordó que conservaba la vida gracias a ella, que fue ella la que persuadió a su padre para que no lo mencionara en la Causa General.

—Ya le has avergonzado bastante.

Y repite doña Amparo que don Fernando ha avergonzado a su padre:

—Yo creo que ya le has avergonzado bastante.

Y lo dice sabiendo que es cierto. Porque el padre de don Fernando también es médico. Y es amigo personal

96

de Francisco Franco, y durante la guerra le siguió hasta Burgos, para ejercer en la zona nacional, mérito suficiente para que el mismo Jefe del Estado le asignara el puesto de asesor médico en el Ministerio de Gobernación una vez acabada la guerra. El padre nunca le perdonó al hijo que permaneciera fiel a la República prestando sus servicios en el Hospital de Sangre de Chamartín. Le avergonzó durante la contienda, y le avergonzó aún más cuando el Generalísimo presidió el primer Desfile de la Victoria en el paseo de la Castellana de Madrid, y su hijo se negó a asistir a la ceremoniá. La familia entera estaba invitada al palco de honor, junto al Cuerpo Diplomático. La guardia mora custodiaba la tribuna donde el general Varela le impuso al Generalísimo la Gran Cruz Laureada de San Fernando, y su hijo se negó a verlo.

—Ve tú, yo no pienso participar en semejante farsa, ¿sabes cómo ha conseguido la Laureada?

—No me hables de farsas, Fernando, no me hables tú de farsas. Tú, la honestidad en persona, el capitán médico Ortega, el héroe de Paracuellos.

—Te he dicho muchas veces que no estuve en Paracuellos.

Doña Amparo le recuerda a su marido aquella discusión, y añade que ella consiguió convencer a su suegro de que él no estuvo en Paracuellos del Jarama.

—Mi padre nunca se convenció de eso.

—Pero no te denunció. Y yo tampoco. A mí no me importó lo que hubieras hecho.

—Amparo, tienes que entenderlo. Me repugna la sangre, me asquea.

—¿Cómo voy a entenderlo? Yo me casé con un cirujano, eso es lo que entiendo yo, con un cirujano, y si dejas de ser cirujano, ya te puedes ir a Rusia con tus amigos los comunistas, porque te vas a arrepentir. A mí no me haces pasar por la vergüenza de explicarle a nadie que has dejado de ser médico porque te da asco la sangre. Y no pienso decirle a nadie que ahora quieres ser un simple empleado de pacotilla. Ni hablar, yo no pienso hacer el ridículo de esa forma, ¿te enteras?, y no voy a consentir que lo hagas tú.

Durante meses, don Fernando intentó aplacar la ira de su esposa. Continuó ejerciendo la medicina, y le juró que no volvería a hablar del tema. Consiguió que, al llegar a casa, ella le recibiera con un beso. Don Fernando la amaba. Consiguió que ella le ofreciera su ternura en el dormitorio. La amaba, pero sentía que la entrega de su esposa exigía de su parte una sumisión total que le rendía, una entrega más íntima, una claudicación que lo postró en un estado de melancolía del que era incapaz de reponerse.

—No puedo seguir así, Amparo, tenemos que hablar.

—No hay nada de que hablar. Yo no quiero hablar de nada.

—Voy a trabajar en la platería.

Le costó decirlo, pero lo dijo. Y su esposa no lo aceptó, como era de esperar. Trasladó a la torre todas sus cosas y le gritó que no hablaría con él nunca más en la vida.

—En la vida, ¿lo oyes? Nunca más en la vida.

Añadió que no se le ocurriera subir esas escaleras, jamás:

98

—Jamás, so pena de que vengas a decirme que eres médico. Y yo no bajaré mientras tú estés abajo y sigas siendo un contable de pacotilla.

Esa misma tarde, Felisa fue a despedirse de doña Celia. Y doña Celia visitó a don Fernando en nombre de El Chaqueta Negra.

—La hermana de una camarada presa necesita trabajo.

En contra de la costumbre, que señalaba que la señora de la casa contrataba al servicio, don Fernando admitió a la sirvienta sin consultar siquiera a su mujer.

A las diez en punto de la mañana del día siguiente, don Fernando abría la puerta de su casa a una muchacha de ojos azulísimos.

## 24

La primera nevada de aquel invierno comenzó a caer cuando Pepita llegaba a casa de don Fernando. Llamó a la puerta con timidez, un leve timbrazo suave y corto, uno solo. Él esperaba a Pepita, dispuesto para salir, con la capa española sobre los hombros y el sombrero en la mano. Le extrañó la ausencia de energía en aquella llamada. Le extrañó, porque eran las diez de la mañana, la hora en que llegaba Pepita. Y Pepita nunca llamaba así. Antes de abrir, don Fernando miró a través del cristal de una ventana para decidir si se llevaba o no el paraguas. Después se acercó a la puerta y se asomó a la mirilla. Sí, era Pepita. Escondió la nota de su esposa en un bolsillo. Y abrió.

Nevaba.

—Buenos días.

—Buenos días, señorito.

—¿Has visto?, está nevando.

Pepita no le devolvió la sonrisa. No cerró la puerta. No se quitó el abrigo ni se dirigió como siempre a la cocina. Se quedó parada en el vestíbulo mirándole fijamente. Él se colocó el sombrero frente al espejo del perchero, sorprendido ante la falta de entusiasmo de la joven. Porque nevaba, y ella no había corrido a la ventana para verlo.

—¿Está la señora?

—Está en misa.

Entonces ella cerró la puerta y se colocó detrás de don Fernando. Él advirtió sus ojeras a través del espejo, los labios pálidos, los ojos enrojecidos. Se giró hacia ella y le preguntó si había llorado.

—¿Has llorado?

—Tengo que decirle una cosa.

Don Fernando se inclinó hacia sus ojos.

—¿Te encuentras bien?

Observó su lividez. Le tomó la muñeca y le buscó el pulso.

—Estás al borde de una lipotimia.

—Tengo que decirle una cosa muy importante.

Con temor a volver a desmayarse antes de haber dicho lo que debe decir, Pepita toma aire y repite:

—Tengo que decirle una cosa.

Don Fernando la conduce hacia la silla más próxima y la ayuda a sentarse.

—Voy a traerte un vaso de agua con azúcar.

Cuando regresa de la cocina, dando vueltas rápidas al agua con una cucharilla, don Fernando encuentra a Pepita con los codos sobre las rodillas, la cabeza baja y el rostro hundido entre las manos.

—Toma, bébete esto.

—Una cosa de parte de Paulino González.

Ahora es don Fernando quien palidece. Con el vaso extendido hacia Pepita, insiste:

—Bébete esto.

Y se sienta junto a ella.

—Bebe despacio.

Pepita bebe. Despacio.

—Bébetelo todo.

El último trago es el más dulce.

—Usted es médico.

Él guarda silencio.

Las últimas palabras serán las más difíciles de pronunciar, las palabras que quedan por decir, pero serán las que calmen la angustia de Pepita. Dirán, de corrido, que Paulino González necesita un médico, porque Felipe tiene una bala dentro y hay que sacarla, para que no se muera. Dirán, de corrido, que don Fernando es el médico que Felipe necesita, que Felipe es el marido de su hermana Hortensia y que Hortensia está presa y está preñada y se moriría si Felipe llegara a morirse y que un enlace le dará en la plaza las señas para que lleve al señorito a sacarle la bala a Felipe. Y que no se entere la señora.

—No sé por qué no tiene que enterarse la señora, pero que no se entere la señora. Eso me ha dicho El Chaqueta Negra. Eso es lo que me ha dicho. Y que usted no va a denunciarme, eso también me lo ha dicho, señorito, que usted no va a denunciarme.

102

# 25

Ave María, número dieciséis. Ave María, le había dicho Carmina a Pepita en el mercado de la Cebada, después de que ella le pidiera patatas, puerros y perejil. Ave María. Y Pepita reconoció a la mujer que tendía la ropa en el balcón. Carmina habló un minuto, sin mirarla siquiera. Le notificó el lugar y la hora de la cita: Calle Ave María, número dieciséis, tercero derecha, esta noche a las nueve y media. Y se marchó a las traseras del puesto de verduras.

Pepita regresó a la pensión. Comió, poco, y en silencio. Ayudó a la patrona a servir las mesas y recogió las migas de pan negro en su bolsita de terciopelo. En silencio retiró los platos y los cubiertos de las mesas, y en silencio recogió las migas, sin contestar a las preguntas de su patrona, negando con la cabeza lo que había susurrado por la mañana antes de caer redonda al suelo.

—¿Pero no me habías dicho que me traías un mensaje de El Chaqueta Negra?

—No, señora.

Ante las reticencias de la muchacha, doña Celia optó por no preguntarle más. Pero cuando se estaba preparando una achicoria en la cocina, Pepita llegó haciendo pucheros, se sentó en una silla, rompió a llorar, y le contó todo. Todo. Y se lo contó sin que ella se lo hubiese pedido.

Mientras Pepita lava los platos llorando, doña Celia se toma su taza de achicoria e intenta calmarla.

—No estés tan nerviosa, criatura, todo saldrá bien. El Chaqueta Negra sabe lo que hace. Ya te acostumbrarás a tomártelo con más tranquilidad.

—Yo no pienso acostumbrarme a nada. Después de esta noche, que se olvide de mis penas y no cuente más conmigo, que esto no nos va a traer más que desgracias, desgracias, únicamente, y yo ya he tenido muchas. Yo no sé a usted, pero a mí el Partido lo único que me ha traído han sido desgracias. Yo le llevo al médico esta noche, y me tragaré el miedo porque esta vez no me queda más remedio que tragármelo. Pero nunca más. Desgracias vendrán que nos harán llorar, y ésta es la última vez que lloro, que ya he penado lo mío y ya he llorado lo que tenía que llorar y no pienso llorar más.

—Lo mismo dije yo la primera vez que fui al cementerio.

—No es lo mismo.

—No, no es lo mismo.

Y no era lo mismo, porque doña Celia ya no lloraba. Y porque doña Celia no acudía al cementerio cada mañana para visitar a su hija, como creía Pepita. Ella ni siquiera sabía si Almudena se encontraba allí. Ella sólo tenía la certeza de que su hija estaba muerta. No, no era lo mismo. A pesar de que doña Celia sintió idéntico espanto al que ahora soporta Pepita a duras penas, cuando su sobrina Isabel se acercó a ella en la plaza de Antón Martín y le habló al oído.

—Tengo que pedirle un favor, tía.

Iba a pedirle un favor. Isabel iba a señalarle que el sepulturero comía a diario en su pensión. Y le contó que todas las mañanas había una cola de mujeres en la puerta del cementerio del Este.

—Esperan, pero nunca las dejan pasar.

Hacían cola las mujeres que sabían que iban a fusilar a algún familiar, con la esperanza de que les permitieran ver a sus muertos.

—Antes de que los echen a la fosa.

Sólo tiene que pedirle al sepulturero, le había dicho su sobrina al llegar al callejón Doré, ante la puerta del mercado, sólo tiene que pedirle que nos deje escondernos en un panteón, a otra y a mí.

—Usted no tiene que hacer nada más que pedírselo.

—Nada más. Nada más que pedírselo. Como si fuera tan fácil, como si pedirle al sepulturero que permita esconderse a dos mujeres en un panteón fuera igual que pedirle la hora. Tú estás loca, Isabelita.

Sin embargo, se lo pidió ese mismo día. Y a cambio, le ofreció servirle más comida y más pan negro que a nadie. Se lo pidió, y a la mañana siguiente, de madrugada, fue ella misma con su sobrina Isabel al cementerio, aguantando el miedo en la garganta. Pero ya no tiene miedo. Lo perdió, al igual que las lágrimas. Y con el miedo y las lágrimas perdió las primeras furias, la cólera iracunda que debía sofocar, escondida en un panteón del cementerio del Este, cuando escuchaba las descargas de los fusiles y los tiros de gracia. Ya sólo sentía una rabia amarga, que tragaba despacio con su desolación mientras se acercaba a los cadáveres con unas tijeras en la mano. Y doña Celia escucha las quejas que Pepita desgrana entre maldiciones mientras lava furiosa la vajilla sorbiéndose el llanto.

—Maldita sea. Yo lo hago por mi hermana, ¿sabe usted?, por mi hermana únicamente, que me da mucha lástima. Bien lo sabe Dios. Pero maldigo al Partido, y a El Chaqueta Negra, y a la madre que los parió. El maldito Partido es el que tiene la culpa de todo. Usted me perdonará si la ofendo, pero si el dichoso Partido sirviese para algo no estaríamos como estamos, señora Celia, no me diga usted que no, que tiene tela la cosa. Yo le llevo al médico esta noche, pero nunca más.

La primera vez que doña Celia fue al cementerio del Este, se repitió a sí misma que no volvería a hacerlo. Y fue llorando. Por Almudena lo hizo, porque doña Celia no tuvo la suerte de saber a tiempo que iban a fusilar a su hija. Ella no había podido darle sepultura, ni le había cerrado los ojos, ni le había lavado la cara para limpiarle la sangre antes de entregarla a la tierra. Almudena. Y por eso va todas las mañanas al cementerio del Este, y se esconde con su sobrina Isabel en un panteón hasta que dejan de oírse las descargas. Por eso corre después hacia los muertos, y corta con unas tijeras un trocito de tela de sus ropas y se los muestra a las mujeres que esperan en la puerta, las que han sabido a tiempo el día de sus muertos, para que algunas de ellas los reconozcan en aquellos retales pequeños, y entren al cementerio. Y puedan cerrarles los ojos. Y les laven la cara.

—¿Usted cree que ya puedo aliviarme el luto, señora Celia?

# 26

Para no sentir frío, Pepita achina los ojos. Camina sobre la nieve levantando en exceso los pies y doblando las rodillas, con el ritmo pausado de un ave zancuda. Los zapatos que lleva no son los más apropiados para esta noche nevada, pero son los únicos que tiene. Doña Celia la ha visto lustrarlos, la ha visto sacarles brillo primorosamente y cambiarles las plantillas de cartón que les pone desde que un agujero amenaza con horadar las suelas. La ha visto calzarse, enderezar la raya de sus medias y mirarse las piernas en la luna del armario ropero, de frente y de perfil, alisándose las faldas con las manos, como hacía Almudena antes de abandonar su habitación para salir a encontrarse con algún muchacho.

Los nervios de Pepita habían ido en aumento desde que regresó de casa de don Fernando.

—Señora Celia, ¿no le importa que no le ayude hoy para las cenas? Es que tengo que arreglarme el vestido.

—No, hija, ya me apañaré yo.

Era el vestido que guardaba para su alivio de luto. Un vestido estampado con falda de vuelo, con grandes flores moradas y ramilletes de hojas grises y negras, que le había regalado doña Celia.

—Mire, ¿le gusta cómo me queda?

—Muy bonito, muy bonito.

—Pero me está largo, ¿verdad?

—Un poco.

—Le voy a subir el dobladillo.

Ante la mirada enternecida de su patrona, Pepita corrió a su dormitorio revoloteando entre las flores de su falda. Pero volvió de inmediato a la cocina.

—¿Me haría usted el favor de cogerme el bajo?

Doña Celia sonrió, y tomó los alfileres que le tendían. Pepita se ciñó el talle con las palmas de las manos abiertas.

—¿Cómo se ven las pinzas del pecho?

—Bien.

—¿No me están chicas?

—No.

—¿Y las sisas?

—Bien.

—No sé, me da a mí que me están grandes.

—No te están grandes.

Regresó aún tres veces más a la cocina. Las tres para preguntar a doña Celia si consideraba que dos años eran suficientes para guardar luto riguroso por su padre.

—No me gustaría faltarle.

—¿Y si Hortensia se enfada?

—¿No sería mejor decírselo antes a Hortensia, para que ella se lo quite también?

Las respuestas que obtuvo acabaron con sus tribulaciones:

—Media España está de luto, estoy segura de que a tu padre le gustaría que te lo quitaras tú.

—¿Cómo se va a enfadar tu hermana por eso, mujer?

—Cómprale un retal en Pontejos, y se lo llevas la próxima vez que vayas a verla.

A las nueve en punto, salió Pepita de la pensión acicalada como para un baile con el vestido de flores que había sido de Almudena, y tapada con el abrigo de su padre. En la puerta la esperaba don Fernando con un maletín en la mano. Pepita se sonrojó al ver el maletín, recordó la herida de Felipe y se arrepintió al instante de haberse puesto ese vestido.

Y ahora camina por la acera de la calle Ave María levantando los pies, mirando la nieve, sin poder evitar la ansiedad que le provoca un nuevo encuentro con Paulino, y sin poder olvidar su desasosiego, su angustia, su pánico ante aquella cita clandestina. Teme que la gran araña negra y peluda la haya atrapado. Mira la nieve, para no ver nada más que la nieve, para no ver que se acercan al número dieciséis, para no ver el mundo. A ella le gustaría volver atrás, estar en Córdoba. Le gustaría volver al verano del treinta y seis, al principio de aquel verano, cuando Hortensia aún no se había vestido de miliciana y Felipe la cortejaba, o al Carnaval, al baile de máscaras, cuando su padre aún podía enseñarles a reír. Y se siente culpable, por desear ver a Paulino, por presumir con el vestido de Almudena, por no estar presa como su hermana, herida como Felipe o muerta como su padre. Se siente culpable por haberse puesto aquel vestido. Levanta los pies y dobla las rodillas. Y para escapar de la gran tela de araña que imagina, pegajosa, enredada en sus pasos, intenta conversar con don Fernando:

—Ha nevado.

Él sonríe.

—Sí.

—Hay tanta nieve que no se ve el mundo.

## 27

—Necesito más luz.

Tendido sobre la mesa de la cocina, Felipe sofocó un quejido cuando don Fernando palpó el borde de su herida.

—No te muevas.

La herida era menos grave de lo que don Fernando temía. Inyectó al paciente anestesia local, y le suministró una pequeña dosis de éter impregnado en una gasa.

—Más luz, ¿no hay más luz?

No, no había más luz. No había más que una bombilla colgando del techo. Aun así, extrajo la bala con destreza, y se la entregó a la dueña de la casa, que había hecho las veces de ayudante en la intervención quirúrgica. Ella la metió en una taza con agua para limpiarla, la secó con un paño de cocina y se la ofreció al herido cuando éste despertó:

—¿La quieres?

No, contestó él, aturdido aún por el efecto del narcótico que había inhalado, y le pidió que hiciera venir a su cuñada.

—Dile a mi cuñada que venga.

—Mañana vendré a hacerle una cura.

—No es menester, doctor Ortega, usted ya ha hecho lo que tenía que hacer.

—Vendré mañana, a la misma hora.

Pepita y Paulino esperaban juntos en una sala pequeña, sin ventanas, contigua al comedor. El tiempo que duró la operación de Felipe lo pasaron intentando evitar mirarse a los ojos. Pepita habló de Hortensia, de lo mucho que se querían ella y Felipe, y de la pena que le daba verla presa. Después de unos segundos de silencio, cruzó los brazos, se encaró a Paulino y preguntó lo que no se había atrevido a preguntar en el cerro. La cuestión que le rondaba desde que se dijeron adiós:

—¿Por qué yo?

—¿Por qué, el qué?

—¿Por qué he tenido que traer yo a don Fernando? ¿Por qué no lo ha traído Carmina?

—Porque Carmina ya me conoce a mí y te conoce a ti, no hace falta alguna que conozca también a don Fernando.

—¿Y eso por qué, vamos a ver?

—Las cosas son así, chiqueta. Es peligroso que una sola persona conozca a mucha gente.

—Pues yo conozco a mucha gente, no sé por qué me has tenido que meter a mí en este ajo.

—Tú ya estás metida en este ajo.

Pepita hizo un mohín de disgusto. Miró hacia el hule que cubría la mesa y rascó con la uña un extremo. No supo qué añadir, pensó que era cierto lo que Paulino acababa de afirmar. La tela de araña la había enredado por completo. Ella estaba metida, y bien metida, en este ajo. Sin mirar a Paulino, y sin pensarlo, le dijo que no parecía El Chaqueta Negra.

—Hoy no pareces El Chaqueta Negra.

Y no parecía El Chaqueta Negra porque Paulino no llevaba su fusil, ni su gorra de visera, ni su chaqueta de pana; vestía traje cruzado, chaleco, cuello duro y corbata.

—¿El Chaqueta Negra?

—Eres El Chaqueta Negra, no me lo quieras negar, tú.

—No quieras tú saber tanto.

—Mira qué lástima, ¿se puede saber por qué no?

Él no contestó, se limitó a sonreír.

Habían pasado más de una hora en aquella habitación sin ventanas, cuando la mujer que ayudó a don Fernando abrió la puerta:

—Ya está. Niña, te llama tu cuñado.

Los dos jóvenes se levantaron y se dirigieron a la cocina. Pepita caminaba delante de Paulino y, sin darse cuenta, comenzó a contonear las caderas. Paulino no dejó de mirarla con disimulo hasta que llegaron junto a Felipe.

—No voy a morirme, Pepa.

—No me digas Pepa, dime Pepita.

—Como cuando eras chica.

—Sí.

—Antes no te he dado las gracias.

—A mandar, que para eso estamos.

—Gracias, Pepita, de corazón.

Ella se retiró un mechón de la frente y repitió:

—Para eso estamos.

Sonrió, los dos sonrieron. Felipe alargó una mano y Pepita la tomó entre las suyas.

—Qué guapa estás.

Entonces Paulino la miró abiertamente y dijo:

—Sí. Y tiene los ojos de un color imposible.

Y también sonrió. Pepita enrojeció, tragó saliva y apretó la mano de Felipe:

—Qué bien que no vas a morirte.

—Voy a ir a ver a Tensi.

La mirada oscura de Felipe buscó en los ojos de Paulino la ratificación del juramento que éste le hiciera en el cerro.

—Paulino va a llevarme a verla.

Paulino asintió con un movimiento de cabeza, y Pepita les recriminó a ambos que pensaran en locura semejante:

—¿Estáis locos?

—Tranquila, lo tenemos bien preparado.

—Ustedes estáis como una regadera. No estáis en vuestros cabales, ¿verdad? Si os cogen, os matan a los dos.

—No van a cogernos.

—Pues a mí no me metáis en ese fregado, ¿estamos? Que os estoy viendo venir.

—Tranquila, mujer.

—¿Tranquila? Mira, chiquillo, yo me voy pitando de aquí, que no quiero saber nada.

Soltó la mano de Felipe y salió de la cocina.

—Espera.

Pepita no esperó. Se dirigió hacia la sala sin ventanas donde aguardaba don Fernando dispuesto para salir; pero antes de que pudiera abrir la puerta, las manos de Paulino la detuvieron sujetándole los hombros.

—Se lo juré, y voy a cumplir.

114

—Tú sabrás lo que juras y lo que dejas de jurar, pero conmigo no cuentes.

—Felipe entrará con una chiqueta de Peñaranda de Bracamonte que tiene a su madre en Ventas, se hará pasar por su marido el día de Navidad, ese día hay mucho follón, ni pedirán papeles, no se darán cuenta.

—Siempre sabéis cómo liar a la gente, pero estate tranquilo que, lo que es a mí, no me vais a liar nunca más. Nunca. ¿Te enteras?

—Tú no tienes que hacer nada.

—Pues no me lo expliques, que no lo quiero saber. Ustedes liáis y liáis, pero llegará el día en que os líen a ustedes, y vaya a saber si el lío no os viene de Peñaranda de Bracamonte.

—Es de confianza, militante de Solidaridad Obrera.

—¡Que no lo quiero saber! ¿Me estás entendiendo?

—No te enfades. Si yo creyera que corres peligro con saberlo, no te lo contaría.

—Yo no sé si corro peligro o no corro peligro. Yo sólo sé que mi padre está muerto, que mi hermana está presa y que a vosotros dos os van a matar. Y no quiero saber ni media palabrita más. Os matarán a todos, a todos.

Gritó. Pepita gritó, y la dueña de la casa salió al pasillo con el abrigo de Pepita en la mano, seguida de don Fernando.

—¿Qué es este jaleo, por Dios? Me vais a buscar la ruina.

—Perdone, no era mi intención, yo ya me iba. Y usted, ¿se viene o se queda, señorito?

—Yo también me voy, te estaba esperando.

—Pues, ¡hale! Ya está, que tengan ustedes buenas noches, ni media palabrita más, punto final y se acabó. Y vale más que nos vayamos, señorito, ya nos podemos ir.

Pepita se puso el abrigo y abrió la puerta; don Fernando la dejó pasar, y salieron los dos al descansillo.

—Buenas noches.

Buenas noches dijo la dueña de la casa.

—Buenas noches.

Buenas noches dijo Paulino sujetando la puerta. Pero no la cerró. Cuando Pepita y don Fernando bajaban ya las escaleras, llamó a la joven en voz baja:

—Pepita.

—¿Qué?

—Espera.

—¿Qué quieres ahora?

Paulino bajó los peldaños que los separaban, se acercó a su oído y le preguntó:

—¿Tienes novio?

## 28

La luz de la torre está encendida. Don Fernando escucha el taconeo de su esposa desde el piso inferior. Por el ritmo de sus pasos, sabe que ha estado esperando inquieta su llegada. Sabe que camina de un lado a otro, y que lo hará durante un rato más, pisando fuerte, hasta que considere que él se da por enterado de que es tarde. Es tarde. Y ella está despierta. Es tarde, para llegar a casa. El sonido de sus tacones se aplacará poco a poco. Después, cesará. Y don Fernando la oirá llorar, como otras veces. Él se acercará a la escalera, le dará cuerda al reloj de pared del pasillo, y hará el ruido necesario, el justo, para que doña Amparo sepa que la está oyendo llorar. A él le gustaría subir, decirle que aún la ama. Y a ella, bajar. Pero ninguno de los dos romperá el pacto. Dormirán separados, sabiendo que la distancia entre ellos es cada día mayor, y esperarán al domingo para cogerse del brazo. Ambos llevan casi dos años esperando al domingo.

Ella escribirá esta misma noche una nota: No sé con quién has estado, ni me importa. Y él la leerá mañana. Y volverá a cuestionarse su trabajo en la platería. Volverá a pensar que quizá se ha equivocado. Le gustaba la medicina. Y sentirá una opresión en el pecho que le obligará a aspirar una bocanada de aire. La ansiedad le impedirá respirar, aunque tenga henchidos los pulmones. Porque recordará de inmediato a Kolstov, el corresponsal del *Pravda* que se hacía llamar Miguel Martínez, y era, se decía, el agente personal de Stalin en España. El día que se conocieron, rieron juntos. Don Fernando no sabe si fue Kolstov quien dio la orden. Dicen que fue él, eso dicen. Y dicen que a su cargo estuvo la evacuación de los prisioneros políticos de la cárcel Modelo. Más de mil. El Gobierno había huido a Valencia. Habían huido, por mucho que se empeñaran en maquillar esa fuga. Madrid estaba sitiado. Y el capitán médico Ortega se ahoga en Paracuellos del Jarama. Se ahoga. Porque él no detuvo la masacre. El capitán médico Ortega salió corriendo y, en la carretera de Barajas, saludó a Kolstov y fue incapaz de mirarle a la cara. Se ahoga. Él vio morir a los prisioneros. No se alejó de los guardianes que disparaban. No se alejó, hasta que terminó la matanza. Miró. Y es culpable. Miró. Y no dijo ¡Basta! ni una sola vez. ¡Basta! Miró cómo caían los cuerpos. Y se ahoga. Miró cómo brotaba la sangre. Miró. Y le gustó mirar. Y lo sabe. Miró brotar la sangre. La sangre. Arterias. Venas. La yugular, la carótida, la femoral, la aorta, la ilíaca, la safena. Es más oscura la sangre venosa. Claro, esa bala ha perforado la safena. Miró. Y sólo echó a correr cuando cayó en la cuenta de que estaba observando el brotar de la sangre como si estuviera diagnosticando la procedencia de una hemorragia. Miró. No pestañeó ni una sola vez. Y ahora siente repugnancia. Es posible que fueran casi mil muertos y él no vio la cara de ninguno.

No sé dónde estuviste anoche, ni con quién. Ni me importa.

Leerá. Mañana. Y será igual que siempre. Porque él era cirujano. Y no quiere volver a serlo. No quiere más sangre. Y se ahoga, aunque hoy haya sido capaz de extraer una bala. Y no ha temblado. Hoy ha sostenido un bisturí sin acordarse de la sangre de Paracuellos del Jarama.

Leerá, por la mañana, la nota que doña Amparo dejará en el aparador antes de irse a misa.

Querrá esperar a que su esposa regrese de la iglesia, para decirle que ha vuelto a ser médico. Y que esta noche también llegará tarde, que no se preocupe, que va a visitar al paciente que operó ayer. Pero no lo hará. Se irá a la platería envuelto en su capa española y dejará en un platillo del aparador el dinero que doña Amparo le reclama en un papel:

No me dejaste lo de Pepita, ni para el pavo, y tus padres vienen a comer en Navidad.

## 29

Con el aguinaldo que le ha dado la señora, Pepita quiere comprar un retal para Hortensia. Le hará un vestido holgado que le sirva durante todo el embarazo y la abrigue bien. Buscará una franela gris con florecitas blancas. Tiene tiempo, si se da prisa, de pasar por Pontejos antes de ir a Sol a comprar el pavo que le ha encargado doña Amparo.

Acelera el paso. A ella no le gusta aprovecharse cuando sale a los recados, pero si no compra ahora el retal no podrá empezar a coser esta noche. Sólo quedan tres días para la próxima visita. Sólo le quedan tres noches para hacer el vestido. Correrá, para que doña Amparo no le pregunte al volver por qué ha tardado tanto.

Cruza la plaza de Jacinto Benavente sujetándose la toquilla y mirando al suelo para no resbalar en la nieve. Antes de llegar al otro extremo, advierte que alguien la sigue. Un hombre. Un hombre la está siguiendo de cerca.

Pero no, el hombre que la estaba siguiendo pasó de largo junto a ella. Y ella respiró hondo y levantó la vista. Fue un instante. Volvió la mirada a la nieve y contuvo la respiración. Se paró en seco. Desde la esquina de la calle de la Bolsa, el hombre que había pasado de largo la saludó levantándose el sombrero mientras aplastaba una colilla en el suelo con el tacón del zapato. Pepita cerró los ojos. Giró un hombro y se protegió con la toca antes de volver a mirar hacia la esquina donde aquel hombre se apoyaba de lado en la pared. Sí, volvía a saludarla calándose el sombrero en la frente. Pepita retrocedió un paso. Y él comenzó a caminar hacia ella.

—Cógeme del brazo, chiqueta, y no te asustes.

Era Paulino, sí. Y no dijo nada más. La llevó a la iglesia de San Judas Tadeo y, ya en su interior, encendió una vela; se la entregó a Pepita y prendió otra:

—Nos vamos a Toulouse.

Con la vela encendida en una mano y el sombrero en la otra, repitió que se iban a Toulouse, se acercó a la imagen de San Judas y preguntó si era ése el santo que le encontraba novio a las mozas. Ella le contestó que no:

—No, el que busca novio es San Antonio de la Florida.

—¿Dónde se pone esto?

—Aquí, trae para acá, chiquillo.

Pepita colocó las dos velas en el lugar de las ofrendas.

—Y este santo, ¿qué hace?

—Es el patrón de los imposibles.

—¿Tú vas a ir a San Antonio de la Florida?

—¿A ti qué te importa?

—Tú no vayas a San Antonio, que a ti no te va a hacer falta.

No estaban solos en la iglesia, algunos feligreses les miraban, pero de pronto, Pepita perdió el miedo a que la vieran junto a Paulino. Perdió el miedo que la paralizó en la plaza al ver a El Chaqueta Negra apostado en la esquina; el miedo a que la gente lo descubriera caminando de su brazo; y el miedo a que Paulino la rozara. Se acercó a él y le preguntó dónde estaba Toulouse.

—En Francia, pero volveré pronto, y te buscaré si quieres ser mi novia.

—Yo ya estoy al habla con uno de Córdoba.

—Eso es mentira.

—Mira tú por dónde, ¡ahora vas a saber más tú que yo!

—Me lo ha dicho Felipe.

—¿Cómo está?

—Mejor.

—¿Cuándo os vais?

—¿Me darás contestación?

—¿De qué?

—De lo que he venido a pedirte.

—En Córdoba no se hacen así las cosas.

—¿Pues, cómo se hacen?

—Pues a su debido tiempo. El muchacho ronda a la muchacha y si ella está de parte y le agrada, se deja rondar. Y en eso se lleva un montón de tiempo, si es que va de formal.

No hay tiempo. Paulino no tiene tiempo para cortejar a una mujer, como a Pepita le hubiera gustado. Por eso le da un plazo:

—Ven esta noche. Ven a Ave María y me das contestación.

Desde atrás, una mujer chistó para que se callaran. Paulino prendió otra vela, se la entregó a Pepita y le rogó al oído que la ofreciera por él al patrón de los imposibles. Ella miró de soslayo a la mujer que acababa de chistar, y le susurró a Paulino sin apenas mover los labios:

—¿Qué quieres que le pida?

Las dos manos de Pepita sujetaban la vela encendida, él las rodeó con las suyas y contestó:

—Tú lo sabes, chiqueta.

Y se marchó. Ella le vio caminar hacia la puerta. Le vio tomar agua bendita y persignarse torpemente, mirándola.

Cuando Paulino iba a besarse el pulgar, Pepita se santiguó y acercó también el suyo a sus labios. Mirándole.

## 30

Cuando un camarada cae, es preciso tomar precauciones. Carmina ha caído. Felipe y Paulino deben abandonar el número dieciséis de la calle Ave María. Se marcharán esa misma mañana, en cuanto Paulino regrese; la familia de Peñaranda de Bracamonte los alojará en su casa, en la calle Ayala, hasta el día de Navidad. Desde allí irán con ellos al penal de Ventas. Inmediatamente después, emprenderán camino hacia Toulouse. Felipe aguarda inquieto a Paulino, que ha cometido la estupidez de salir a la calle. Él no pudo evitarlo, El Chaqueta Negra es testarudo, se negaba a dar explicaciones y a tomar en consideración el riesgo a ser descubierto. Salió a la calle, después de discutir con Felipe, que le increpó a voz en grito:

—¿Adónde vas?

—Voy a salir un momento, enseguida vuelvo.

—¿Te has vuelto loco? A ver si te has creído que porque hayas dejado la chaqueta de pana ya no eres un huido.

—Llevo un buen disfraz, de burgués.

—Pero no para exponerse tontamente, ¿qué clase de bicho te ha picado?

—Antes de una hora estoy aquí, te lo juro.

—Pero ¿adónde tienes que ir?

—Tengo que salir.

—Tú no vas a ninguna parte.

—Felipe, voy a salir.

—¿No vas a decirme siquiera adónde vas?

—Si te empeñas.

—Me empeño, por mis muertos.

—A ver a Pepita.

—¿Qué me estás diciendo?

—Que voy a ver a Pepita.

—¿Y qué tienes con ella?

—Sólo buenas intenciones. En una hora estoy aquí, camarada, te lo juro.

—No me digas camarada, cabrón, mientras te vas a rondar a una muchacha que sabes que no tiene madre, que no tiene padre, que está sola, y tú la pones en peligro. A ella, a ti, y a mí, a todos nos pones en peligro si sales a la calle.

—Más peligro es ir a ver a Tensi, ¿no?

—No la nombres siquiera, hijo puta, que te mato.

De nada sirvió la discusión, Paulino salió a la calle dejando que Felipe continuara insultándolo desde el descansillo de la escalera.

Cuando Paulino regresó, Felipe le dijo que Carmina había caído y que tenían que irse sin perder un minuto. Volvieron a discutir, pero salieron a la calle vestidos de burgueses después de haberse abrazado.

La ropa que viste le resulta incómoda, a Paulino. Una y otra vez se ahueca el cuello de la camisa con los dedos para liberar su garganta del ahogo que le provoca su rigidez. En el tranvía que le lleva hacia la plaza de Manuel Becerra, no deja de pensar en Pepita. Sentado junto a Felipe, contesta con monosílabos a su compañero. Sabe que él intenta conversar a modo de disculpa por los insultos que le profirió hace apenas una hora, pero él no tiene ganas de hablar.

—A mí no me engañas, a ti no te gusta nuestro disfraz de burgués, porque parecemos burgueses de verdad.

—Ya.

—Ya se conoce que no.

—¿Qué?

—Que ya se conoce que no te gusta, te acabarás arrancando el cuello.

—Ya.

—Ya, ya, pues déjalo ya, que me estás poniendo los nervios para arriba.

La ha abandonado. Ha abandonado a Pepita como abandonó a Elvira y a su madre en el puerto de Alicante. Es posible que no vuelva a verla, que desaparezca en la sombra de este desconcierto, al igual que desaparecieron su madre y su hermana, de las que no tiene noticias desde entonces. Paulino sólo sabe que a todos los que estaban en el puerto los consideraron prisioneros políticos. Que separaron a las mujeres de los hombres y los encerraron a todos, incluso los cines de la ciudad se convirtieron en prisiones improvisadas. También algunos conventos sirvieron de cárceles. Cuando cines y conventos estuvieron abarrotados, a las mujeres las llevaron al Campo de Los Almendros, y a los hombres al de Albatera. Un compañero del Partido le dijo que después trasladaron a un gran número de mujeres a Madrid. Las llevaron en tren. En el trayecto murieron cinco niños. Tardaron cinco días en llegar, en vagones precintados, y hacía mucho calor. El primer día les dieron una naranja y una sardina de lata. El tercero, medio chusco de pan negro. Eso fue todo lo que comieron en cinco días.

—Es bonito Madrid.

No ha podido avisar a Pepita, no ha podido decirle siquiera que se iban de Ave María. No ha podido. Y la dueña de la casa no ha querido llevarle una nota, dijo que no, que no quería llevar eso encima si la cogían. Felipe volvió a enfadarse con él cuando oyó lo que estaba pidiendo.

—A ti se te ha ido el seso como el agua se va por un caño, chiquillo, en un momento se te ha ido todo el seso.

—Sólo quería enviarle una nota.

—¡Qué nota ni qué nota, joder! ¿No te das por enterado de que esta mujer no tiene que saber de ella ni el nombre? ¡Y vas tú, y le quieres dar las señas, so merluzo!

—Le he pedido que venga esta noche.

—¿Aquí? ¿A Pepita?

—Sí.

—La has hecho buena.

Felipe descubrió en la expresión de angustia de Paulino un terror que no le había visto nunca, ni siquiera en los peores momentos de las peores atrocidades que habían presenciado juntos. Le miró a los ojos, y le dijo que no se preocupara, que avisarían a Pepita de que no debía volver a Ave María.

—Mira, ahí estuvimos nosotros poniendo sacos, se ve que no hicimos bien la faena.

El tranvía rodea la Puerta de Alcalá.

—Sí.

La buscará en la puerta del penal. Intentará acercarse a ella y le entregará una carta. Hoy mismo escribirá la carta.

—Menudos pepinazos, tiene más agujeros que un cedazo.

Es raro Felipe, le dio un abrazo inmenso antes de abrir la puerta de Ave María, cuando le dijo que no se preocupara por Pepita.

—No te preocupes por Pepita, y ven aquí, cabrón. Dame un abrazo, hijo puta, que llevas una herida más honda que la mía.

Parece bruto, pero es un sentimental, se le nota cuando habla de Tensi. Le llamó hijo puta sólo por nombrarla, y quiere mucho a Pepita, también se le nota, porque cuando él le contó lo de San Judas Tadeo mientras bajaban las escaleras, se paró y volvió a abrazarle. Y se le pasó el enfado. De dónde habrá sacado esa maleta de doble fondo para guardar las armas, la ha conseguido esta misma mañana, porque ayer no la tenía. No le ha consentido cargarla, tozudo sí que es. Si me paran, le había dicho, no me conoces. Yo iré delante y tú unos pasos atrás y si ves que me paran, pon cara de paisaje y sigue andando como si nada, que todas las precauciones son pocas. Sin embargo, se sentó a su lado en el tranvía y ahora no para de hablarle, porque es un sentimental y no soporta estar enfadado.

—Estamos llegando.

No consentirá que vuelva a cargar la maleta. Cuando bajen del tranvía, se la arrancará de las manos si es necesario. Qué le habrá visto en la cara cuando le dio ese abrazo; una herida más honda que la mía, le dijo. Y Paulino vuelve a ahuecarse el cuello de la camisa, y cierra los ojos. Pepita. Y la ve, sentada en la piedra del camino del cerro, intentando ocultar su rostro tras la toquilla. Y la ve caminar asustada hacia atrás alrededor del matorral, apartándose el mechón de la frente. Y la ve, con su vestido de flores y sus zapatos mojados, contonear las caderas. Y la ve enfadada. Y la ve gritando. Y la ve con una vela en la mano en la iglesia de San Judas Tadeo. Y la ve santiguarse mirándolo a él, y acercarse el pulgar a la boca.

Y la siente en los labios.

## 31

El vestido de Hortensia estará listo para el día de Navidad, el vestido que la mujer que va a morir llevará puesto cuando vaya a la muerte. Franela gris, con pequeños ramilletes de flores blancas. Pepita se ha pinchado al dar la última puntada. Distraída, chupa la gota de sangre que brota de su pulgar y mira hacia la calle por el balcón. Es domingo, y está acabando la tarde. La nieve que cayó durante los últimos días se ha convertido en montículos marrones de diferentes tamaños que se derriten al borde de las aceras. Pepita se retira del balcón y se dirige a la cocina. Ensimismada aún, con el vestido de su hermana en la mano, le pedirá permiso a doña Celia para utilizar la plancha:

—¿Me da usted su permiso para planchar el vestido de mi hermana?

—Sí, hija. ¿A ver?, te ha quedado muy bonito.

Y doña Celia la verá llenar la plancha con carbón; la verá comprobar si está caliente con el sonido de la yema de uno de sus dedos mojado en saliva, y deslizar la plancha sobre la tela en recorridos cortos y precisos, mientras ella escucha la novela en el aparato de radio. No le dirá nada su patrona, no interrumpirá el silencio con el que Pepita maneja el vestido dándole la vuelta para colocar la falda, salpicando las flores con agua en las arrugas que se resisten y repitiendo unos pequeños golpes de plancha después de volver a comprobar con el dedo que continúa caliente. Y no le hablará doña Celia, no porque tenga interés en la historia que está escuchando, no, no será por eso por lo que guarde silencio, ni porque piense que Pepita está ensimismada en el planchado, será porque doña Celia sabe que Pepita no tiene ganas de charla. Y sabe por qué.

Y doña Celia espera.

La observa doblar el vestido, y cómo se pone colorada de repente.

—Los hombres son unos frescos. A lo primero, se acercan como bravos, y luego después te despachan y se van.

No tardará Pepita en tener ganas de charla. Pero aún no es tiempo. Y su patrona lo sabe. Sabe que debe esperar porque las palabras de Pepita aún forman parte de un suspiro. Doña Celia la oye suspirar. Y espera.

—Ay, madre mía.

Pepita regresa al silencio.

Aunque no tardará mucho en dar rienda a sus quejas. Será un poco más tarde, después de la cena, cuando vuelva a ponerse colorada de repente en la cocina mientras seca una sartén con un trapo.

—Echan a correr sin dar más explicaciones. Te arrumban como a un trasto viejo, y ahora paz y después gloria. Y no me lo disculpe, señora Celia, que tiene meneo la cosa. No me disculpe a ese mamarracho, que ese malaje vestido de señorito se ha creído que es la mona vestida de seda y que el tronío lo regalan con un traje gris perla. Y si pudo venir a pedirme relaciones, bien hubiera podido volver a decirme que olvidara que me las había pedido. Ése se va a enterar. Cuando lo vea, se va a enterar.

Sí, ya tiene ganas de hablar. Y a doña Celia le corresponde intentar consolar a la que no tiene consuelo desde hace dos días, desde hace dos noches, cuando al salir de la casa de don Fernando la abordó un señor con sombrero marrón y le pidió la hora.

—No llevo reloj. Pero si espera un minuto, oirá usted mismamente que dan las nueve.

Dieron, en efecto, las nueve. Y Pepita no oyó las campanadas. Oyó cómo la voz que le había pedido la hora se convertía en un susurro:

—Si yo le pidiera patatas, ¿qué me contestaría usted?

Y oyó su propia voz que, sin pensarlo, contestaba asimismo en un susurro:

—Patatas, puerros y perejil.

—Le traigo un recado de Ave María. Me han dicho que no vaya esta noche, que han tenido que marcharse, y que se lo diga usted al médico.

Sin darle tiempo a contestar, el señor del sombrero marrón alzó de nuevo la voz:

—Las nueve, sí. Gracias, señorita.

Y la dejó en la puerta de la casa de don Fernando.

—No me lo quiera disculpar, señora Celia, no me lo quiera disculpar que no tiene disculpa, que ese mamarracho se ha ido para Francia sin más miramientos.

—Mujer, hay cosas de fuerza mayor.

—Ni mayor ni menor, ni así de medianas le consiento yo a ése las fuerzas, que ése es un sinconciencia y yo he sido una tonta de remate y en mi pueblo las cosas no se hacen así, señora.

Dormirá Pepita esa noche pensando que es tonta y se levantará temprano al día siguiente para ir a la estación a recoger carbonilla pensando lo mismo. Le dirá a su patrona que es hora de que se vaya al cementerio. Y doña Celia le dará un beso, antes de meter unas tijeras en el bolso.

Y el día de Navidad, Pepita se pondrá el uniforme negro que le ha comprado doña Amparo, con su delantal almidonado y sus puños de puntillas, su cofia y sus guantes blancos. Pensará en Paulino cuando se mire al espejo, y cuando vea lo guapa que se ha puesto doña Amparo y los ojos con los que la mira don Fernando. Y servirá la mesa como le han enseñado, ofreciendo las bandejas por la izquierda, primero a las señoras, inclinándose lo justo, sin mirar fijamente a ningún comensal y sin temblar como tiembla doña Amparo al llevarse la copa de cristal a los labios.

Y tiembla doña Amparo porque siente que su marido la está mirando.

Pepita hubiera deseado que Paulino la mirara así.

Después de servir el café en el salón del piano, y de ofrecer polvorones, alfajores, turrones y peladillas en una bandeja de plata, sin mirar el brillo de la medalla que luce en la solapa el padre de don Fernando ni el de los pendientes de su madre, se retira a la cocina y guarda el pavo que ha sobrado en una tartera. Y sonreirá, levemente, porque el pavo de sobra se lo ha regalado su señora, y esta misma tarde se lo llevará a Hortensia. Y Hortensia lo compartirá con su «familia», como llama en sus cartas a las presas que están con ella; las que se reparten el hambre y la comida. Tomasa, la extremeña que nunca tiene visitas, Reme, la mujer que tiene tres hijas y un niño tontito, y Elvira, la chiquilla pelirroja a la que visita su abuelo. Sonreirá, levemente, porque su hermana se llevará hoy una sorpresa cuando descubra el pavo en el fondo de la lata. Ha sobrado bastante, suficiente para que engañen el hambre hasta mañana. Sonreirá, porque ella compró el pavo más grande que encontró en la Puerta del Sol, y lo arrastró con una cuerda porque el animal no quería andar y pesaba demasiado para llevarlo en brazos. Era un pavo enorme, sonríe Pepita, y ella sabía que los señores no podrían comérselo entero aunque les ayudaran los padres de don Fernando. Sonríe al recordar cómo tiraba de la cuerda mirando su volumen, calculando la carne que sobraría y pensando que doña Amparo es muy generosa. Sonríe, porque la gente la miraba al pasar, y se paraban para ver el espectáculo de aquella mujer tan menuda intentando dominar aquel bicho tan grande. Ella tiraba de la cuerda y reía pensando en Hortensia, con el corte de tela para su vestido en una mano y arrastrando con la otra el destino del pavo.

# 32

La actividad de la galería número dos derecha comenzó como siempre temprano. A las siete de la mañana se levantaron las presas. Era el día de Navidad, y era día de visita. Asistieron a misa obligadas, como todos los días de precepto, pero sólo algunas comulgaron. Las demás permanecieron de pie en señal de protesta durante toda la liturgia y escucharon con la cabeza alta las imprecaciones que el cura les dirigió en la homilía:

—Sois escoria, y por eso estáis aquí. Y si no conocéis esa palabra, yo os voy a decir lo que significa escoria. Mierda, significa mierda.

Tomasa, indignada, pidió al salir una asamblea extraordinaria y propuso en ella una huelga de hambre hasta que el cura les pidiera perdón por sus insultos.

—¿Más hambre?

Era Reme, que miró a Hortensia con desesperación en los ojos, como pidiéndole ayuda, como pidiéndole pan.

—Más hambre no, por Dios.

Algunas mujeres apoyaron la idea de la huelga, y Hortensia tomó la palabra:

—Hay que sobrevivir, camaradas. Sólo tenemos esa obligación. Sobrevivir.

135

—Sobrevivir, sobrevivir, ¿para qué carajo queremos sobrevivir?

—Para contar la historia, Tomasa.

—¿Y la dignidad? ¿Alguien va a contar cómo perdimos la dignidad?

—No hemos perdido la dignidad.

—No, sólo hemos perdido la guerra, ¿verdad? Eso es lo que creéis todas, que hemos perdido la guerra.

—No habremos perdido hasta que estemos muertas, pero no se lo vamos a poner tan fácil. Locuras, las precisas, ni una más. Resistir es vencer.

Cuando las voces se sumaban unas a otras, a favor y en contra de la oportunidad de la huelga de hambre, y la palabra dignidad resonaba más que ninguna sobre la palabra locura, Elvira llegó corriendo al cuarto de las duchas:

—¡Viene La Veneno! ¡Que viene La Veneno!

Las mujeres que tenían toallas se envolvieron el pelo con ellas o se las colgaron al hombro, y las que no las tenían simularon que se secaban las manos con la falda. La reunión había acabado. La Veneno, acompañada de Mercedes, se acercaba a la cancela con un Niño Jesús en los brazos. Mercedes giró la llave y empujó la puerta, dejó pasar a su superiora y entró tras ella en la galería. Volvió a girar la llave, se la colgó a la cintura y se colocó una horquilla que sobresalía en exceso de su moño de plátano.

—¡A formar!

No era hora de recuento. Pero nadie preguntó por qué las obligaban a formar.

Mercedes dio tres palmadas y las presas se pusieron en fila. La hermana María de los Serafines mostró el

Niño Jesús coronado de latón dorado, pasó la mano bajo las rodillas regordetas y cruzadas, y ofreció el pie del infante a la primera reclusa:

—El culto religioso forma parte de su reeducación. No han querido comulgar y hoy ha nacido Cristo. Van a darle todas un beso, y la que no se lo dé se queda sin comunicar esta tarde.

Una a una, las presas fueron besando el pie ofrecido. Una a una, inclinaron la cabeza para besar al Niño. La Veneno lo sostenía a la altura de su estómago para obligarlas a una inclinación pronunciada. Después de cada beso, Mercedes secaba el pie de cartón piedra con un pañito de lino almidonado.

—Ahora usted, Tomasa.

Es el turno de Tomasa, que no puede contener su ira.

Cuando se le acercó La Veneno, la extremeña le mantuvo la mirada, con la boca apretada de rabia. Después de unos minutos, la monja obligó a Tomasa. Atrajo la cabeza de la reclusa hacia el Niño Jesús. Tomasa agachó la cabeza, acercó los labios al pequeño pie, y en lugar de besarlo, abrió la boca y separó los dientes.

Un crujido resonó en el silencio de la galería.

Un crujido.

Y una boca que se alza sonriendo, con un dedo entre los dientes.

Y un grito:

—¡Bestia comunista!

El grito es de la hermana María de los Serafines.

Mercedes acerca su pañito almidonado al pie del Niño Jesús y cubre su amputación como quien cura una herida. La monja vuelve a gritar:

—¡Bestia comunista!

Y propina un golpe seco con el puño cerrado en la boca de Tomasa.

Un vuelo de hábitos, de anchas mangas blancas dirigidas a un rostro que no ha perdido la sonrisa.

La fuerza del puñetazo hace escupir a la sacrílega, y el dedo del Niño Dios vuela con las tocas por los aires.

Ha terminado el besa pie. La hermana María de los Serafines ordena la búsqueda del dedo cercenado. Y las reclusas rompen la formación sofocando una carcajada. A Elvira se le escapan dos lágrimas al intentar controlar su sofoco, y Hortensia se lleva las manos al vientre y exclama:

—¡Ay, madre mía! ¡Ay, madre mía de mi vida y de mi corazón!

Para no reír, las reclusas buscan el dedo perdido sin mirarse unas a otras. Para no reír, no miran a Tomasa.

—¡Aquí está!

Es Reme, que ha encontrado el dedito de Dios y se lo entrega a la monja.

El labio de Tomasa ha comenzado a sangrar, la hermana María de los Serafines la empuja hacia Mercedes ordenándole que quite a la sacrílega de su vista:

—¡Quite a esta sacrílega de mi vista!

Y acerca el pequeño dedo al pequeño pie para comprobar si podrá curar la herida. Sí, podrá pegarlo. Lo mira con arrobo. Una lágrima le asoma por el rabillo del ojo. Podrá pegarlo, aunque se notará la juntura como una pequeña cicatriz.

Las presas de la segunda galería derecha podrán reír cuando se estén arreglando para acudir al locutorio.

Cuando la agitación bulliciosa por la alegría del encuentro con sus familiares les haga olvidar la tristeza que les produjo la imagen de Tomasa, intentando mantener el equilibrio, saliendo a empujones hacia su castigo. Podrán reír cuando olviden la pena que sintieron al verla caminar abrochándose el vestido de la madre de Elvira. Sólo entonces, cuando las reclusas estén preparándose para la visita, podrán reír. Y será Reme la que provoque sus risas. Se pellizcará, como todas, los pómulos, para que el color lleve a su rostro un aspecto un poco más saludable, un poco menos demacrado y famélico, y dirá mientras lo hace:

—Y ahora, se cargarán de razón cuando digan que las comunistas nos comemos a los niños. Carajo que es bruta la muy puñetera.

Reme será la primera en reír. Elvira la seguirá después de preguntar a Hortensia:

—¿Te fijaste en la cara de La Veneno?

—¡Cómo se puso!, capaz de darle algo.

La tensión acumulada saltará en carcajadas mientras se arreglan las que tienen visita, ayudadas por las que no la tienen.

—Toma, Reme, ponte esta bufanda roja que te alegre un poco la cara.

Reme se limpia con saliva las manos, porque hace tiempo que han cortado el agua. Se asea pensando en Benjamín. No debería haberle pedido jabón en la visita anterior. El jabón escasea. No tenía que habérselo pedido, y menos aún la sillita de anea. Pobre Benjamín, no tenía que haberle pedido nada. Él siempre le lleva lo que puede llevarle. Y sonríe pensando en su nieto, al que verá esta tarde por primera vez. El hijo de su hijo, nacido en León hace apenas seis meses.

Hortensia está más excitada que de costumbre, y no sabe por qué. Se estaba haciendo dos trenzas, como le gusta a Felipe, cuando una mujer que trajeron hace unos días de Salamanca se acercó a ella. Había sido acusada de colaboración con bandoleros, eso era todo lo que sabían de aquella mujer pequeña y enérgica que entró en la galería número dos derecha sin que el miedo asomara a sus ojos. Algunas creyeron que se trataba de una guerrillera, pero en realidad pertenecía a la dirección del Partido Comunista en Salamanca.

—Me llamo Sole.

Después de decirle que se llama Sole, añade que es comadrona, y que su hija le ha enviado un mensaje:

—Dice que no me despegue de ti, y que salgamos juntas a comunicar, que es muy importante que estemos juntas.

—¿Por qué?

—Eso no me lo ha dicho.

Y Elvira canta, más alegre que nunca, mientras se anuda un lazo en su cola de caballo, como le gusta a Paulino. Tiene un poco de fiebre que no se le quita, y hoy se alegra por ello, porque su abuelo la verá con rubor en las mejillas.

Elvira no sabe que en unos minutos verá a su hermano Paulino. Tampoco Paulino lo sabe.

Paulino camina ya hacia la prisión de Ventas acompañando a Felipe.

## 33

La mirada de Paulino recorre con avidez la extensa cola que se ha formado ante la puerta de la prisión. Busca a Pepita. Ni Paulino ni Felipe ni Amalia, la joven que acaba de llegar de un pueblo de Salamanca y milita en Solidaridad Obrera, sabían que era preciso llegar con tiempo para tener la oportunidad de entrar de los primeros y colocarse en las esquinas del locutorio, el mejor lugar para la visita, donde los familiares y las presas pueden escucharse mejor, aunque apenas lleguen a oírse.

La cola es más larga de lo que hubieran podido imaginar. Cada reclusa puede comunicar con cinco miembros de su familia como máximo. Hoy, al ser día de Navidad, casi todos los familiares vienen de cinco en cinco. Y todos desean entrar los primeros para alcanzar las esquinas.

Las presas entrarán al locutorio en turnos de diez, durante diez minutos. También ellas correrán a las esquinas.

Pepita ha llegado de las primeras, y don Javier, el abuelo de Elvira, y las tres hijas solteras de Reme, el hijo pequeño y el marido, pobre Benjamín. Benjamín no entrará al locutorio, porque ha venido su hijo mayor con su nieto, y Reme no conoce todavía al niño, y vienen desde León. Entre todos suman siete, y los siete no pueden entrar.

—Ay qué lástima, pero eso no puede ser. Usted entra conmigo, y el niño también que con este follón que hay aquí hoy, no nos van a pedir ni los papeles.

—¿Usted cree?

—Se lo digo yo.

El grupo entero ha formado un corro, y Pepita muestra a las hijas de Reme el vestido que le ha hecho a su hermana. No ha visto a Paulino, que se acerca a ella abriéndose paso entre la gente, apretando con la mano una carta que lleva en el bolsillo. No lo ha visto, pero lo verá pronto. Lo verá, cuando don Javier descubra en el joven que se acerca un enorme parecido con su nieto.

—¡No es posible!

No es posible, exclamará. No es posible. El abuelo lo mirará incrédulo. No es un parecido cualquiera. Sí, lo mirará y abrirá los ojos asombrados. Más. Más. No es un simple parecido.

No es un parecido.

Es su nieto Paulino el que se acerca. Y gritará sin poder evitarlo:

—¡Paulino, hijo!

Y extenderá los brazos hacia él. Paulino lo mirará, ahogando su sorpresa. Se agachará, para que su abuelo le tome la cara en las manos. Se abrazarán, sin dar tiempo a las lágrimas. El abuelo le dirá a su nieto que ya es un hombre, mientras lo aprieta con todas sus fuerzas, en tanto el nieto le pregunta si sabe algo de su madre y de su hermana.

—Elvirita está aquí.

—¿Aquí, dónde?

Paulino girará la cabeza a derecha y a izquierda. Buscará a su hermana con impaciencia entre el gentío que forma la cola.

—¿Dónde? ¿Dónde está?

—Dentro, hijo, Elvirita está dentro.

Don Javier señala la puerta de la prisión.

El dolor obliga a Paulino a buscar un punto de apoyo.

Pepita los mira desconcertada. Poco a poco toma consciencia del peligro que corren los dos si alguien más observa aquel encuentro, e indica a la familia de Reme que rodeen al abuelo y al nieto.

—¿Y mi madre?

—Murió en el Campo de Los Almendros.

Busca apoyo, Paulino, y lo encuentra en el hombro de Benjamín.

—Quiero ver a Elvirita.

Pepita se coloca frente a él y le mira a los ojos.

—¿Dónde está Felipe?

—Allí atrás, con la chiqueta de Salamanca.

—Espérate aquí un momento, no te muevas de aquí, entraremos todos juntos.

Pepita fue a buscar a Felipe y a Amalia y, ante las quejas de los que aguardaban la cola, arrastró a la pareja.

—¿De dónde han salido esos dos?

—De mi casa, ¿le parece a usted? Éste es mi herma-no, ¿se entera? Y está malo y no puede quedarse dos ho-ras de plantón. Y ésta es su señora. ¿No ve que está malo? Y por eso me adelanto yo a coger sitio, señora, que llevo en la cola lo que va de tarde y para mí se me queda lo que he pasado por los dos, que me duele todo el cuerpo de sujetar el frío.

Los incorporó a su grupo, y organizó en un momento tres familias distintas, para que todos pudieran entrar:

—Tú eres mi marido, Paulino, y con mi marido y conmigo entra este inocente, que es nuestro hijo. Y no te preocupes, Paulino, que nuestro niño parece tontito pero no lo es.

Agarró al hijo pequeño de Reme de la mano, se colgó del brazo de Paulino y, señalando a Benjamín, le dijo a Felipe que era su suegro:

—Y este hombre se llama Benjamín, y Benjamín entra contigo y con tu señora, Felipe, que para eso es tu suegro.

Sus ojos azulísimos se cruzaron con los ojos azulísimos del abuelo de Elvira, que esperaba a que Pepita dispusiera cómo y con quién debía entrar él.

—Usted, señor Javier, entrará solo, como siempre, para despistar. Y las tres hermanas entran con el que ha venido de León y con el niño, y son cinco.

Y abrieron las puertas.

Pepita explicó a La Veneno el parentesco de todos y de cada uno con tanta rapidez y tanta firmeza que a todos los dejaron pasar.

144

## 34

El entusiasmo de las presas recorre las galerías de la prisión con la noticia que acaba de vocear La Veneno. A partir de mañana, las reclusas podrán hacer labores de punto y de costura. Todos los días, excepto los domingos y las fiestas de guardar, se les entregará a cada una su labor cuando salgan al patio, y se recogerán por la noche. La directora acepta la petición que las reclusas hicieron en su día, las prendas que confeccionen podrán entregarlas a sus familiares.

La alegría de las reclusas se convertirá en excitación a medida que se acerque la hora de visita. Hortensia intentará sin éxito controlar sus esfínteres y a pesar de que le repugna ir al baño, acudirá en repetidas ocasiones tapándose la nariz con los dedos. Hace horas que han cortado el agua y de nuevo se han atascado los retretes.

La comadrona, Sole, la acompaña a todas partes.

—Yo haré punto de aguja.

Y mientras la espera, le cuenta que Victoria Kent ordenó construir la prisión de Ventas, y que estaba diseñada para albergar a quinientas reclusas. Se queja de la falta de espacio. Se queja de que doce petates ocupen el suelo de las celdas donde antes había una cama, un pequeño armario, una mesa y una silla. Se queja de que los pasillos y las escaleras se hayan convertido en dormitorios, y de que haya que saltar por encima de las que están acostadas para llegar a los retretes.

—Esto es una inmundicia. Así estamos como estamos. Once mil personas no pueden evacuar en tan pocos váteres.

A Hortensia no le interesa el motivo del estado lamentable de los aseos. No, en este momento no le interesa conocer las causas de la suciedad que las rodea, ni de las enfermedades que padecen por falta de higiene que Sole se empeña en enumerar:

—Tiña, tifus, piojos, chinches, disentería, esto es una indecencia.

No, no le interesa a Hortensia en este momento, porque se encuentra inquieta, piensa en Felipe y sólo quiere pensar en Felipe. Sólo en Felipe, su excitación le impide concentrarse en otra cosa. Ella sólo quiere recordar un beso. Un beso furtivo, el último que le arrancó a Felipe en Cerro Umbría. Un beso que a ella le pareció demasiado corto, y a él demasiado largo. El monte no es sitio para besos, le riñó. No es sitio para besos:

—Al monte se viene a pelear.

—Anda, no seas tonto.

—Déjame, Tensi, que nos pueden ver.

—¿Quién?

—Cualquiera.

Sin prisa. Ella quería un beso detenido en sus lenguas y él retiró su boca bruscamente, cuando apenas se habían rozado los labios. Se despidieron así. Así se besaron por última vez cuando Hortensia se fue a comprar víveres. Y antes de comenzar a bajar hacia El Llano, giró la cabeza y repitió que su marido era tonto.

—Eres tonto.

—Anda, vete ya. Y vuelve pronto, aquí mismo te espero.

Pero Hortensia no volvió. No volvió. Y ahora se pregunta de nuevo, como tantas veces lo ha hecho desde que la apresaran, cómo no se alarmó con el ladrido de los perros al llegar a la huerta. Felipe la esperaba, y ella no volvió. Los perros ladraban de una forma extraña, y ella no se dio cuenta. Sólo se fijó, como le habían indicado, en que la hortelana llevaba un pañuelo atado en la cabeza y se lo desató al verla llegar.

Los perros ladraban.

—¿Vende usted gallinas?

Los perros ladraban. La hortelana miró al suelo para contestar retorciendo el pañuelo entre los dedos:

—Sí.

La miró al vientre y echó a correr llevándose el pañuelo retorcido a los ojos.

Los perros ladraban.

Ella también tendría que haber corrido. Pero no corrió. Sintió el peligro en la carrera de la mujer, en el pañuelo que se llevaba a los ojos y en el ladrido de los perros. Pero no corrió. Contuvo la respiración. Las armas de los guardias civiles encañonaron su espalda. Y ella pensó en Felipe. Aquí mismo te espero, le había dicho. Un guardia civil ató sus manos y la empujó:

—Andando. Caldo de gallina te vamos a dar a ti. Unas buenas sopas, con muchos garbanzos.

Los otros reían.

147

Treinta y nueve días pasó en Gobernación. Treinta y nueve días y muchas palizas y muchas horas de rodillas pasó en Gobernación. Pero Hortensia no quiere pensar en eso. Se sienta en el retrete, se toca las rodillas y piensa en Felipe. Recuerda el primer beso. Fue en Córdoba. Se acuerda de Córdoba y de la boca de Felipe buscando la suya, y se toca las rodillas. Ya están casi curadas, aunque le da la sensación de que un garbanzo se ha quedado dentro. Sí. Hay un bulto muy duro debajo de la piel, y le duele. El médico le dijo que eran figuraciones suyas. Este médico no ve bien. Está viejo, y tiene legañas amarillas. Además es dentista, qué ha de saber él. Ella está en que la piel le ha crecido encima de un garbanzo. La curó una vez, sólo una vez, cuando llegó de Gobernación. No le preguntó qué le dolía, él sólo quería saber por qué la llevaron allí. Le dijo que en la cara no tenía nada, y ella no podía ni abrir los ojos de la hinchazón. Se toca las rodillas y recuerda. Alcohol. Alcohol le frotó el dentista en las heridas y fue peor que cuando le echaban vinagre allí, en el segundo piso de Gobernación. Había un crucifijo en la pared de aquel cuarto del segundo piso de Gobernación, y muchos garbanzos sobre una tabla con sal en el suelo. A las dos o a las tres de la mañana la subían siempre, y luego la bajaban entre dos, porque ella no podía ni mantenerse derecha. Treinta y nueve días. Treinta y nueve días sin hablar con nadie. En el calabozo de al lado había una presa que se pasaba las horas cantando. Manolita se llamaba, y cantaba *Tomo y obligo*, de Gardel. Sólo sabe que se llamaba Manolita.

—Anda, Manolita, vamos para arriba, a ver si allí nos cantas otro tango.

No supo más de ella, sólo que se llamaba Manolita. Cantaba muy bien, y un día ya no la oyó cantar más. Rabia. Rabia es lo único que ella sentía cuando le echaban vinagre en las heridas. Rabia. Sólo la rabia mantuvo sus labios apretados. Sólo la rabia los despegó para gritar el dolor en el vientre.

—No le pegues ahí, so bestia, ¿no ves que está preñada?

Este niño va a ser fuerte. Muy fuerte va a ser. Aguantó lo que había que aguantar. Ahora se mueve. Va a ser tan fuerte como su padre. Y tendrá el pelo rizado y negro, y las manos grandes, y la boca carnosa como la boca de su padre. Hortensia sale de los aseos llevándose la mano a la boca. La comadrona le sigue los pasos, y ella se acaricia los labios. Ella no esperaba que los besos fueran con la lengua.

Fue en Córdoba y ella llevaba dos trenzas.

## 35

—No te separes de mí.

Hortensia estaba junto a la puerta del locutorio, detrás de Reme y de Elvira, esperando a que salieran las diez presas que habían entrado en el primer turno de visita. La comadrona se acercó a su oído para decirle que no se separara de ella, después añadió:

—Vas a tener una visita muy especial esta tarde. Fíjate bien en el marido de mi hija.

—¿En el marido de tu hija?

—Sí, en el marido de mi hija.

Hizo hincapié al pronunciar la palabra marido, le guiñó un ojo, y volvió a hacer hincapié al volver a pronunciarla.

—En el marido de mi hija, y no grites al verlo. No le hables, sólo fíjate bien en él. Recuerda lo que te digo: no le hables, y no digas su nombre.

Hortensia no podía saber de quién le estaba hablando Sole, pero lo supo.

—¿El marido de tu hija es...?

—No digas su nombre.

—Pero ¿es..., es quien me estoy figurando que es?

—Sí. Está en la puerta del locutorio. No ha querido que te lo dijera antes por si no le dejaban entrar, pero ya está en la puerta, la paquetera acaba de pasarme esta nota, mira: «Tu hija ha entrado con su marido».

—Silencio, ¿no saben que en la cola no se habla?

Es Mercedes la que grita Silencio. Mercedes quiere aprender a gritar. La funcionaria con moño de plátano se dirige a Hortensia y a Sole:

—Ustedes dos, den un paso al frente.

Grita, porque después del suceso del dedo del niño Dios recibió una dura amonestación de la hermana María de los Serafines. Le dijo que era muy blanda con las internas, y que debía aprender a ponerse en su sitio si no quería perder su puesto.

—Se le están subiendo a la chepa, Mercedes, y si a usted se le suben a la chepa se nos suben a todas a la chepa. Tengo mis informadores, no crea que no sé lo de la cancioncita, sé lo que pasa en la prisión a todas horas y a usted se le están subiendo a la chepa. A todas horas, no lo olvide.

No lo olvida. Y Mercedes se acerca a Hortensia apuntándola con el dedo:

—¿Quiere que la castigue sin comunicar?

Hortensia quiere decir No. No, quiere decir, pero se le ha formado un nudo en la garganta que le impide hablar.

—¿Qué le pasa, no quiere contestar?

—Es que Hortensia no se encuentra bien.

Es Sole la que contesta.

—¿Y por eso tiene que hablar en la cola? Pues a lo mejor ya ha hablado bastante y no le hace falta entrar al locutorio a hablar más.

—No se encuentra, le ha dado un vahído, y yo soy nueva, y no sabía que en la cola no se puede hablar, le ha

dado un vahído, por eso le he hablado yo, que soy comadrona, y como ella está encinta y yo soy comadrona, le
he preguntado de cuántas faltas está.

Las presas del primer turno comenzaron a salir del
locutorio. Hortensia las miró, miró a Mercedes, apretó
los labios y contuvo las lágrimas. La desesperación le hizo tragar el nudo que cerraba su garganta:

—Hoy es Navidad, se lo pido por Dios. Déjeme
entrar.

No tuvo valor para negárselo, Mercedes. Y dio la
orden de que entrase el segundo turno después de castigar a Hortensia y a Sole.

—Mañana fregarán la galería ustedes dos. Entren
de una en una. Ustedes dos pasarán las últimas.

La primera en entrar al locutorio fue Elvira. Corrió
hacia la esquina derecha y se apostó pegada a la tela metálica.

—Aquí, abuelo, aquí.

También su abuelo fue el primero en entrar. Andu-
vo lo más aprisa que pudo y se pegó a su vez a la tela
metálica que cercaba el pasillo desde su lado.

—Te traigo una sorpresa.

Pero su nieta ya no pudo oírle, las demás presas gritaban a sus parientes.

—Aquí, aquí.

—Aquí, madre, en el medio.

La sorpresa de Elvira se acercó a la tela metálica
con avidez en la mirada. Elvira no reconoció a Paulino
de inmediato. Su abuelo señaló al hombre que tenía a
su lado y ella le miró. Le miró fijamente. Se miraron.
Habían pasado casi dos años desde la última vez que se

miraron. Paulino reconoció en la coleta roja a la niña que dejó en el puerto de Alicante.

—Chiqueta.

Y ella, sin pensarlo, movió la cabeza a derecha y a izquierda azotando de rojo el aire.

—Paulino.

Él se llevó el índice a los labios y le ordenó que callara su nombre. A su lado, el hijo de Reme alzaba a su nieto entre las manos estirando hacia arriba los brazos. El niño no paraba de llorar. Reme tampoco.

—Tráemelo el día de la Merced.

Suplicaba Reme intentando controlar su llanto. Pero su hijo no la oía. Su hijo sólo oía los gritos de Pepita llamando a Hortensia:

—Aquí, aquí, Hortensia.

Hortensia había entrado del brazo de Sole. Y habían entrado las últimas. Sole intentaba hacer un hueco para las dos, junto a Reme, empujando a una presa que defendía su espacio a empujones. Hortensia buscaba a Felipe con la mirada. Soltó el brazo de Sole y se apoyó en los hombros de Reme.

—Tensi, ¿estás bien?

Ella dio un paso hacia adelante. Él se agarró a la alambrada.

La comadrona había conseguido por fin abrirse un sitio. Empujó un poco más y abrió otro para Hortensia. Le extendió la mano, y Hortensia se dejó conducir hacia su hueco mirando a Felipe.

La mujer que no sabe que va a morir se acerca a la tela metálica. No intenta hablar. Saborea la mirada de Felipe.

—Tensi.

Él pronuncia su nombre por última vez. La mira en silencio. Saborea su mirada. Ella se acaricia las mejillas con las dos manos. Y él también.

La guardiana que recorre el pasillo central camina despacio con los brazos en jarra. Mira a la derecha y a la izquierda con el ceño fruncido. Observa a los familiares. Vigila a las presas. Es La Zapatones, y murmura en voz baja una letanía, la misma que masculla siempre que le toca el turno de locutorio. Algunos creen que reza una oración. Pero no. Repite una y otra vez el último parte de guerra. El parte que su admirado Generalísimo escribió por primera vez de puño y letra. Estando enfermo de gripe, con fiebre, lo escribió de puño y letra. Y ella lo aprendió de memoria: *En el día de hoy, cautivo y desarmado el ejército rojo, han alcanzado las tropas Nacionales sus últimos objetivos militares. La guerra ha terminado.* Mira a las presas. Mira a sus familiares. Y repite su desprecio, una y otra vez:

*Cautivo y desarmado el ejército rojo.*

Una y otra vez: *Cautivo y desarmado.*

CUARTEL GENERAL DEL GENERALÍSIMO
ESTADO MAYOR
SECCIÓN DE OPERACIONES

PARTE OFICIAL DE GUERRA
correspondiente al día 1o de abril de 1939-
III Año Triunfal

En el día de hoy, cautivo y desarmado el ejército rojo, han alcanzado las tropas Nacionales sus últimos objetivos militares.
LA GUERRA HA TERMINADO.

BURGOS 1o de abril de 1939
Año de la Victoria

EL GENERALÍSIMO,

SEGUNDA PARTE

«Quieres llorar. Y es tiempo
de sequía.

Quieres llorar. Y son tus ojos
girasoles marchitos.»

MARTÍN ROMERO MORENO

# 1

En silencio y en orden regresan a la galería número dos las reclusas que han ido a comunicar. En silencio y en orden, todas, excepto Reme, que lleva en la mano una silla baja de anea que le ha traído Benjamín, se dirigen hacia sus petates enrollados contra las paredes del pasillo central, en los peldaños de las escaleras o en las celdas, donde tomarán asiento para memorizar la visita en silencio y en orden. Con la mirada perdida, intentarán atrapar los últimos diez minutos, retener el tiempo que ha pasado ya, para el recuerdo.

Reme guarda en su mirada perdida el llanto de su nieto. Coloca su silla junto al petate de Hortensia y la invita a sentarse. Reme no debe llorar. Y no llora. Volverá a ver al niño en septiembre, el día de la Merced, el veinticuatro; de hoy en ocho meses volverá a verlo. El día de la patrona de prisiones permiten a los niños entrar al patio del penal. Y Reme abrazará a su nieto por primera vez.

Diez minutos. Todas y cada una de las presas que han pasado diez minutos frente a sus familiares perderán la mirada muchas veces. Se perderán, porque tienen un lugar donde perderse. Diez minutos. Y Hortensia acepta la silla de anea, y en sus ojos resplandecen los ojos de

Felipe; su sonrisa sonríe en su boca; y son las manos grandes de Felipe las que acarician las mejillas de Hortensia con las manos de Hortensia. Diez minutos. Y Hortensia no debe llorar. Se sienta. Y no llora. A su lado, Elvira se desata con furia la coleta. No debe llorar. Pero llora. Llora y se despeina porque no sabe cuándo podrá volver a agitar su cola de caballo para su hermano.

—Elvira, compórtese.

A La Veneno le irrita que las internas pierdan el control. Y Elvira comienza a perderlo. No permitirá sus lágrimas. No permitirá que revolucione a las demás. No lo permitirá. Se acercará a ella con los brazos cruzados bajo el escapulario delantero de su hábito y le ordenará con un grito que se controle:

—Contrólese.

La disciplina comienza por el control. La hermana María de los Serafines lo sabe. Y está dispuesta a castigar a la niña pelirroja que no va a morir. La mira con desprecio mientras Elvira llora y revuelve su melena con las dos manos después de arrojar su lazo a los pies de la monja, después de arrojar a sus pies su desesperación.

El volumen del vientre de Hortensia le impide levantarse deprisa. Quiere recoger el lazo. Quiere tranquilizar a Elvira porque teme que la hermana María de los Serafines la castigue.

La va a castigar, sí.

—Sabe de sobra que no quiero lágrimas aquí. Sabe de sobra que no consiento ni una sola rabieta. Lo sabe. Y, por si se le ha olvidado, yo se lo voy a recordar.

La monja la ha cogido por el brazo y la levanta de un tirón de su petate.

—Venga conmigo.

Se la lleva.

Hortensia consigue superar la torpeza, se levanta sujetándose los riñones y se acerca a la monja.

—Hermana, por caridad, no se la lleve, está malita, tiene calentura, y tose.

Reme y Sole siguen a Hortensia.

—Está del pecho, tiene una tos muy fuerte.

—La tiene agarrada en lo hondo, no sabe usted bien cómo está esa niña.

La hermana María de los Serafines se vuelve hacia ellas. Aprieta los dientes y frunce el ceño al mirar a las tres. Sin mediar palabra, tira del brazo de Elvira y la empuja hacia el pasillo.

Se la lleva.

Sí, se la lleva.

Y Elvira no para de llorar.

# 2

La melena roja de Elvira ha dejado de ser de Elvira. Antes de cortársela, La Veneno le hizo una trenza. De raíz, se la cortó de raíz en presencia de La Zapatones, que estaba de pie frente a Elvira, la barbilla adelantada hacia ella y las piernas abiertas, vigilante, con los pulgares colgados en su cinturón, ordenándole que no se moviera.

—No se mueva.

Se la cortó de raíz, La Veneno. Después entregó su trenza roja a La Zapatones. Y La Zapatones la metió en la bolsa donde guardan el pelo, para venderlo.

—A ver si ahora aprende.

Ha aprendido Elvira. No debe llorar. Regresa a la galería número dos sin su melena. No debe llorar. Y no llora. Se sienta en su petate tapándose la cabeza con las manos y se lamenta sin llorar:

—Me han robado el pelo.

Intenta consolarla, Reme, y comienza a decir el refrán que se ha repetido a sí misma tantas veces:

—El que se pela...

Pero Elvira la interrumpe sin consuelo y se abraza a ella:

—No se estrena, Reme, no se estrena.

—¡Sangre mía!

Le dice sangre mía, aunque en esta ocasión Reme no piensa en sus hijas, y le acaricia la cabeza.

—Crece, crece pronto, ya lo verás.

—Me lo han robado.

Y dice que se lo han robado porque muchas presas venden su cabello a las monjas, para comprar en el economato de la prisión. Y las monjas lo venden a su vez a los traperos, para hacer caridad.

—Van a venderlo.

Elvira ve su pelo trenzado caer a la bolsa. Ve cómo se desliza su trenza. Ve cómo resbala un pez en la talega de un pescador. Y no ve cómo se acerca Mercedes colocándose las horquillas de su moño de plátano:

—Qué silla más bonita.

Hortensia acaricia la espalda de Elvira y contesta que la silla no es suya sin mirar a la funcionaria.

—¿De quién es?

—Déjenos en paz.

—¿Cómo dice?

—Hágame usted ese favor, estamos en familia y en familia queremos estar. La silla es de la Reme, por si lo quiere saber de veras. Y ahora que ya lo sabe, ¿quiere alguna cosita más, vida mía?

Todas las miradas se dirigen hacia Mercedes: la de Sole, la de Elvira, la de Reme, la de Hortensia; y Mercedes da media vuelta mientras las presas continúan mirándola.

—Coño, le has echado valor.

Rió Sole al admirar a Hortensia.

—Cojones es lo que le ha echado.

165

Rió Reme. Rieron las demás. Y rió Elvira.

—Ahora vamos a ver lo que nos han traído, que los malos momentos vienen solos, pero los buenos hay que buscarlos.

—Y en barriga llena no entran penas.

Lo primero que vio Hortensia entre las cosas que le había enviado Pepita fue su vestido. Un vestido de franela gris, cuajado de pequeñísimos ramilletes blancos.

—Quiere que me alivie el luto.

—Pues hala, a aliviarse, Hortensia.

Reme sacó un paquete envuelto en papel de estraza. Era jamón. Un pequeño trozo de jamón.

—Benjamín me ha traído jamón.

—¿Jamón? ¿Has dicho jamón?

—Pobre, yo le había pedido jabón. Yo le había pedido una pastilla de jabón. Y él me ha traído jamón. Me entendería mal.

—Yo tengo pavo, madre mía de mi vida. Mira, Elvirita, tengo pavo.

—Hoy vamos a cenar largo, Elvirita.

—Como reinas, hija, como reinas.

—Pues yo voy a ir al economato a comprar agua caliente y nos hacemos un café, ¿quieres?

Todas intentaban distraer a Elvira, que dejó de tocarse la cabeza para buscar sus viandas, y gritó entusiasmada al descubrir la sorpresa que le había enviado su abuelo:

—¡Turrón!

Esa noche, mientras compartan el placer de saciar el hambre, Hortensia, Reme y Sole pensarán en Tomasa. Pero ninguna de ellas hablará de Tomasa.

Elvira sólo pensará en su hermano. Comerá intentando recordar su aspecto, apreciará el gran parecido con su padre. Después, dormirá junto a Reme, abrazándose a ella para sentir su calor, y despertará en numerosas ocasiones:

—Paulino.

Lo verá acercarse a la valla metálica del locutorio y llevarse el índice a los labios. Se mirarán los dos. Se reconocerán:

—Paulino.

Ella intentará dormir de nuevo, tapándose la boca con la mano, para callar su nombre. Y volverá a dormir. Y volverá a verlo. Y no podrá evitarlo, gritará:

—Paulino.

Él volverá a llevarse el índice a los labios.

## 3

La carta que escribió Paulino continúa en el bolsillo de su chaqueta. La escribió para Pepita. Y la olvidó. La olvidó por completo al ver a su abuelo en la puerta de la prisión de Ventas. Ahora la acaricia con los dedos. Y duda. Quizá sería mejor no entregársela. Aprieta la carta que escribió al llegar a casa de Amalia, la salmantina que milita en Solidaridad Obrera, la hija de Sole. Tengo que irme, pero quiero que sepas que, aunque mi gusto sería quedarme contigo, mi deber está por encima de mi gusto, y siempre lo estará. Quizá sería mejor decirle a Pepita que olvide lo que le pidió en la iglesia de San Judas Tadeo.

Aprieta la carta. La arruga.

Y camina junto a Pepita.

El grupo que se había formado para entrar en la prisión se dispersó al salir. Los que habían entrado juntos salieron juntos y se despidieron en la puerta. Cada cual marchó con los que había llegado, pero Paulino le dijo a Felipe que no regresaría con él, que llevaría a su abuelo a casa. Y le pidió a Pepita que les acompañara.

—Si es de tu gusto...

Si es de tu gusto, contestó ella ruborizada mirándole a los ojos. Y ahora que ya se han despedido de don

Javier, caminan juntos. Solos. Y los ojos de un color imposible vuelven a mirarle con rubor mientras él arruga la carta en su bolsillo y Pepita baja la mirada para hablarle a media voz:

—Me pediste una contestación que todavía no te he dado. ¿Quieres que te la dé, o ya no quieres?

—Antes, quiero que sepas una cosa.

—¿Qué cosa?

—Una cosa muy importante, que quiero que entiendas bien.

—Tú dirás.

—Quiero que la entiendas muy bien, ¿comprendes? Si después de lo que voy a decirte no quieres saber nada de mí, lo entenderé, ¿comprendes?

Ella continuó mirando al suelo. La indignación que había sentido al creerse abandonada por Paulino había ido en aumento a medida que pasaron los días. Pero desapareció al instante cuando le vio en la prisión de Ventas. Al verle llegar, se desvaneció el abandono. Se desvaneció el temor a no verle nunca más. Aunque ahora, prende en ella idéntico temor. ¿Qué es aquello que debe saber antes de contestar? Va a abandonarla. ¿Qué debe comprender? No volverá a verla nunca más.

Él volvió a preguntar:

—¿Comprendes?

Ella temió más que nunca al responder de nuevo:

—Tú dirás.

—Soy comunista.

Pepita soltó una carcajada y se llevó la mano a la boca para seguir riendo.

—¿De qué te ríes?

—Yo me estaba figurando que me ibas a decir que estabas casado, o que tenías un chiquillo por esos mundos.

—Qué cosas tienes.

—A ver, como andas por ahí, en la guerra.

—Esto es mucho más serio que un hijo, chiqueta. Soy comunista, y lo seré toda la vida. Voy a Toulouse a ponerme a disposición del Comité Central. Pueden cogerme por el camino y meterme en la cárcel, o pueden matarme, ¿comprendes?

—Mucha importancia te das tú, ¿qué hay que comprender? Yo ya sabía que eras comunista. Felipe es comunista, mi hermana es comunista, y don Fernando, el último que me podía yo imaginar, también es comunista. Hasta la señora Celia es comunista, cómo no ibas a serlo tú.

—Pero yo soy un huido, chiqueta, ando escondido y tengo que seguir escondiéndome. No quiero engañarte, no sé cuánto tiempo seguirá siendo así. Tienes que saber que soy un hombre político y que nadie podrá cambiar mis ideas. Nadie. Esto es una cosa más seria que si hubiera tenido un hijo, y será así hasta que me muera, o hasta que me maten si me tienen que matar.

—Y la mujer que comparta tu suerte ha de ser conforme con eso.

—La mujer que comparta mi suerte ha de saber que la suya puede ser muy negra. Me pueden coger y me pueden matar, nos podemos casar y quedar viuda o me pueden matar sin casarnos. Y tú tienes que pensarlo bien. Yo no sé si tengo derecho a pedírtelo, o si hubiera sido mejor no pedírtelo. Yo no sé cuánto tiempo tendré que seguir escondiéndome.

Ella levantó la vista del suelo. Él le tomó la mano y la pasó bajo su brazo.

—¿Quieres ser mi novia?

Sonrieron los dos. Los dos desearon abrazarse. Ella se colgó de su brazo y comenzó a caminar deprisa.

—¿Adónde me llevas?

—Adonde van los novios de Madrid.

Lo condujo a la estación de Delicias, y cuando llegó el primer tren y descendieron los primeros viajeros, le abrazó.

Y se entregó a su suerte en aquel abrazo.

Algas.

Sus besos fueron algas enredadas en agua de mar. Algas en dos mares que se encuentran.

Algas.

Sí.

# 4

—¿Seis mil seiscientas?

—Seis mil seiscientas.

—Están locos.

—Si fuéramos socialistas no nos cobrarían ni una perra chica.

—¿Eso te han dicho?

—Eso mismo, lo primero que me ha preguntado esa rubia es si somos socialistas.

Mientras Felipe y Amalia esperaban a Paulino en la cocina, la militante socialista a la que se refería Felipe aguardaba en la sala de estar. Era rubia, sí. De nariz aguileña y barbilla prominente, vasca, de San Sebastián. La salmantina que milita en Solidaridad Obrera la había llevado a su casa para preparar la fuga de Paulino y Felipe. Pero Paulino no había regresado aún de acompañar a su abuelo, y Felipe obligó a la rubia a sentarse en la sala hasta que regresara. Y la rubia se sentó, después de mantener una breve conversación con Felipe, en la que intentó convencerle de que huir a través de Portugal era imposible. Los que cruzaban la frontera portuguesa eran devueltos de inmediato por los *guardinhas* de Salazar. Lo más sensato era pasarlos por Irún, así lo estaban haciendo con otros compañeros, y así se lo propuso sin darle otra opción.

—Tú decides, pero nosotros no sacamos a nadie por Portugal.

—Yo no decido solo, hay que esperar a que llegue mi camarada.

—No puedo esperar, habíamos quedado a las ocho y son las ocho.

—No sé a qué viene tanta prisa.

—Oye, los vuestros están cayendo cual pichones, supongo que eso sí lo sabes.

—¿Y qué si lo sé?

—Que sois peligrosos, compañero.

—Esperarás. La espera entra en el precio.

La firmeza de Felipe hizo sonreír a la rubia, que contestó con la misma firmeza:

—Hasta las ocho y cuarto. Espero hasta y cuarto, ni un minuto más.

—Bueno está. Siéntate, ahora vuelvo.

Felipe abandonó la sala, cerró de un portazo al salir, y ya en la cocina, le preguntó a Amalia si la rubia era de fiar.

—Han sacado a muchos, ¿por qué?

—¡Pues no que va y me dice que los nuestros están cayendo cual pichones!

—No me extraña que lo diga. En Madrid estamos cayendo cual pichones, o como chinches, como más te guste.

—Lo que no me gusta es que me lo digan. Y menos, ellos.

—Es de fiar.

—Será de fiar pero es socialista, y antipática como ella sola. No se puede ser más siesa, chiquilla, lleva la mala sombra puesta al derecho en la cara.

—Es de fiar.

Entonces fue cuando Felipe le contó a Amalia que les cobrarían seis mil seiscientas pesetas por sacarlos de España. Entonces fue cuando ella dijo que estaban locos y él le explicó que tenían que pagar porque no eran socialistas.

—¿Tenéis ese dinero?

—Sacamos quince mil en la última acción, en la fábrica de harina.

—Pues entonces, ¿a qué esperas para decirle que sí?

—A El Chaqueta Negra, él es quien decide.

—¿Y tú?

—Yo, lo que él diga está bien dicho.

En ese mismo instante, entró Paulino en la cocina tocándose los labios. Felipe se acercó a él:

—Seis mil seiscientas pesetas.

—¿Qué?

—Los socialistas nos cobran seis mil seiscientas pesetas por pasarnos a Francia.

Paulino abandonó en sus labios los besos de Pepita y se metió las manos en los bolsillos para escuchar a Felipe.

—Seis mil seiscientas, porque no somos socialistas, los muy cabrones.

—¿A cada uno?

—Por los dos.

Y le cuenta que la rubia asegura que puede conseguir filiaciones auténticas.

—De Belchite, como el pueblo entero está destrozado y los papeles del ayuntamiento y de la parroquia se quemaron, a los de Belchite les dan documentos de verdad, que tienen que hacer listas nuevas porque todo ha desaparecido. Nosotros ahora seremos de Belchite, camarada.

—¿Y pueden conseguir salvoconductos?

—Para seis meses.

—¡Para seis meses!

Se extrañó Paulino, porque el máximo periodo de tiempo que cubrían los salvoconductos solía ser de tan sólo un mes.

—¿Cuándo pueden sacarnos?

—Esta misma noche nos pueden empaquetar para San Sebastián en tren; y mañana, en barco para San Juan de Luz.

—Un momento, habíamos dicho por Portugal.

—Imposible, agarran a cualquiera que lo intente.

Después de que Felipe pusiera al corriente de los planes de fuga a Paulino, ambos se dirigieron a la sala donde aguardaba la militante socialista rubia y le comunicaron que aceptaban sus condiciones.

—A las diez vendrán a buscaros, darán tres golpes en la puerta. Habréis de estar preparados a las diez en punto. Y esta vez no se esperará a nadie. Un compañero os traerá los documentos y os llevará a la estación. Cuando lleguéis a San Sebastián, cogéis el tranvía número siete, el de Pasajes. Os bajáis en la última parada y esperáis allí, en la tapia que hay enfrente. Llevaréis una maleta pequeña cada uno, y el sombrero en la mano. Se acercará alguien a vosotros, se quitará el sombrero y os dirá Madrid. Vosotros le contestáis Madrid. ¿Entendido?

—Perfectamente.

—No podéis llevar armas, ¿tenéis armas?

—Sí.

—Las dejáis aquí, pues. Si os cogen con ellas en el tren estáis perdidos.

Acordaron que el pago de las seis mil seiscientas pesetas lo harían en San Juan de Luz. Y la rubia se despidió diciendo que volverían a verse.

Felipe desconfiaba aún. Le expuso sus temores a Paulino:

—No me fío de esa flamencota. Ni de uno de los pelos de esa rubiales me fío yo. Yo me llevo el naranjero como me llamo Felipe, y mi astra me la llevo también.

—Llevamos casi dos años escondidos, Cordobés.

La respuesta de Paulino sorprendió a Felipe.

—Y eso qué tiene que ver.

Llevaban casi dos años en Cerro Umbría, sí. Llevaban demasiado tiempo huidos. Pero El Chaqueta Negra nunca se había lamentado por ello. El tono de su voz le delató, Paulino no pensaba en las armas al contestar a Felipe:

—Voy a escribir una carta.

Paulino pensaba en la carta que le había entregado a Pepita en la estación de Delicias. Y volvió a tocarse los labios. Deseaba escribirle otra carta. Pensaba en la carta que iba a escribirle. Sacó papel y lápiz. Escribirá. El tiempo que llevo escondido en el cerro no me duele. Me duele el tiempo que podría ser nuestro. Me duele esta noche. Y me dolerá mañana. Me dolerá cada minuto,

176

hasta que vuelva a verte, chiqueta. Tengo que irme. Y escribirá que desea casarse con ella el mismo día que vuelva. Volveré, escribirá.

Volverá, Paulino.

Pero no podrá casarse con Pepita el día de su vuelta.

# 5

Dos cartas. Pepita tiene en su mano dos cartas de Paulino. La primera se la entregó él mismo, después de besarla en la estación de Delicias. Pepita la leyó muchas veces, durante muchos días, y muchas noches. La segunda se la metió Amalia en el bolsillo del abrigo, en la puerta de la prisión, y también la ha leído muchas veces, muchos días y muchas noches. Siempre sonríe cuando las lee, y siempre llora al guardarlas. Ella no sabe que Paulino también sonreía al escribir la segunda carta. Ella no sabe que Paulino controló las lágrimas al meterla en el sobre. No sabe que después sacó un pañuelo doblado del bolsillo y doblado se lo pasó por la nariz a espaldas de Felipe antes de entregarle el sobre a Amalia:

—Cuando vayas a ver a tu madre, dale esta carta a Pepita. Procura que nadie te vea dársela. Hazme este último favor.

—Descuida, nadie me verá.

Al tiempo que Paulino guardaba su pañuelo, Felipe se acercó a él.

—¿Lleva Pepita el mismo interés en ti que tú en ella?

—El mismo.

—Estáis buenos, chiquillo. ¡Válgame el momento para amoríos nuevos!

Se llevó la mano a la cabeza, se rascó. Después le pidió también un favor a Amalia:

—¿Puedes llevar este cuaderno? Es para Tensi, le gusta mucho escribir, y me figuro que ya lo anda necesitando.

Un cuaderno azul. Felipe había comprado otro cuaderno azul, para Hortensia.

—Claro.

—Pero no se lo des a Pepita. Se lo puedes pasar a tu madre, si me haces el favor, y que tu madre se lo dé a Tensi, así le evitamos un susto a Pepita, que a esa chiquilla le da susto de todo.

Eran las diez. Y sonaron tres golpes en la puerta.

—Abre tú, Amalia.

Abrió Amalia.

Sin que le invitaran a entrar, un sacerdote soltó un Ave María Purísima y se coló aprisa en el vestíbulo. Llevaba las cédulas de identificación para Felipe y Paulino. Y salvoconductos válidos para seis meses. Insistió en que debían repetir sus nombres en voz alta.

—Los papeles no servirán de nada si antes os preguntan vuestros nombres y titubeáis un solo instante. Sin pensarlo, hay que decirlo sin pensar. ¿Cómo te llamas?

—Mateo Bejarano.

—¿Y tú?

—Jaime Alcántara.

Un leve movimiento de cabeza, una mínima indicación del sacerdote, fue suficiente para que volvieran a contestar:

—Mateo Bejarano.

—Jaime Alcántara.

—Bien, grabaos en la memoria a conciencia vuestros nombres. Hay compañeros que han caído sólo por eso.

Amalia se despidió de ellos con un abrazo y deseándoles suerte.

—Suerte, Mateo. Suerte, Jaime.

Felipe salió de casa de Amalia llamándose Mateo.

Paulino hizo suyo el nombre de Jaime. Y le gustó.

Durante el trayecto hacia la estación, Mateo se quejó de que no le hubieran permitido llevarse las armas:

—Ir desarmado es lo mismo que ir indefenso.

Lo repitió en la estación, cuando el sacerdote se despidió de ellos. Volvió a repetirlo en Medina del Campo, cuando su tren se detuvo y tuvieron que esperar al que llegaba de Salamanca, que traía demora. Lo repitió en San Sebastián, al tomar el tranvía número siete y al apearse en la última parada. Y lo repitió muchas veces durante las tres horas que estuvieron esperando con el sombrero en la mano.

—Ir indefenso, mismamente.

Tres horas.

Y nadie llegaba a decirles Madrid.

De pie, apoyados contra la tapia, sin perder de vista la parada del tranvía, Mateo Bejarano y Jaime Alcántara fumaron un cigarro tras otro. Apagaron las colillas con el tacón del zapato. Dejaron las maletas en el suelo. Las cogieron. Volvieron a dejarlas. Y se sintieron extraños en sus nuevos nombres, perdidos en sus trajes grises, en su sombrero en la mano, en Pasajes. El que antes se llamaba

Paulino le dio la razón a su compañero aplastando otra colilla contra el suelo:

—Teníamos que haber traído las armas.

—Eso ya te lo dije yo.

El Cordobés apagó también su cigarro, miró hacia la parada del tranvía. Dio unos pasos por la acera. Regresó junto a su compañero y repicó su sombrero contra su pierna a ritmo de taranto:

—¿Qué hacemos si no aparecen?

Ahora es Jaime el que se golpea la pierna con el sombrero.

—Esperaremos un poco más.

—Al pulso que lleva esto, me da a mí que, aparecer, no van a aparecer.

—Si no aparecen, cruzaremos la frontera como sea.

La inquietud de los dos hombres desarmados se centró en un tercero que bajaba del tranvía. Cruzó la calle. Se acercaba. Les miró. Miró después a un lado y a otro. Se colocó junto a ellos, observó sus maletas, se quitó el sombrero y dijo Madrid.

¡Madrid!, contestaron Mateo y Jaime liberando la angustia retenida, entonando a dúo la palabra Madrid como si cantaran un himno. Madrid, volvieron a decir, soltando el aire que les quedaba en los pulmones. Y esta vez pronunciaron Madrid como si se les escapara un suspiro.

—Síganme.

Mateo se puso el sombrero, cogió su pequeña maleta del suelo y se la entregó al hombre que les había hecho esperar tres horas:

—Aguarde usted una mijita, y sujéteme esto que voy a echar una meada.

—Dese prisa, nos están esperando.

Al cabo de un instante, el hombre que había tardado tres horas en llegar tenía la maleta de Jaime en la otra mano.

—Sujétemela, yo también tengo ganas.

Los dos compañeros le dieron la espalda al hombre que llevaba una maleta en cada mano. Se alejaron de él unos pasos calándose el sombrero, y vaciaron su necesidad contra la tapia.

Un gesto. No era más que una protesta. Un gesto que los dos reconocieron pequeño e inútil. Hablaron de ello en el pequeño barco de motor que los llevaba a Francia, cuando la tarde perdía su última luz y oscurecía el mar. Acodados en la barandilla de estribor, observaron cómo se alejaba la costa española, mientras escuchaban al hombre que había sostenido sus maletas. Era la primera vez que les hablaba, y fueron las únicas palabras que les dirigió durante la travesía:

—Ya estamos en aguas francesas.

A la derecha, Jaime y Mateo observaron la silueta de una montaña.

—Chiquillo, lo último que hemos hecho en España ha sido mear.

—Contra una tapia.

# 6

Cuando Pepita recibió una carta remitida por Jaime Alcántara, temió que un desconocido le enviara malas noticias. Venía de Toulouse. Pero al comenzar a leerla, reconoció de inmediato la letra de Paulino, y dedujo que el nombre era también una forma de esconderse.

—¿De quién es, que se te ha puesto esa cara, niña?

Doña Celia preguntaba desde el final del pasillo, con una taza de desayuno en la mano.

—Es de Francia.

La alegría de Pepita despejó la curiosidad de su patrona. Doña Celia se apoyó en el quicio de la puerta, se acercó el borde de la taza a los labios y sopló repetidas veces sin dejar de mirar a la joven. Pepita continuó leyendo. Sonrió. Jaime descubría a Paulino al mencionar en la carta la estación de Delicias y la iglesia de San Judas Tadeo. Se descubría, sólo para ella, después de inventar que era maquinista de tren, que le pesaban los cinco años que llevaba viajando en Francia, que el último viaje había sido muy largo y se sentía cansado, pero se encontraba bien. Jaime inventaba su vida, para que Paulino pudiera escribirle una carta a Pepita. Y ella imaginó que aquella historia era una sucesión de mentiras que escondían una sola verdad: la amaba. Y volvió a sonreír. Lo que no podía imaginar Pepita era que el cartero, inmediatamente después de entregarle su carta, acudiría a Gobernación para informar de que acababa de llevar correspondencia del extranjero a la pensión Atocha. Tampoco Jaime podía saberlo. Él escribió la carta para tranquilizar a Pepita. Inventó la historia del maquinista para protegerla, para que su suerte no comenzara a ser negra si la carta caía en otras manos que no fueran las suyas. El mismo día de su llegada a Toulouse la escribió, para que Pepita supiera que ya había terminado su viaje. Y que había llegado bien.

La rubia socialista de la que no se fiaba Mateo cuando se llamaba Felipe les había recibido en San Juan de Luz. La misma rubia. Jaime y Mateo se sorprendieron al verla, no esperaban encontrarla allí. Los dos sonrieron y le estrecharon la mano. Ella no sonrió ni una sola vez, les presentó a un miembro del Partido Comunista que estaba con ella y les preguntó si habían tenido una buena travesía. Después dijo que debía marcharse.

—Aquí acaba nuestro cometido, vuestro camarada os llevará a Bayona.

Cobró el importe de los servicios prestados y se despidió diciendo que no volverían a verse.

En Bayona, el Comité de Euskadi les facilitó avales para la policía francesa que les permitieron llegar sin problemas hasta Toulouse. Una vez allí, se instalaron los dos en la misma habitación de un pequeño hotel y el camarada que les había acompañado durante el trayecto insistió en que debían dormir unas horas, entretanto él buscaría un médico que curara la herida de Mateo, por la noche los conduciría ante el Comité Central.

—¿Cómo siguen las cosas por allí?

—¿Desde cuándo faltas?

—Desde lo de Casado. Me vine con Dolores desde Monóvar.

—Entonces sabrás que fue un desastre, los casadistas entregaron los ficheros y los nuestros cayeron unos detrás de otros. A muchos ni tuvieron que buscarlos, porque la Junta de Casado los había metido ya en la cárcel.

—¿Y la guerrilla?

—Ahí andamos.

—Por aquí se dice que la lucha guerrillera la han organizado los socialistas.

La aversión que sentía Mateo por los socialistas le hizo gritar:

—Eso es mentira, la verdadera guerrilla, bien organizada, ha sido del PC y la mayoría de lo que yo he conocido han sido comunistas.

—Ya, si os lo digo para que no os coja de sorpresa que quieran apuntarse el tanto.

—Pues que se apunten el tanto que se puedan apuntar y se dejen de hostias.

—Voy a buscar al médico. Vosotros, descansad un rato.

A pesar de la fatiga, Jaime no pudo dormir. Lo intentó, pero no pudo. Y resolvió aprovechar el tiempo de descanso para escribir la carta que Pepita está terminando de leer. Se la envió esa misma tarde. Era viernes. Dejó durmiendo a Mateo y bajó a la calle a buscar un sello y un buzón para enviar la carta a Pepita sin sospechar que, al hacerlo, la enviaba a ella a Gobernación. Sin sospechar que poco después de que Pepita la haya leído embelesada, dos hombres llegarán a la puerta de la pensión Atocha mientras ella aprieta la carta contra su pecho. Dos miembros de la Policía Especial del Ministerio de Gobernación harán sonar el timbre, y la patrona lo oirá desde el final del pasillo, cuando se lleve una taza de desayuno a los labios mientras observa con ternura el embeleso de Pepita. Cuando la joven de ojos azulísimos haya terminado la lectura, y apriete la carta contra su pecho, el timbre de la pensión Atocha sonará de forma insistente al tiempo que alguien golpea la puerta.

—¡Ya va! ¡Ya va!

Doña Celia se alarmará al escuchar el estruendo:

—Abre, niña, que me van a tirar la puerta abajo.

Pepita abrirá la puerta.

Dos hombres.

Dirán Buenos días y mostrarán sus placas. Uno preguntará por ella:

—¿Josefa Rodríguez García?

—Yo misma.

Otro anunciará:

—Policía Especial.

Y querrá saber si ha recibido una carta de Francia.

Pepita aún aprieta el sobre contra su pecho, y lo esconde a su espalda.

—Enséñenos esa carta.

No es miedo lo que siente Pepita. No es desesperación. En un instante, asume que su suerte está echada, la suerte negra que le anunció el que se llamaba Paulino. Mira a doña Celia, deja caer los brazos, y muestra la carta.

186

—Acompáñenos.

—¡Esperen!

Es doña Celia la que grita Esperen. Ha tirado la taza del desayuno al suelo. Y corre hacia los hombres que se llevan a Pepita tomándola cada uno por un brazo.

—Dejen que vaya a ponerse un abrigo.

Los ojos azulísimos dirigen de nuevo su mirada hacia doña Celia. Los hombres que se la llevan no detienen su marcha.

—Esperen, ¿no ven que va a cuerpo? No puede salir así a la calle, con el frío que hace.

Doña Celia sí siente miedo. Siente desesperación. Y se aferra a la idea de proteger a Pepita. Protegerla, aunque sólo sea del frío. Corre a la habitación de la joven. Busca su abrigo en el armario. Baja las escaleras deprisa. Alcanza a Pepita en la calle. Le abriga la espalda y le acaricia la cabeza.

—Gracias.

Gracias, le dice Pepita, girando el rostro hacia ella.

—Gracias, señora Celia.

Vuelve a mirar hacia adelante, aprieta la carta contra su pecho y siente en los hombros el peso del abrigo de su padre. Camina con paso firme. Camina sabiendo que Paulino está a salvo llamándose Jaime. Y que seguirá estando en Francia, a salvo, aunque ella no resista ni una sola patada.

Doña Celia la ve alejarse entre los hombres que se la llevan. Piensa que esa muchacha es muy frágil, y que ella debe hacer algo. Piensa. Y decide. Irá a pedir ayuda al doctor Ortega. Recurrirá a él. Don Fernando sabrá qué hacer. Y doña Celia se dirige hacia la casa del médico.

Comienza a correr. Corre. Corre, y recuerda a su hija Almudena. Sin poder evitarlo, corre pensando en su hija, acordándose de la última vez que la vio. Iba caminando con paso firme, entre dos hombres.

# 7

La detención de Pepita resultará decisiva para don Fernando, que lleva una semana escogiendo las palabras que le dirá a su padre cuando le comunique que rechaza su oferta de trabajar como médico en la prisión de Ventas. Una semana le dio de plazo su padre para pensarlo.

—Mira, Fernando, tú eres médico, no un contable de tres al cuarto.

Una semana, que acaba de terminar. Pero después de la visita de doña Celia, ya no sirven las palabras que había elegido. Aceptará el cargo. Le dará a su padre esa satisfacción, pero exigirá a cambio que utilice su puesto de asesor médico en el Ministerio de Gobernación para liberar a Pepita.

Acudirá a ver a su padre sin perder un instante. Saldrá a la calle abrigado con su capa española, y su mujer, doña Amparo, lo verá cruzar desde la esquina de la calle Relatores con la de Magdalena, donde espera a que él salga de casa. Siempre acecha en la misma esquina cuando vuelve de la iglesia, sujetándose el velo de encaje con una mano y apretando el misal que lleva en la otra. Vigila, hasta que lo ve salir, y entonces abandona su escondite, sube la calle Relatores y entra en casa. Su marido lo sabe. Supo que se escondía de él una mañana que la vio agazaparse. El acto de ocultarse la delató. Aquella mañana don Fernando tenía una cita con su padre en su consulta privada, en la plaza de Tirso de Molina, de modo que dio una vuelta a la manzana para no descubrir a su esposa. Pero hoy tiene prisa. Hoy Pepita está en Gobernación y él tomará el camino más corto para ir a pedir ayuda a su padre. Caminará a paso ligero hacia la esquina donde espera doña Amparo. Pasará junto a ella sin detenerse. Un leve saludo. Una inclinación de cabeza, a la que doña Amparo responderá del mismo modo. Y seguirá su marcha hacia la plaza. Llegará a la consulta de su padre decidido a exigirle que intervenga para que Pepita salga de Gobernación; para que su padre saque de allí a la joven que estuvo al borde de un síncope cuando le llevó un mensaje de El Chaqueta Negra. Debe sacarla de allí, antes de que sea tarde para ella, y tarde para él. Pepita hablará, lo contará todo. Todo. Y él estará perdido. Ahora debe escoger con mayor razón las palabras que le dirá a su padre. Debe decidir, y apenas hay tiempo para hacerlo, Pepita estará ya en la sala de interrogatorios. Él ha de escoger las palabras que le dirá a su padre, para no delatarse a sí mismo. Hablará, don Fernando, midiendo lo que calla. Y dirá lo justo para que su argumento sea poderoso, para que su interés en liberar a su sirvienta no levante sospechas. Ha de correr el riesgo necesario, sólo y nada más que el necesario, y ha de ser rápido. Sin perder un segundo. En apenas un segundo se puede pronunciar un nombre. Ha de convencer a su padre esa misma mañana, en ese mismo instante, para que la fragilidad de Pepita no suponga su propia destrucción.

—¿Recuerdas a Pepita, la muchacha de casa?

—Claro, la que sirvió la mesa en Navidad. Muy guapa.

Don Fernando no tomó asiento. No se quitó la capa española. Tan sólo se descubrió la cabeza y dejó su sombrero sobre la mesa del despacho de su padre.

—Acaban de llevársela a Gobernación. Si la sacas de allí ahora mismo, acepto el puesto en la cárcel de Ventas.

—Es guapa, muy guapa, sí. ¿Qué ha hecho?

—Nada. Ha recibido una carta de Francia, y se la han llevado sólo por eso.

—Entonces, la soltarán, no te preocupes.

—Sácala de allí. Si la sacas ahora mismo, acepto el puesto.

—Me decepcionas, Fernando. Deberías aceptar ese puesto por ti mismo, o por Amparo.

Las manos de don Fernando se aferraron a la mesa de despacho. Su padre sintió su nerviosismo. La congestión de su rostro le alarmó.

—Siéntate, muchacho, y quítate la capa o te va a dar algo.

—Es urgente, papá.

—Siéntate, y charlemos con calma.

—No he venido a charlar. He venido a aceptar el puesto y a pedirte un favor.

—¿Lo sabe Amparo?

—Amparo no tiene nada que ver.

—Ya me lo figuro. Pero si yo saco a esa chica de Gobernación, la sacas tú de tu casa. Le debes un respeto a tu mujer.

—Pero...

—No hay peros, la sacas hoy mismo y mañana empiezas en Ventas.

Don Fernando cogió su sombrero de la mesa.

—De acuerdo, vámonos ya.

—No es necesario que tú vayas, yo me ocuparé de todo cuando acabe la consulta.

—Quiero sacarla yo mismo de allí.

—Entiendo.

—Estamos a un paso de la Puerta del Sol, si nos vamos ahora, es posible que lleguemos a tiempo.

—¿A tiempo de qué?

—Papá.

En el tono de su voz, don Fernando quiso expresar lo evidente. Dijo Papá, por no decir Lo sabes perfectamente. Y el padre lo entendió.

—Vamos.

Vamos, dijo el médico que conocía el tratamiento que recibían los detenidos, y el estado en el que salían de Gobernación.

## 8

—Esta mujer está muerta.

—Eso me parece a mí.

La mujer está muerta, en efecto. Dos policías la arrastran por el suelo tirando de ella por las manos. La mujer está muerta, y Pepita mira su rostro, y reconoce en él a Carmina, la vendedora del puesto número veintiséis del mercado de la Cebada. La enlace de El Chaqueta Negra. La que colgaba la ropa del balcón está muerta. Dos hombres se la llevan ante los ojos espantados de Pepita, mientras otros dos la empujan a ella hacia la habitación que Carmina acaba de abandonar a rastras. Uno de los hombres que tira del cadáver no deja de mirar a Pepita.

—Bonitos los ojos que me tienes, ricura.

Los otros ríen la oportunidad para un piropo. La meten a empujones, del mismo modo que le han hecho subir las escaleras hasta el segundo piso. Y a empujones le ordenan que se siente. Ella sabe que va a desmayarse. Lo sabe, porque se le ha llenado la cabeza de espuma. Los dos hombres la dejan sentada en una silla en medio de la habitación que tiene un crucifijo colgado en la pared, y se alejan. Se asoman al pasillo y sin cerrar la puerta, uno de ellos pregunta a gritos:

—¿Se os ha muerto ésa?

Desde su silla, Pepita escucha que alguien responde.

El que arrastra a Carmina por su mano derecha es quien contesta:

—Ya lo creo.

Las palabras llegan nítidas a los oídos de Pepita, y las voces de los hombres se mezclan con la espuma.

—¿Y ésa es la que era tan dura?

—Ya lo ves.

Llegan nítidas, pero sus ojos han perdido ya de vista el crucifijo que cuelga de la pared.

—¿Cantó?

Ahora es el que lleva el cadáver de Carmina tirando de su mano izquierda el que responde, deteniéndose en mitad del pasillo, sin soltar la mano de Carmina:

—Más le hubiera valido.

—¿A qué hora acabas el turno?

El crucifijo ha desaparecido, también las palabras comienzan a desaparecer. Pepita resbala de la silla.

—A las doce, ¿y tú?

—Yo también. Espérame, que acabo con ésta y nos vamos juntos.

—Buena prenda, ¿es para ti solito?

—Y para éste.

Pepita ya ha dejado de oír por completo. Tiene los ojos cerrados. Y yace inconsciente en el suelo.

—¡Joder!

—¿Qué pasa?

—Que la prenda se ha caído. Si es que a las mujeres no se las puede dejar solas, tú.

—Tráele agua.

Un cubo de agua fría la hace despertar.

Y Pepita recupera la consciencia, y el espanto.

# 9

En la pensión Atocha, doña Celia recorre el pasillo de un extremo al otro apretando su pañuelo entre las manos. Camina sin poder detenerse desde que regresó de casa de don Fernando hace algo más de una hora. Pasea retorciendo el pañuelo, repite el recorrido una y otra vez mirando las agujas del reloj de pared. Se acerca el pañuelo a los ojos enrojecidos, y secos. Hace tiempo que ha dejado de llorar. Le arden los ojos, continúa frotándoselos cuando alcanza el final del pasillo. Sigue caminando y vuelve a enjugarse los ojos cuando llega al otro extremo. Mira las agujas del reloj. Desanda lo andado retorciendo el pañuelo. Ya no puede llorar. Desearía que las lágrimas refrescasen sus párpados.

Llorará de nuevo, doña Celia. Las lágrimas consolarán sus ojos al abrazar a Pepita. Y no tardará en hacerlo.

También llorará Pepita cuando se entregue a los brazos de doña Celia. Llorará, mientras le cuenta que la sangre que mancha su vestido no es suya. Se manchó al sentarse en una silla, y se manchó más al caer al suelo de una habitación donde hay un crucifijo en la pared. Llorará al decirle que Carmina está muerta.

195

—Les he oído decir que no cantó.

Y jurará que ella tampoco ha delatado a nadie, que perdió el sentido. Jurará entre gemidos que no le hicieron ni una sola pregunta. Repetirá que perdió el sentido por dos veces. Y que la primera vez que abrió los ojos llevaba los botones del vestido desabrochados y estaba mojada. Tiritaba, pero no tenía frío. Volvieron a ordenarle que se sentara en la silla. Debía de estar muy pálida, porque uno de los hombres le preguntó al otro que si le gustaban tan blancas y él le contestó que no, que tampoco hay que exagerar, y que si le metían mecha, parecería un cirio. Entonces alguien llamó a la puerta, y ella no recuerda nada más. Sabe que dejó de tiritar. Y que cerró los ojos. Y que le costaba mantener la cabeza derecha. Cuando despertó de nuevo, se encontraba en otra habitación, tendida en una camilla. El padre de don Fernando la estaba auscultando:

—Está perfectamente, ha sido un simple desmayo. Si queréis estar un rato a solas, os podéis quedar aquí, yo os esperaré fuera.

—No hace falta, papá.

Don Fernando cubrió a Pepita con el abrigo y le ofreció la mano para levantarse:

—Vámonos.

—¿Va a sacarme de aquí, señorito?

—A eso he venido. Vámonos.

Ya en la calle, don Fernando le explicó que habían requisado la carta que llegó de Francia. Y que si recibiera otra, ella misma debía comunicarlo de inmediato en Gobernación, sin esperar a que lo hiciera el cartero. Pepita caminaba en silencio, flanqueada por padre e hijo, lívida aún, sin recuperarse del pánico. Don Fernando se despidió de su padre con un abrazo, preguntándole cuándo debía incorporarse a su nuevo trabajo. El padre lo retuvo en sus brazos un instante, después lo separó de él y acarició la mejilla de Pepita:

—Es muy guapa, sí. Mañana mismo empiezas, en eso habíamos quedado, llevan una semana sin médico. Ven a mi consulta a las cuatro y media, te diré lo que tienes que hacer. Muy guapa, pero sácala hoy mismo de tu casa, hombre, por Dios.

Don Fernando y Pepita se encaminaron hacia la pensión Atocha. Cuando habían dado unos pasos, él se giró para comprobar que su padre se encontraba alejado de ellos, y entonces quiso indagar si Pepita había mencionado su nombre en el interrogatorio; comenzó por preguntarle si le habían hecho daño:

—¿Te han hecho daño?

—No, señorito.

—¿Qué querían saber?

—No sé, señorito.

—¿Qué te han preguntado?

—Nada.

—¿No te han hecho ninguna pregunta?

—No, señorito.

—Pero algo habrás dicho tú.

—Yo no he dicho nada.

La insistencia de don Fernando inquietó a Pepita. Él continuó haciéndole preguntas.

—¿Has mencionado mi nombre?

—Yo no he dicho nada, señorito, perdí el sentido.

—¿No les has dicho nada de mí?

—Se lo juro que perdí el sentido y que yo no he dicho nada, por mis muertos. Por mi madre y mi padre que en Gloria estén le juro que no he dicho nada.

Ella comenzó a sospechar que don Fernando la había sacado de Gobernación para salvarse a sí mismo. Sus sospechas la llevaron a desconfiar de él.

—¿De quién es la carta? ¿Te ha escrito El Chaqueta Negra? Es él quien te ha escrito, ¿verdad?

—No, señorito, ha sido mi novio.

—¿Qué novio? ¿No es tu novio Paulino González? Piénsalo bien, Pepita, no me engañes. Os vi juntos, vi cómo os mirabais cuando fui a curarle la herida a tu cuñado. A mí no tienes por qué engañarme. Ellos se fueron a Francia y tú has recibido una carta de Francia. Tu novio nos está poniendo en peligro a todos, ¿no lo entiendes?

Los temores de don Fernando confirmaron las sospechas de Pepita.

—Ya le he dicho que Paulino no es mi novio. Mi novio se llama Jaime.

—Pero bueno, ¿quién es ese Jaime?

—Jaime Alcántara.

—¿Y qué decía en la carta?

—Cosas de amor.

—¿No mencionaba mi nombre?

—No, señorito.

Nadie podría descubrir al leer aquella carta que Jaime ocultaba a Paulino. Nadie, excepto Pepita. Ahora sabe por qué utilizó unas claves que sólo ella podía descifrar. Y sabe por qué ha inventado una historia, lo sabe con certeza cuando se dispone a contarla, y descubre que él no la inventó para protegerse, sino para protegerla a ella.

—¿Seguro que no mencionaba mi nombre?

—Seguro, señorito. Mi novio no le conoce a usted. Mi novio se fue a Francia de maquinista de tren hace cinco años, antes de que empezara la guerra, y como ahora es allí donde hay guerra, me dice que se va a volver. Eso es lo que me dice en la carta, que se va a volver, y que nos vamos a casar cuando vuelva.

La memoria funcionó como estrategia, Pepita recordó las palabras que su novio había escrito, y don Fernando dejó de preguntar.

## 10

El hacinamiento en la enfermería de la prisión provincial de Ventas produjo en el doctor Ortega un extraño sentimiento de horror, mezcla de impotencia, repugnancia y lástima. Todas las camas se encontraban ocupadas por dos presas. Las enfermas compartían los lechos de sábanas escasas en limpieza, y faltos de mantas. Pelagra, disentería, sífilis, desnutrición, tuberculosis, todo tipo de enfermedades, contagiosas o no, aquejaban a las mujeres que respondieron en un hilo de voz a las preguntas de don Fernando, cuando éste recorrió la primera sala que le mostró La Zapatones. Al pasar a la segunda sala, contigua a la anterior, el médico se detuvo espantado. Colchones en el suelo y somieres sin colchones acogían a las pacientes en parejas.

—¿Cuántas enfermas hay aquí?

La Zapatones no supo contestar:

—De un día para otro cambian, doctor.

—¿Cómo es eso?

—Unas se mueren, otras no.

La desidia de La Zapatones señaló el estado de aquel lugar donde los quejidos se confundían con la debilidad de las toses.

—¿Quién cuida de esta gente?

—Hace una semana que se murió el médico.

—Eso ya lo sé, pero alguien habrá que atienda a las enfermas, ¿no?

—Hay dos funcionarias allí, en control.

La Zapatones señaló las rejas de una puerta situada al fondo de la segunda sala.

—Quiero verlas inmediatamente.

Detrás de la cancela, en una pequeña habitación amueblada con una mesa, dos sillas y una camilla de reconocimiento, las dos funcionarias jugaban a las cartas ajenas a la llegada del médico.

—Abran esta puerta.

El grito de don Fernando les hizo abandonar los naipes sobre la mesa. No guardaron la baraja, se pusieron en pie, una de ellas cogió un manojo de llaves y cumplió la orden del médico.

—¿Se puede saber qué están haciendo?

Las dos funcionarias se miraron con un gesto de extrañeza.

—Nada.

Nada, replicó la que había abierto la cancela, y la otra añadió que ya les habían dado de comer a las presas.

—¿No tienen nada más que hacer? ¿Y ustedes se consideran enfermeras?

—Nosotras no somos enfermeras.

Desde el patio llegaba un rumor de risas, a través de los cristales de la ventana se escuchó una voz en falsete cantando *La tarántula:*

*... es un bicho mu malo.*
*No se mata con piedra ni palo...*

Era una mañana de sol, de frío y viento. La alegría que subía con el aire llamó la atención al médico.

*Bailando se cura tan hondo dolor.*

*¡Ay! ¡Mal haya la araña que a mí me picó!*

La Zapatones advirtió su sorpresa y se acercó a una ventana.

—Se distraen así, unas cantan y otras bailan. ¿Le molesta el ruido, doctor?

—No, por Dios.

—¿No quiere que las haga callar?

—Lo que quiero son sábanas limpias, y más mantas.

—Eso no sé si va a poder ser.

Pero sí pudo ser. El doctor Ortega consiguió sábanas limpias, y mantas suficientes para todas las enfermas. Y exigió además una ayudante con experiencia, cuando La Zapatones le informó de que las funcionarias que había encontrado jugando a las cartas no poseían ningún conocimiento de enfermería, simplemente trabajaban allí porque les habían asignado ese puesto, y permanecerían en él durante un mes, cumpliendo un turno rotatorio que obligaba a todas las funcionarias del penal. Su función era dar de comer a las enfermas, y a las presas que cumplían castigo, que se encontraban en las celdas de aislamiento situadas dos pisos más abajo, al final de la escalera que salía de una de las esquinas del puesto de control.

—Habrá que buscar una voluntaria entre las internas, doctor.

—Pues búsquela.

Y habría que buscarla entre las internas porque La Zapatones supuso que ninguna funcionaria ejercería de enfermera por voluntad propia.

Esa misma tarde, una ayudante se presentó como voluntaria de enfermería y le dijo al doctor Ortega que se llamaba Sole.

—Para servirle.

Le dijo que se llamaba Sole, para servirle, y que era comadrona, y que en su pueblo, en Peñaranda de Bracamonte, en Salamanca, ayudaba al médico en lo que hiciera falta. Pero Sole no iba sola, en contra de las conjeturas de La Zapatones. La acompañaba una funcionaria que expuso su deseo de trabajar con el doctor Ortega. No era otra que Mercedes, que se colocó las horquillas de su moño antes de entrar a hablar con don Fernando.

—Yo no tengo experiencia, doctor, pero mi marido era practicante, y le he visto poner muchas inyecciones.

La falta de carácter de Mercedes la llevó a tomar aquella decisión. Ella supo que era incapaz de imponer su autoridad cuando preguntó de quién era la silla donde Hortensia estaba sentada. Lo supo, con la más absoluta de las certezas, cuando se dio la vuelta y sintió las miradas de las presas, dirigidas como flechas a su espalda. Las risas le dolieron como heridas abiertas, y se le saltaron las lágrimas. No tardarían en despedirla si continuaba comportándose así. De modo que, al escuchar a La Zapatones que buscaban voluntarias para la enfermería, pensó que quizá con las enfermas podría conservar su trabajo.

No fue necesario mucho tiempo para que don Fernando tomara aprecio a las voluntarias. La energía de las dos mujeres hizo posible que el aspecto de las enfermas se convirtiera en un poco menos lamentable. Ellas se bastaron solas para organizar las dos salas de la enfermería siguiendo las indicaciones del médico. Acomodaron en la primera sala a las pacientes contagiosas y en la segunda a las que no lo eran. Las lavaron, las peinaron, y suministraron a las que tosían pañuelos limpios que ellas mismas confeccionaron con las sábanas viejas que don Fernando ordenó desechar. Las funcionarias que jugaban a las cartas dejaron de jugar. Las miraban con desprecio cuando el médico se dirigía a ellas para dar instrucciones, recelosas de su confianza, y se turnaron para recorrer el pasillo custodiando a las presas, y vigilando a Sole y a Mercedes. Tan sólo las perdían de vista cuando bajaban, una vez al día, a las celdas de castigo. No era un trabajo agradable, llevar la comida a las que estaban castigadas sin comer más que un rancho escaso y pestilente; por eso una mañana, cuando se dispusieron a bajar quejándose de tener que hacerlo, y Mercedes se ofreció a sustituirlas, cedieron a la novata, con gusto y para siempre, aquel cometido enojoso. Para siempre, o hasta que se cansara de un servicio del que abominaban todas las demás. Y Mercedes se llevó a Sole con ella. La comadrona cargó con el cesto de chuscos de pan y con la olla de una sopa que las presas se negaban a comer, caldo tibio y sucio donde flotaba la repugnancia. Sole les entregaba el hambre llenando sus cazos, y el consuelo de un chusco de pan. Mercedes abría las puertas metálicas de las celdas y entregaba una escoba a las presas. Así fue como se alarmaron al ver a Tomasa, sentada en su petate, desnutrida y cubierta de sabañones, sin fuerzas para levantarse a barrer su celda, mirando fijamente la canasta del pan.

Mercedes se estremece y pregunta por el tiempo que lleva allí:

—¿Cuánto tiempo lleva usted aquí?

—No llevo la cuenta.

La comadrona lo sabe, y le recuerda a Mercedes el día de Navidad, el dedito del Niño Dios.

—Le dieron «cubo» para tres meses, va para un mes.

—Barra usted la celda, Sole.

Sole barre la celda de Tomasa. Después regresa a la enfermería decidida a hablar con el doctor Ortega. Decidida a impedir que Tomasa se muera.

## 11

—Tiene sabañones en las piernas, y en las rodillas. Hasta en la cara tiene sabañones. La nariz parece un pimiento morrón, tal cual.

—¿Qué le dijiste al médico?

—Que bajara a verla.

—¿Y fue?

—No. Pero la vio, en cuanto le dije cómo estaba la Tomasa. Está en el puro pellejo, doctor. Baje a verla, si no quiere que se la suban muerta para que sea usted el que diga que está muerta, le dije, que tiene una ictericia que la cara se le ha quedado como la bandera de los nacionales, escuchimizada, amarilla en los lados y en el medio rojo sangre de pimiento morrón.

—¿Así le dijiste?

—Menos lo de la bandera, tal cual.

—La bandera es al revés, el amarillo lo lleva en el medio.

—Qué más da.

—¿Y qué dijo él?

—Nada. Se dio media vuelta y le ordenó a la guardia civila que estaba en control que subieran a Tomasa. Nada más verla, le echó ungüento en los sabañones de la cara, que estaban a punto de estallar como los de las manos, que ya los llevaba abiertos como bocas en grito, y dijo que esa mujer tenía avitaminosis, que le dieran bien de comer y la sacaran a que tomara el aire. La guardia civila fue a pedirle permiso a La Veneno, y volvió diciendo que La Veneno había dicho que la sacaran al patio diez minutos al día, pero que comer ya había comido bastante. Se ve que pensaba en el dedito.

Diez minutos de sol. Diez minutos le concedió la hermana María de los Serafines a Tomasa. Permitió que la sacaran al patio todas las mañanas, durante diez minutos, y siempre una hora antes de que bajaran las demás reclusas.

—Mañana la sacan al sol, y yo le daré puré con una sonda por la cerradura.

—Ten cuidado, no te vayan a ver.

—Descuida, nadie me verá.

Nadie vio a Sole llenar un bote con una ración doble del puré que le daban a las enfermas. Nadie la vio tomar una sonda de la enfermería. Y nadie sospechó que cuando dijo que el suelo de la galería de las celdas de castigo estaba muy sucio y se ofreció a fregarlo, ya había escondido la comida de Tomasa en el fondo del cubo de cinc que llevaba en la mano. Tres golpes dio en la puerta metálica. Por la cerradura coló su voz para pedirle a Tomasa que se acercara. Después introdujo un extremo de la sonda en el bote de puré y el otro lo deslizó por el orificio destinado a la llave. Y alzó el bote. Tomasa vio la punta de goma que asomaba, vio caer una gota. Se arrodilló, levantó la cara y acercó la boca. Y succionó, como un ternero se alimenta de la ubre de su madre.

Mañana, como hoy, y como todos los días que faltan para que termine el castigo de Tomasa, Sole fregará el suelo de la galería. Y Tomasa comenzará a ganar peso.

Cuando las funcionarias que custodian a Tomasa en su paseo matutino observen el cambio en su aspecto, comentarán entre ellas su extrañeza:

—Qué raro, ésta se está poniendo gorda.

—Pues es verdad.

Y será Sole la que, al oírlas, aumentará su confusión:

—No está gorda, está hinchada, por la avitaminosis.

Desde la ventana de la galería número dos derecha, Hortensia, Reme y Elvira la verán tomar el sol sentada en un banco, y comprobarán las noticias que les reporta Sole cada noche en las reuniones del Partido:

—El médico le hace una cura todos los días. Ya no tiene en la cara la bandera nacional.

—Entonces, está mejorando.

Tras el cristal, observarán a su compañera, acompañarán su soledad durante diez minutos y compartirán con ella desde lejos el alivio del sol. A diario, hasta que juzguen a Hortensia, se asomarán a la ventana las tres juntas.

—Parece que no le importa nada de lo que le pase, ¿verdad?

—Eso parece. No le importa un carajo lo que le pase, ni lo que le deje de pasar ni lo que le haya pasado.

—Y le han debido de pasar cosas muy malas.

Elvira comentará los rumores que corren entre la reclusión. Y Hortensia y Reme se negarán a creer las acusaciones que señalan a Tomasa.

—Ella sería incapaz de matar a nadie.

—Además, no es de Castilblanco. Es de Los Santos de Maimona, un pueblo al lado de Zafra, me lo dijo a mí un día que le conté que yo estuve en Don Benito en el treinta y siete.

Elvira tampoco cree que sea cierto que Tomasa participara en la matanza, pero añade que las presas cuentan que Tomasa estaba en Castilblanco el último día de diciembre de mil novecientos treinta y uno, en la huelga que había convocado la Federación Nacional de Trabajadores de la Tierra. Y dicen las presas que todos los que estaban allí se armaron de cuchillos y de hoces y masacraron a los cuatro agentes de la Guardia Civil que intentaban disolver la manifestación. También dicen que los mutilaron y que las mujeres bailaron sobre los cadáveres de los guardias civiles.

Ninguna de ellas dará crédito a lo que Elvira acaba de contar. Las tres se indignarán mirando a Tomasa desde la ventana.

—Lo de Castilblanco será verdad, pero Tomasa, desde luego, no estuvo allí.

Después, cuando les llegue el turno de bajar al patio, se dirigirán sin hablar hacia el banco donde Tomasa se sienta a diario mirando hacia a ellas, y harán labor de punto de agujas en el espacio que ella acaba de abandonar, negándose a creer los rumores que sitúan a Tomasa en Castilblanco.

No. Tomasa no estuvo en Castilblanco.

# 12

La mujer que va a morir ya conoce su condena. Acaba de regresar del juzgado número ocho. En la sala primera, ante un tribunal militar, ha tenido lugar la vista de su causa en procedimiento sumarísimo de urgencia. Hortensia escribe en su nuevo cuaderno azul. Estrena la primera hoja con un lápiz gastado que apenas sobresale de su pulgar. El peor dolor es no poder compartir el dolor. Hortensia aprieta contra el papel la punta de su lápiz mordisqueado, y escribe que sufriría menos si pudiera hablar con Felipe, si pudiera contarle que ha sido condenada a muerte junto a sus doce compañeras de expediente. Escribe con su mano derecha mientras con la izquierda sujeta el cuaderno y alisa el papel. La sombra de sus pendientes baila sobre los renglones que escribe. Procura no salirse de la línea marcada, pero no es fácil. Y recuerda el verano de mil novecientos treinta y siete, cuando aprendió a escribir. Le enseñó El Chaqueta Negra en la Casa Grande de Las Tres Cruces, cerca de Don Benito. Toda Extremadura estaba tomada, excepto la Bolsa de la Serena. Y ellos resistieron en la Casa Grande, y El Chaqueta Negra le enseñó a escribir en la pared. Los hombres dormían en el piso de arriba y por la mañana descargaban la vejiga desde la escalera. Fue Hortensia la que escribió en la pared con letras de molde recién aprendidas: EL QUE ORINE DESDE LA ESCALERA SERÁ CONSIDERADO CAMARADA CERDO. Y fue ella la que dejó constancia sobre el muro de que el batallón número cinco había llegado a la Casa Grande el día dieciocho de julio de mil novecientos treinta y siete, escribiendo en la pared el nombre de los milicianos que lo componían: Pedro Gómez, Aniceto Estévez, Carlos Peinado, Estrella López, Patricio Rovira, Eloy Menéndez. Doce nombres escribió en la pared. Porque ella sabía escribir. Primero había aprendido su firma, y después todas las letras. Felipe se reía de ella:

—Eso hay que aprenderlo de chica.

—Y de grande también se aprende. Ya verás cuando tenga un cuaderno.

—Yo te compraré los que tú quieras.

Y ella le pidió entonces que le comprara un cuaderno de tapas azules, como los que usaba Pepita en la escuela.

Se acaricia los pendientes, y regresa al papel. Escribe que le gustaría estar con Felipe. Y que desea que la criatura llegue antes que la ratificación de la sentencia, porque sabe que va a morir y no quiere que su hijo muera con ella. Todas sus compañeras saben que Hortensia va a morir. Sole se lo comunica a Tomasa mientras introduce la sonda por la cerradura de su celda de aislamiento:

—Las han condenado a todas.

—¿A Hortensia también?

—También. Vienen las trece con «La Pepa», que estaba hoy baratita.

—Trece, como las «rosas» del treinta y nueve.

Como las «rosas», sí.

Y Tomasa recuerda a Julita Conesa, alegre como un cascabel, a Blanquita Brissac tocando el armonio en la capilla de Ventas, y las pecas de Martina Barroso. Y acaricia en su bolsillo la cabecita negra que guarda desde la noche del cuatro de agosto de mil novecientos treinta y nueve. Pertenecía al cinturón de Joaquina. Tomasa quiso regalársela a Reme, porque Reme no tenía ninguna. Pero Reme no la aceptó.

—Guárdala tú.

—Bueno, la guardo yo pero es de las dos.

—Traga deprisa, Tomasa, que el puré no baja, y me van a pillar.

—Hoy no tengo ganas.

Sole retira la sonda, y Tomasa busca refugio en un rincón. Se sienta en el suelo abrazada a las rodillas, y se niega a llorar. Se niega, no conseguirán desmoralizarla. Ella no debe llorar, pero teme que no volverá a ver a Hortensia. Sabe, como saben todas las reclusas del pabellón número dos derecha, que el cumplimiento de la condena puede ejecutarse en unos días. Conocen el trámite. El auditor de guerra ratificará la sentencia, y se cumplirá cuando llegue el *enterado* del Generalísimo. Generalísimo, mascula Tomasa entre dientes abrazándose las rodillas con rabia. Generalito lo llamaban en África, al que fuera nombrado Jefe del Gobierno del Estado y Generalísimo de los Ejércitos de Tierra, Mar y Aire, el día uno de octubre de mil novecientos treinta y seis. No perdió el tiempo en quitarse el nombre de Generalito. Dicen que no le tiembla la mano. Y dicen que el *enterado* de Las Trece Rosas llegó el día doce, cuando llevaban una semana bajo tierra. Nunca se sabe cuánto tarda en llegar. Y Tomasa acaricia la cabecita negra. Repártelas entre las mejores, hasta donde llegue, le dijo Joaquina a una compañera al deshacer los eslabones de su cinturón. Y la compañera repartió las cabecitas negras. Joaquina era muy guapa, tenía el pelo liso, los ojos negros, y grande la boca. Y a ella le dieron una cabecita de su cinturón. A ella. Ni dos días tardaron en fusilarlas. Un escarmiento, eso dijeron que buscaban. Y les cargaron en las costillas el atentado del comandante Isaac Gabaldón, que era también inspector de la policía militar de la Primera Región, y el encargado del Archivo de Masonería y Comunismo. En un coche iba con la hija, una niña de diecisiete años. La niña, el padre y el conductor murieron a balazos en la carretera de Extremadura, a la altura de Talavera, cuando se dirigían a Madrid. Tres muertos. Y quisieron veinte por uno. Sesenta jóvenes de las Juventudes Socialistas Unificadas fueron juzgados y condenados por atentar contra el Movimiento Nacional Triunfante. Un escarmiento, y en dos días los llevaron a todos a la tapia. Hay presos que han vivido meses pendientes de su ejecución, y años, como ella. Ella estuvo más de dos años en la cárcel de mujeres de Olivenza con «La Pepa» colgándole del pescuezo, hasta que le llegó la conmutación de la pena y se la trajeron aquí. Quizá a Hortensia le pase lo mismo, o no, eso nunca se sabe. Nada se sabe. Tampoco sabe nadie por qué juzgaron a Joaquina, porque Joaquina estaba en Ventas cuando pasó lo de Gabaldón. Estaba en Ventas con dos hermanas suyas, juzgadas y condenadas las tres por ser de las Juventudes. Las tres estaban en Ventas, aunque nunca les dejaron

213

estar juntas en la misma celda. Dos veces fue juzgada Joaquina. Dos veces condenada a muerte. De la primera condena se salvó, se la conmutaron por veinte años. Y en dos días, cumplieron la segunda. Dos días.

Unos años, unas semanas, unos meses, unos días.

Unos días, tal vez dos, tal vez tres.

Reme y Elvira permanecerán junto a Hortensia fingiendo calma. Elvira dará sus clases de alfabetización sólo cuando las dé Hortensia. Reme no irá al taller de costura para no dejar sola a su compañera ni un solo instante, y las tres dejarán de acudir a la ventana para ver a Tomasa.

Y Tomasa echará de menos sus cabezas pegadas al cristal.

## 13

—Mal fario, que seamos trece en el expediente, mal fario. Trece, el número de la mala sombra, y el de las menores.

Hortensia deja de escribir y se lleva el extremo del lápiz a la boca.

—No te hagas sangre pensando en eso, Hortensia.

Pero Reme no puede dejar de pensar en las trece menores, aunque le pida a Hortensia que no piense en ellas. Se las llevaron a la capilla en la medianoche del día siguiente al juicio, el cuatro de agosto. Ya podemos acostarnos, había dicho Anita después de esperar hasta las doce. Anita no se durmió, pero a Victoria y a Martina las tuvieron que despertar para llevárselas. Reme piensa en aquel cuatro de agosto. Recuerda la palidez de la funcionaria que fue a buscarlas, el susto que llevaba en el cuerpo tapado con la capa azul marino. Recuerda que Victoria comenzó a llorar cuando la despertaron. Abrazó a una compañera y lloró el desconsuelo de su madre, su hijo mayor acababa de morir en comisaría, y ella y Gregorio, los dos hijos que le quedaban, morirían al alba. Primero Juan, ahora Goyito y yo, repetía llorando.

Hortensia guarda el cuaderno y el lápiz debajo de su petate. Saca de su bolsa de labor un faldón y lo coloca sobre su vientre para mostrarlo a sus compañeras.

—Ya te queda muy poco.

—No te creas, hay que hacer muchas filas de punto de cruz, para que esté bien fruncidito. Mira.

La niña pelirroja mira el faldón, pero no se atreve a mirar a Hortensia. No la mira a los ojos desde que regresó del juzgado. No se atreve a mirarla. Y no sabe por qué. Quizá tema que Hortensia descubra su miedo a la muerte. O quizá teme descubrir la mirada de la muerte en los ojos de la mujer que va a morir. O tal vez sea pudor y no se atreve a mirarla simplemente por eso, por pudor. Retira la vista de la prenda infantil y se sienta de espaldas a Hortensia. Reme ha sacado también su bolsa de labor, y teje una mantilla blanca.

—Elvirita, hija, nos estamos quedando sin lana. Vete al economato y trae una madeja blanca, anda.

Mientras camina hacia el economato, Elvira se toca la cabeza. Pudor. Sí, siente pudor al mirar a Hortensia. Ella no tiene derecho a descubrir qué hay en sus ojos. Tampoco a Julita Conesa la miró a los ojos. Ni a Virtudes González. Ella no se atrevió a mirar a los ojos a ninguna de las trece menores. Camina mirando hacia el suelo. Los juicios rápidos son peligrosos, acaban siempre en condenas largas. Se alegra de que el suyo no se haya celebrado aún, y se toca la cabeza recordando a Virtudes González. También a ella le raparon el pelo, en la comisaría de Jorge Juan, antes de llevarla a Ventas. Su novio se llamaba Vicente. Él estaba en su mismo expediente, entre los sesenta condenados a muerte, y

Virtudes tenía la esperanza de verlo ante el piquete de fusilamiento, quería despedirse de él. Pero no se lo permitieron. Tampoco Victoria pudo ver a su hermano Gregorio.

Con la madeja en la mano, Elvira regresa junto a sus compañeras y vuelve a sentarse de espaldas a Hortensia sin dejar de pensar en los sesenta jóvenes que habían pedido que los fusilaran juntos. Querían despedirse. Deseaban verse por última vez. A los varones los llevaron a las seis de la mañana al cementerio del Este, y murieron a las seis contra la tapia. A ellas las llevaron a las seis y media.

—¿Cuándo es luna llena?

—Pasado mañana.

Pasado mañana. Hortensia abraza su vientre abultado con las dos manos. Quizá llegue a tiempo. Pasado mañana será luna llena.

—Este niño no quiere ver el mundo.

—¿Cuánto hace que cumpliste?

—Diez días llevo cumplida. El defensor pidió misericordia.

Sí, misericordia fue lo único que pidió el capitán del Ejército de Tierra que actuó como abogado defensor.

—Para el niño, pidió misericordia. Mi hermana ha mandado un pliego de súplica a Franco, qué chiquilla. Dice que le han dicho que a veces contesta en tres días, vamos a ver.

Tres días son muchos. Reme y Elvira lo saben. Lo saben. Estaban en la prisión de Ventas el tres de agosto de mil novecientos treinta y nueve, cuando regresaron del juzgado número ocho las trece menores.

Y recuerdan que una de ellas se colocó las medias antes de salir hacia la capilla, y otra se cortó las trenzas. Que se las den a mi madre, pidió. Pero nunca se las dieron a su madre. Tres días son muchos.

—No sé si servirá de algo, qué chiquilla, al mismísimo Franco le ha escrito.

Reme y Elvira temen que no sirva de nada. Como de nada sirvieron las firmas que recogieron las madres de Las Trece Rosas ni los suplicatorios que escribieron solicitando clemencia.

No. De nada sirvió la firma que Dolores Conesa estampó en un documento el mismo día cinco de agosto de mil novecientos treinta y nueve, año de la Victoria, sin saber que su hija había sido fusilada ya. Al Excmo. Señor General Don Francisco Franco Jefe del Estado Español la dirigió, y adjuntó un pliego con las firmas que había recogido entre los vecinos de la calle Galería de Robles. Treinta y cinco firmas, junto a una carta escrita por una madre. Encabezó la súplica llamando *Señor* al destinatario y, después de dos puntos, escribió: *La que suscribe*. Añadió su nombre y dirección y comunicó que era viuda, y *madre de la procesada Julia Conesa, condenada a la pena de muerte por los Tribunales de esta plaza*. Como madre suplicó que no fuera cumplida la sentencia. *Sentencia fatal*, escribió. *Ya que como comprueban estas firmas de industriales y vecinos es excesiva*. Como madre, imploró. *Espero en estos momentos de amargura la ayuda de V. E., de su bondad infinita, pidiendo a Dios le conceda vida larga para que nuestra España conducida por su mano sea pronto la nación Grande que sirva de modelo al mundo entero*.

—Si es verdad que contesta en tres días, a lo mejor llega a tiempo, ¿cuándo es luna llena?

Tres días son muchos. Reme y Elvira se miran sin contestar a Hortensia. Saben que tres días son muchos. Elvira acaricia la cabecita del cinturón de Joaquina. Acaricia su regalo. Se levanta de su petate. Busca su maleta y se inclina sobre ella simulando que guarda algo en su interior, para que Hortensia no la vea llorar mientras recuerda la madrugada de aquel cinco de agosto. La recuerda bien. Desde la ventana, vio a Las Trece Rosas atravesar el patio. Salieron de la capilla de dos en dos, sin humillar la cabeza. A cada pareja la escoltaban tres guardias civiles. Las subieron en camiones. Todas continuaron con la cabeza alta. Algunas cantaban. Julita Conesa siempre cantaba.

De nada sirvió que doña Dolores pidiera clemencia. La madre de Julita Conesa sólo tuvo un consuelo: las cartas que su hija le escribió en la prisión de mujeres de Ventas, segunda galería derecha. El día de su muerte escribió Julita la carta que provocará más tristeza en su madre. La carta más triste. La última. Y la más corta:

*Madrid, 5 de agosto de 1939*

*Madre, hermanos, con todo el cariño y entusiasmo os pido que no lloréis ni un día. Salgo sin llorar, cuidad a mi madre, me matan inocente pero muero como debe de morir una inocente.*

*Madre, madrecita, me voy a reunir con mi hermana y papá al otro mundo pero ten presente que muero por persona honrada.*

*Adiós, madre querida, adiós para siempre.*
*Tu hija que ya jamás te podrá besar ni abrazar.*

JULIA CONESA

*Besos a todos, que ni tú ni mis compañeras lloréis.*
*Que mi nombre no se borre en la historia.*

No lloréis por mí. Elvira controla su llanto. Revuelve su maleta simulando que la ordena de espaldas a Hortensia, para recordar a Julita. Recordarla, para que no se borre su nombre.

No, el nombre de Julita Conesa no se borrará en la Historia.

No.

# 14

Hasta que llegue la ratificación de la sentencia, las presas pasarán las mañanas en el patio intentando engañar a la tristeza. Por las tardes no será posible el engaño, porque la noche se acerca, porque se acerca la hora de las *sacas*, se acerca la hora en que la funcionaria puede llegar con las listas en la mano. La alegría de las mañanas caerá por las tardes con la amenaza del sonido de las listas. Hasta que se cumpla la amenaza, todo lo que ocurra en el penal tendrá un solo nombre: La espera.

—Mira qué moño se ha hecho.

—De Arriba España.

Hortensia levanta la vista de su labor y observa el peinado de La Zapatones mientras Reme y Elvira siguen comentando su desprecio:

—Se creerá que está guapa.

—Peor para ella.

—Siempre se ha creído que es muy fina, pero ésa es un piojo puesto de limpio.

La Zapatones pasea por el patio envuelta en su capa azul. Se ha hecho un moño cardado y alto y lleva la boca pintada de un rojo excesivo. Se acerca a las mujeres que la están mirando.

—¿Le has visto la boca?

—Otra vez viene a enseñarnos la bandera, verás.

Cuando la guardiana llega al banco, separa los labios y deja asomar un caramelo de limón, el color amarillo destaca sujeto entre sus labios rojos. Después se da media vuelta, pasea su peinado de Arriba España y recorre el patio buscando a otras presas para mostrarles su peculiar bandera nacional. Sólo la chivata responderá a su provocación devolviendo una sonrisa.

Es preciso romper la insolencia de la funcionaria. Es preciso ahuyentar la angustia de la espera, presidida por el silencio de esta mañana de mediados de febrero, luminosa y fría. Es posible tomar aire de esta asfixia, engañar a la tristeza. Es posible. Y Elvira comienza a cantar:

*Maldita la araña que a mí me picó...*

Las reclusas que la oyen se acercan con su labor en las manos y le preguntan si van a ensayar:

—¿Vamos a ensayar?

—Claro.

Y ensayan, porque es preciso.

Sí. Ensayarán, y pondrán en pie la zarzuela del maestro Jiménez cuando la hayan aprendido bien. Representarán *La Tempranica* en el patio, para la reclusión, y van a invitar a Antoñita Colomé. Elvira conserva un libreto, original de Julián Romea, la tercera edición que repartieron a todas las niñas de su colegio antes de empezar la guerra. Ella iba a ser María, La Tempranica, la gitanilla que se enamora de un conde. Su profesora de música hizo el reparto. Ahora es ella misma la que se ha asignado el personaje protagonista, y a Reme le ha dado el papel de Gabriel. Hortensia será La Moronda. Han de memorizar todas los diálogos de la obra al completo, por si es necesario hacer alguna sustitución. Han de repetir las canciones una a una. Elvira organiza el ensayo:

—Moronda, ¿qué nos vas a dar de cenar?

—Pues verán ustedes. Ahora mismo eché el arroz, que va ser lo primerito. Lleva almejas, que me subieron esta tarde de Granada. Unas cortadas de jamón de Trevélez y pimientos, más sabrosos y dulces que el almíbar. De seguida, cordero asado con papas.

Las mujeres que miran a Hortensia abandonan su labor y escuchan el menú tragando saliva. Elvira observa el hambre en sus miradas, algunas se chupan los labios.

—Bueno, ya ensayaremos eso después. Ahora vamos con Gabriel.

Para ayudar a Reme, la más torpe en el oficio musical, cantarán todas juntas *La tarántula*.

*La tarántula es un bicho mu malo.*

*No se mata con piedra ni palo.*

*Que huye y se mete por tos los rincones y son mu malinas sus picazones.*

Elvira se coloca junto a su oído para que recupere el tono. Reme desafina. No deja de mirar a La Zapatones.

*... será que a mí me ha picao la tarántula dañina.*

*Por eso me he quedao más delgao que una sardina...*

A pesar de los esfuerzos de la niña pelirroja, la voz estridente de Reme estalla como un grito y hace reír a las demás. Un grito liberado, que Reme dirige hacia La Zapatones.

—¡Que te va a ver!

*... no le temo a los rayos ni balas, ni le temo a otra cosa más mala...*

223

Las carcajadas que el coro no puede sofocar dejan a Reme sola con la canción.

*... que me hizo mi pare más guapo que al gallo, pero a ese bichito que lo parta un rayo.*

—Así no vamos a llegar nunca a nada.

—Ay, si es que parece el gallo de una gallina clueca.

—Ay madre, ay madre mía de mi vida, y la cara de sentimiento que me pone.

—No lo hace tan mal.

—Eso lo dirás tú, chiquilla, que eres más cumplida que un luto.

En la puerta enrejada, aparece La Veneno. Golpea la cancela como quien toca una campanilla, con el crucifijo de metal que cuelga de un cordón de su cintura. Llama la atención de la guardiana. Y le da un recado.

Desde el extremo del patio, La Zapatones se dirige con paso lento hacia el grupo que ríe. Hortensia deja de reír cuando la ve llegar. La está mirando:

—Hortensia, acompáñeme, tiene una comunicación por jueces.

Volverá el silencio al patio.

Volverán las presas a su labor.

Volverá la angustia de una espera.

Antes de abandonar el patio, Hortensia mirará hacia arriba. Las nubes cubren por completo el pedazo de firmamento que perfilan los muros.

Al cabo de unos minutos, regresará y hablará en voz baja con Reme y Elvira. Les dirá que la Auditoría de Guerra del Ejército de Ocupación ha ratificado las sentencias. Todas las ejecuciones tendrán lugar cuando reciban el *enterado* del Jefe del Estado. Todas, excepto la suya. A Hortensia le conceden la gracia de esperar a que nazca su hijo. Su ejecución queda en suspenso hasta entonces.

—Carajo, así la criaturita no quiere ver el mundo, Hortensia.

Antes de que Reme acabe de pronunciar el nombre de la mujer que va a morir, La Zapatones habrá reunido en un rincón a las otras compañeras de expediente. Doce. Y se las llevará también por unos minutos, diciendo que tienen una comunicación por jueces.

Hortensia las verá salir en fila del patio. A todas las verá mirar un momento hacia lo alto. Y sabrá que todas llevan una misma esperanza. Una esperanza idéntica. Y las verá regresar sin ella, mirando las doce hacia la tierra.

Esa misma noche formarán otra fila en la galería después de que La Zapatones lea sus nombres en una lista y La Veneno les ordene salir con la ropa puesta.

—Las nombradas, salgan con la ropa puesta.

—Faltan tres.

—¿Cómo que faltan tres?

—Sí, aquí hay nueve.

Las nueve jóvenes que ya están en fila miran a sus compañeras de expediente. Hortensia, Elvira, Reme y Sole las miran también. El miedo ha paralizado a las tres mujeres que deben salir. La funcionaria grita sus nombres. La Veneno se impacienta:

—¿Es que no están?

La Zapatones mira a un lado y a otro, confusa:

—Tienen que estar.

Y vuelve a nombrarlas.

El pánico de las condenadas aumenta con los gritos que pronuncian sus nombres. Ninguna de las tres es capaz de moverse.

—Bendito sea Dios, ¿pero usted no sabe a quién se tiene que llevar?

—Sí, hermana, a las que están en la lista, pero yo no puedo conocer a todas las internas una por una. Tienen que salir ellas.

—¡Esto es el colmo!

La hermana María de los Serafines gritará con vehemencia. Exigirá a las tres condenadas que salgan.

—¡Salgan!

El miedo crece.

De nuevo, tres nombres serán lanzados al aire como una descarga. Y ninguna de las nombradas, incapaces de reaccionar, podrá vencer su parálisis.

—¡Ya está bien! Llévese a las nueve que tiene y vuelva con refuerzos.

Vendrán los refuerzos. Todas las presas de la galería número dos derecha serán obligadas a formar en el pasillo. Hortensia, Reme, Elvira y Sole se situarán junto a las tres condenadas, que habrán podido apenas dar dos pasos, arropadas por el movimiento de las demás.

Volverán a gritar sus nombres.

Volverá el silencio, la parálisis, el miedo.

—Si no quieren decir ustedes quiénes son, contamos hasta treinta.

Y contaron hasta treinta. Y sacaron a cuatro de la fila.

Tres veces contaron hasta treinta.

A doce presas sacaron de la fila. Elvira estaba entre ellas.

—¡Vamos!

Y, a la orden de ¡Vamos!, comenzaron las doce a caminar.

Nadie preguntó a las nombradas por qué no salían.

Nadie las señaló con la mirada.

Ellas verán cómo se llevan a sus compañeras. Comprobarán que es cierto: se las llevan. Es cierto.

Y vencerán el pánico.

Darán dos pasos al frente.

Y saldrán.

La Veneno detendrá la marcha de las que había escogido el azar, y las doce abrazarán a las tres condenadas. Y les darán las gracias.

Elvira se abrazará a Reme.

—¡Sangre mía!

Y Hortensia se abrazará al hijo que lleva en el vientre.

Y comenzarán los dolores de parto.

## 15

—Lleva toda la noche, doctor, y toda la mañana. Alumbra la coronilla y luego se vuelve para atrás.

—¿Y qué quiere que haga yo? Yo no soy tocólogo, Sole.

—Salve a ese niño. Sálvelo usted que es médico y lo puede salvar. Yo no he visto un parto tan torcido en todo lo que llevo de vida. La criatura está colocada, pero cuando parece que viene deja de venir.

Apenas sin fuerzas, Hortensia solloza en la camilla de reconocimiento de la enfermería. Mercedes le aprieta la mano y le seca el sudor de la frente dándole ánimos:

—Anda hija, que ya está aquí, tienes que empujar.

—Que se lo den a mi hermana, hágame usted ese favor, que no lo lleven al orfelinato, que se lo den a mi hermana, por lo que más quiera usted.

El parto del hijo de Hortensia tardó aún siete horas más. Las contracciones mantenían a la parturienta en un quejido continuo. La comadrona no sabía qué hacer. Y el médico tampoco, registró en su memoria las clases de tocología en la Universidad, las prácticas en la maternidad de Santa Cristina y los manuales de obstetricia que manejó en los cursos superiores en la Facultad de Medicina.

Cuando la mujer que iba a morir dio por fin a luz, don Fernando cortó el cordón umbilical y cogió al recién nacido por los pies gritando que era una niña sin disimular su alivio y sin reprimir su alegría.

—¡Una niña!

—¿Está sanita?

—Sanita, y tan guapa como la madre.

—Deje que vea si viene completita, doctor.

El médico entregó a la niña a los brazos abiertos de la madre.

Y Hortensia le contó uno a uno los dedos de las manos.

—Cinco deditos en cada mano.

—Y otros tantos en cada pie, Hortensia. Está enterita. ¿Cómo le vas a poner?

—Tensi. Se llamará Tensi.

—¿Tensi?

—Hortensia, pero un día conocerá a su padre y él la llamará Tensi, como me dice a mí.

El médico se retiró a lavarse las manos pensando en su esposa, en lo feliz que estaría con un hijo en los brazos, el niño que ambos deseaban y que nunca llegó. Era tiempo ya para la reconciliación. Ya era tiempo. Él no había querido decirle que volvía a ser médico. No había querido, porque las razones que le llevaron a regresar al ejercicio de la medicina nada tenían que ver con ella y no eran motivo de orgullo para él. Y no había querido, porque aún no sabía si había tomado la decisión correcta. Pero hoy ha traído un niño al mundo, y desea compartir con doña Amparo su satisfacción.

—Doctor, ¿puedo pedirle un favor?

Era Sole, que se acercó a él extendiéndole una toalla.

—Dígame, si está en mi mano...

La comadrona le contó la situación de Hortensia, los temores ante la inminencia de su ejecución:

—Van a fusilar a Hortensia.

—¿Cómo dice?

—Estaban esperando a que naciera la niña.

Don Fernando enjuga la humedad de sus dedos, uno a uno, como si quisiera limpiarse el horror.

—Pero ¿qué me está diciendo?

—Que ya ha nacido la niña. Así que van a fusilar a la madre. Y a la niña la llevarán a la inclusa, o se la darán a cualquiera.

—¿Y qué puedo hacer yo? Yo no puedo hacer nada.

—Pídale a la guardia civila que avisen a su hermana. Si usted se lo pide, lo hará. Hoy es día de visita, estará en la puerta. Usted sólo tiene que decirle que le mande recado de que la niña ha nacido ya, y que venga a por ella.

Las manos del doctor Ortega ya están secas. Sole insiste en su ruego mientras le retira la toalla:

—Es usted una persona buena, doctor, lo lleva escrito en la cara, ¿hará usted esa bondad?

Sole ha dejado la toalla sobre el lavabo y tira de la manga del médico. Le mira a los ojos como quien se asoma a un pozo para ver si hay agua. ¿Hará usted esa bondad? Vuelve a preguntar. Y luego le pide perdón, al advertir que le está tirando de la manga.

—No se preocupe, Sole, lo haré.

Lo hará. Le dirá a Mercedes que busque a la hermana de Hortensia en la puerta, sin saber que la hermana de Hortensia se llama Pepita. Sin saber que la hermana de la mujer que acaba de ser madre es la joven de ojos azulísimos que determinó su regreso al ejercicio de la medicina. Él sabía que una hermana de Pepita estaba en Ventas. Lo sabía. Pero lo había olvidado. Se lo dijo doña Celia cuando le pidió, de parte de El Chaqueta Negra, que tomara a su servicio a la hermana de una camarada presa. Y lo había olvidado. Hortensia es la hermana de la muchacha de ojos azulísimos que le envió doña Celia. Pepita. Y el marido de Hortensia es el hombre que tenía una bala en el costado. Don Fernando no será consciente de ello hasta que entregue el recado a Mercedes, hasta que pronuncie el nombre de Hortensia y diga que su hermana ha de saber que la niña ha nacido. Entonces comenzará a relacionar a las dos mujeres. Y recordará las palabras atropelladas de Pepita, las que soltó de corrido cuando le llevó el mensaje de El Chaqueta Negra:

—... porque Felipe tiene una bala dentro y hay que sacarla, para que no se muera. Y usted es médico, señorito, usted es el médico que necesita el marido de mi hermana Hortensia, que está presa y está preñada y se morirá si Felipe llega a morirse.

Y saldrá de la prisión pensando en Pepita. En Hortensia. En Felipe, en el proyectil que le extrajo del costado. En la niña que acaba de traer al mundo. Y en su regreso definitivo a la medicina.

Y llegará a casa habiendo decidido que siempre será médico.

Sonreirá al abrir la puerta. Sonreirá, porque ya es tiempo de comunicarle su decisión a su esposa. Se quitará la capa española, la colgará del perchero sonriendo y procurará que suenen sus pasos al caminar. Se dirigirá hacia el reloj de pared del pasillo, le dará cuerda sin perder la sonrisa.

Y subirá las escaleras despacio.

Pisará fuerte, para que doña Amparo sepa que está subiendo.

Por fin está subiendo.

Y doña Amparo oirá los pasos que suben, los oirá con claridad. Está subiendo. Su marido está subiendo las escaleras de la torre.

Por fin está subiendo.

Y ella comenzará a bajar.

Todas las mañanas, antes de acudir a la estación a recoger carbonilla, Pepita irá a la prisión de Ventas a preguntar por Hortensia, tal y como le indicó Mercedes el
día que nació la niña. Y todas las mañanas le contestarán
lo mismo:

—Tu hermana está bien, la han llevado al pabellón
de madres. Ven el día de visita.

—¿Se sabe ya cuándo...?

—¿Cuándo qué?

—¿Cuándo la sacan?

—Ya está bien, ¿no? Te he dicho que eso no se pregunta, y que vengas el día de visita. ¿Es que no te cansas
de preguntar?

No había modo de saber hasta cuándo permitirían
que Hortensia amamantara a su hija. No había modo,
pero Pepita no se cansaba de preguntar.

—Es por la niña, ¿sabe usted? Yo soy su tía y soy yo
quien me la tengo que llevar cuando saquen a mi hermana. No sea que vaya a ser que crean que no tiene a nadie,
pero me tiene a mí. Es por eso, y por nada más que por
eso, que preciso saber cuándo...

—Ya lo sé, ya lo sé, me lo has dicho mil veces y mil veces te he dicho yo que aquí eso no se pregunta. ¿Te has enterado ya?

—Sí, señora.

—Pues, hala, ahora vete y vuelve el día de visita.

Sí, señora, volvía a decir Pepita, y se marchaba tranquila sabiendo que a su hermana le habían concedido un día más.

Pudiera ser que se apiadaran de Hortensia y, a pesar de que le habían denegado el indulto, la dejaran vivir. Pudiera ser. Incluso podrían olvidar que estaba pendiente su pena. Pudiera ser que no se acordaran de ella.

Pero se acordarán de ella.

Durante un mes y medio, Pepita acudirá por las mañanas a la puerta de la prisión. Los días de visita verá a Hortensia en el locutorio, siempre con su hija en los brazos, preguntando siempre si Pepita le trae noticias de su marido:

—¿Sabes algo de él?

—¿Qué?

Alzará a la niña envuelta en una toquilla blanca que le han tejido sus compañeras de galería, Elvira, Reme y Sole.

—Dile que es rubia, y que tiene los ojos celestes como tú, y como madre.

Pero Pepita no oye a Hortensia, ni puede ver a la niña. No puede distinguir más que un bulto en la penumbra, enrollado en una toquilla, detrás de las telas metálicas. Grita, para intentar que su hermana le oiga decir que la niña es muy guapa.

—¡Es muy guapa, muy guapa!

234

Aunque no sabe si es muy guapa.

Al cumplirse un mes y medio del nacimiento de la niña, cuando Pepita llegue temprano a la puerta de la prisión para preguntar por Hortensia, la portera no le contestará que regrese el día de visita.

—Espera aquí un momento.

—¿Qué pasa?

—Nada, tú espera aquí.

La funcionaria con moño en forma de plátano aparecerá al cabo de unos minutos. Le entregará a Pepita una bolsa de labor, y a la niña que lleva en los brazos. Y entonces Pepita sabrá que esa misma mañana regresará su luto riguroso.

Cuando llegue con su dolor a la pensión, doña Celia la estará esperando. A su rostro asomará la angustia de buscar palabras que sirvan para nombrar la muerte. Pero al ver a la niña en brazos de Pepita, sabrá que no es necesario nombrarla.

—Le he lavado la cara.

Le he lavado la cara, le dirá.

—Y le he cerrado los ojos.

Y le ha cerrado los ojos.

Y le entregará un pequeño trozo de tela cortado a tijera.

Un trozo de franela gris, con florecitas blancas.

Tomasa no pudo despedirse de Hortensia. Acurrucada en su dolor a oscuras, en su celda y en silencio, se
niega a dejarse vencer. Nuestra única obligación es sobrevivir, había dicho Hortensia en la última asamblea a
la que ella asistió. Sobrevivir. Tomasa no permitirá que
el dolor la aplaste contra el suelo. Sobrevivir. Locuras,
las precisas, había dicho Hortensia. Locura. Ronda el
silencio. El silencio hace su ronda y ronda la locura. Sobrevivir. Y ronda y ronda. No se lo vamos a poner tan
fácil. No. Tomasa no pudo despedirse de Hortensia. Se
acurruca en su dolor. Sobrevivir. Y contar la historia, para que la locura no acompañe al silencio. Se levanta del
suelo. Contar la historia. Se levanta y grita. Sobrevivir.
Grita con todas sus fuerzas para ahuyentar el dolor. Resistir es vencer. Grita para llenar el silencio con la historia,
con su historia, la suya. La historia de un dolor antiguo
que ahoga el llanto de no haber podido despedirse de
Hortensia. Tomasa camina dos pasos al frente, da la
vuelta y recorre la celda, otros dos pasos.

Volver.

Llora.

Y cuenta a gritos su historia, para no morir.

Camina y cuenta:

—Yo tenía cuatro hijos, y una nieta.

Cuenta que tenía cuatro hijos y una nieta, y que la niña se les murió de hambre en Los Santos de Maimona.

—Se nos murió. Se llamaba Carmen, Carmencita, mi niña.

Y grita que la madre de la niña era ama de cría.

—Le daba de mamar a dos mellizos en Zafra, y para los tres no le llegaba la teta. Mi consuegra se comía la leche en polvo que la madre le compraba a la hija. Tanta hambre tenía la mujer, tanta hambre, que no supo qué decirle a su hija cuando vio que la niña estaba muerta.

Camina repitiendo sus pasos. Y cuenta que a sus cuatro hijos, a su nuera, a su marido y a ella los cogieron en el monte. Que se echaron todos al monte cuando los acusaron de rojos y de ocupar una finca.

—Y era verdad, claro que éramos rojos, y claro que ocupamos la finca. Que estábamos hartos de ir a la rebusca de la aceituna. Las pocas que encontrábamos después de la recogida las cambiábamos por aceite, de eso malvivíamos todos, de la poca aceituna que quedaba en el suelo, que el jornal de yuntero no remontaba nada y no alcanzaba ni para el sustento.

Es hora de que Tomasa cuente su historia. Como un vómito saldrán las palabras que ha callado hasta este momento. Como un vómito de dolor y rabia. Tiempo silenciado y sórdido que escapa de sus labios desgarrando el aire, y desgarrándola por dentro.

Contará su historia. A gritos la contará para no sucumbir a la locura. Para sobrevivir.

Para sobrevivir.

Y cuenta, y grita que a su nuera y a sus cuatro hijos los tiraron desde el puente de Almaraz ante sus propios ojos.

—Cincuenta y tres metros de alto tiene ese rejodido puente.

Ante sus propios ojos les dispararon cuando ya estaban en el agua intentando ganar la orilla. Los tiradores eran expertos. Y todos los «mareados» se hundieron. Así llamaban, «el mareo», al procedimiento de limpieza que usaban las fuerzas de la Benemérita encargadas de la persecución de huidos rojos en el 2º Sector, el de Cáceres y Badajoz. Así lo llamaban. Después la *marearon* a ella, y a su marido. Él logró mantenerla a flote y llevarla a la orilla, con su cuerpo protegió su espalda de las balas que venían de arriba. Cuando llegaron a la margen derecha del Tajo, su marido estaba muerto. Ella abrazó su cabeza. Y le cerró los ojos, y se mantuvo abrazada a él hasta que una pareja de falangistas al mando de El Carnicero de Extremadura la arrancó de su duelo y empujó el cadáver al agua. Ella lo vio deslizarse corriente abajo mientras la esposaban.

Grita. Para que despierte su voz, la voz que se negó a repetir la caída de unos cuerpos al agua. Porque contar la historia es recordar la muerte de los suyos. Es verlos morir otra vez.

—A mis hijos también se los llevó el río.

Palabras que estuvieron siempre ahí, al lado, dispuestas. La voz dormida al lado de la boca. La voz que no quiso contar que todos habían muerto.

Llora.

Cuenta.

—Y mi nuera, vestida de blanco, con su traje de ama de cría se fue con el agua.

Y ella no. Ella no.

A ella la levantaron del suelo diciéndole que viviría para contar lo que les pasa a Las Damas de Negrín. Y se la llevaron a Olivenza, a la cárcel de mujeres. Allí pasó dos años negándose a contar su historia, y sin poder llorar a sus muertos. Ahora la cuenta llorándolos. La cuenta y grita llorando porque no ha podido despedirse de Hortensia. Y grita sin temor a que regrese Mercedes, la funcionaria con moño de plátano que quiere hacerse la buena y se ha acercado dos veces a la puerta:

—Cállese, por Dios, que arriba se le está oyendo y no me va a quedar más remedio que aumentarle el castigo.

Que le aumente el castigo si quiere. Y si no quiere que no se lo aumente.

—Por Dios, Tomasa, que me toca guardia en la capilla y tengo que irme. Y mis compañeras se están quejando de sus gritos y ya no sé qué decirles. No me obligue a hacer lo que no quiero hacer. Cállese usted, que se la está buscando y la va a encontrar.

Qué más puede encontrar. Qué más puede hacer la novata pretendiendo no querer hacerlo. Se creerá que es buena. Pero a ella no se la da. Quien nace monje no necesita hábito, y ésta ha nacido con su cargo pintado en la cara. Y buena no es, por mucho que se empeñe. Ésa es de las que espera en la esquina, de las que ofrece una mano y con la otra afila el cuchillo. No se la da. Y no va a conseguir que se calle.

Tomasa no callará. Gritará, porque no ha podido despedirse de Hortensia. No ha podido. Le faltaban diecinueve días de incomunicación cuando Sole le dio la noticia:

—Esta noche la sacan.

Esta noche. Y Tomasa no dejará de gritar su dolor. Recorrerá con su grito el tiempo de esta noche. La Dama de Negrín alzará la voz porque su obligación es sobrevivir. Vivirás para contarlo, le habían dicho los falangistas que empujaron el cadáver de su marido al agua. Vivirás para contarlo, le dijeron, ignorando que sería al contrario. Lo contaría, para sobrevivir.

Sobrevivir. Contar que la llevaron a la cárcel de mujeres de Olivenza, que allí estuvo dos años con «La Pepa» colgándole del cuello, y que compartió celda con una mujer que había perdido a sus dos hijos en el campo de concentración de Castuera. Los ataron el uno al otro y a culatazos los arrojaron a la mina. Sus gemidos subían desde el fondo de la tierra. Sus lamentos se oyeron durante toda una noche, hasta que otros cuerpos se rompieron contra ellos, y luego otros, y otros. Más gemidos. Y una bomba de mano que cae desde lo alto.

—En Castuera fusilaban días alternos, entre las doce y media y la una de la madrugada. Los domingos descansaban. En la boca mina los echaban a cualquier hora, y no alternaban.

Tomasa llora. Y grita que aquella madre se ahorcó una tarde de noviembre, en el retrete de la cárcel de Olivenza. Antes le había contado que en Castuera fusilaron al alcalde de Zafra, don José González Barrero se llamaba. Lo fusilaron un mes después de acabar la guerra. Y lo enterraron boca abajo, para que no saliera. Contar la historia. Sobrevivir a la locura. Recordar a don José, paseando con su esposa por la calle Sevilla. Era verano. Era la caída de la tarde. Y era la República. Su nuera iba vestida de blanco, como ama de cría. En Zafra. Y era la primera vez que Tomasa y su nuera veían de cerca a un alcalde:

—Mire, señora Tomasa, el alcalde. Ése es el alcalde.

Don José. Se llamaba don José. Llevaba a su mujer del brazo, y un sombrero panamá. Atardecía. Don José iba con un traje de lino, y con su esposa del brazo. Tenían una hija que se llamaba Libertad.

—Esta noche la sacan.

—¿Está segura? ¿Y cómo lo sabe?

Sole y Mercedes estaban arreglando la cama de una enferma. La funcionaria se acercó al oído de la presa cuando remetían las dos una sábana. Así supo Sole que a Hortensia le quedaba una noche.

Y Mercedes lo supo por casualidad. La funcionaria se encontraba en Dirección para pedir un cambio de turno, cuando escuchó la orden de labios de la hermana María de los Serafines y oyó cómo la superiora le proponía a La Zapatones asistir a la expedición como testigo. La Zapatones aceptó, y Mercedes cayó desmayada al suelo.

—¿Come usted bien?

—Sí, hermana.

—Ande, váyase a la enfermería. Y que la vea el médico.

Después de recibir unas palmadas en las mejillas, Mercedes se levantó y con el rostro aún pálido, abandonó el despacho olvidando pedir el cambio de turno. Y corrió la voz:

—Esta noche la sacan.

—Esta noche la sacan.

Reme y Elvira se llevaron las manos a la cabeza al enterarse de la noticia y, a pesar de que tenían prohibido acercarse al pabellón de madres, se colaron con Sole para despedirse de Hortensia. Las tres pudieron abrazarla.

Reme cogió un momento a la niña en brazos. Sole envolvió a Hortensia en un abrazo largo, muy largo. Y Elvira le acarició las mejillas:

—No duele.

Las palabras llegaron a los labios de Elvira sin que las hubiera pensado, cuando su terror más íntimo la estremeció al sentir en sus dedos la ternura de Hortensia.

—Me han dicho que no duele.

Todos los comentarios del día siguiente giraron en torno a la niña y a la madre.

—Dicen que la nueva la acompañó a la capilla y se quedó fuera con la hija toda la noche. Y que la niña no paró de berrear de hambre, criaturita.

—Y que el cura la quiso convencer para que confesara y comulgara. Le dijo que su deber era salvarle el alma, y que si se ponía en orden con Dios le dejaba que le diera la teta a la niña. Pero ni confesó ni comulgó, no consintió, esa mujer tenía los principios más hondos que el propio corazón.

—Y dicen que La Zapatones le metió prisa para vestirse. Y ella la encaró diciendo que la dejara tranquila. ¿No ve que me estoy poniendo mi propia mortaja?, dicen que dijo, y se vistió tranquila con un vestido que le había hecho su hermana para Navidad.

Y dicen, y es cierto, que cuando el capellán se marchó de la capilla, Hortensia escribió una carta. Y en el momento en que acabó de firmarla, Mercedes entró y permitió que la madre amamantara a la hija.

—Gracias.

Gracias, le dijo la mujer que iba a morir. Amamantó a la niña, la besó, y luego le pidió a Mercedes que se la entregara a Pepita.

—Me han dicho que viene a por ella todas las mañanas.

Había llegado la madrugada, cuando sonó el motor de un camión. Hortensia se quitó los pendientes y se los dio a Mercedes, ocultó en la toquilla sus dos cuadernos azules y el documento de su sentencia, y le rogó a la funcionaria que recogiera su bolsa de labor por la mañana y se lo entregara todo a su hermana. Es para la niña, le dijo.

Era el día seis de marzo de mil novecientos cuarenta y uno. En el libro de inscripción de defunciones del cementerio del Este, anotaron el nombre y dos apellidos de diecisiete ajusticiados. Dieciséis hombres y una mujer. Una sola: Isabel Gómez Sánchez. Hortensia no figura en la lista. El nombre de Hortensia Rodríguez García no consta en el registro de fusilados del día seis de marzo de mil novecientos cuarenta y uno. Pero cuentan que aquella madrugada, Hortensia miró de frente al piquete, como todos.

—¡Viva la República!

Y dicen, y es cierto, que una mujer se acercó a los caídos y se arrodilló junto Hortensia.

Llevaba unas tijeras en la mano. Le cortó un trocito de tela del vestido que se había puesto para morir.

Y le cerró los ojos.

Y le lavó la cara.

RESULTANDO.- Probado y así lo declara el Consejo, que la procesada, Hortensia Rodríguez García, de malos antecedentes morales y perteneciente a las J.S.U., ingresa voluntaria en el Ejército rojo prestando servicio en las Milicias del Pueblo de Córdoba, y toma parte en los desmanes y crímenes que se cometen en la citada capital contra personas de derechas. Y probado, así mismo, que la procesada es detenida en las huertas de El Altollano mientras hacía acopio de víveres destinados a los bandoleros de Cerro Umbría.

CONSIDERANDO.- Que los hechos que se declaran probados y que se refieren a la procesada, son constitutivos de un delito de ADHESIÓN A LA REBELIÓN, previsto y penado en el Núm. 2 del art. 258 del C. de J. M., delito del que aparece responsable en concepto de autora por su participación directa y voluntaria.

CONSIDERANDO.- Que el Consejo, haciendo uso de las facultades que le conceden los art. 172 y 173 del C. de J.M., y teniendo en cuenta que es de aplicar el Grupo Y, apartado

11 —con agravante de trascendencia y peligro-sidad—, del Anexo a la Orden de 15 de enero de 1940, estima justo imponer la pena en su máxi-ma extensión.

CONSIDERANDO.- Que todo responsable criminalmente de un delito o falta lo es también civilmente.

VISTOS.- Los preceptos citados y demás de general aplicación.

FALLAMOS.- Que debemos condenar y conde-namos a la procesada, como autora del delito de ADHESIÓN A LA REBELIÓN, con las agravan-tes de trascendencia y peligrosidad, a la pe-na de MUERTE y accesorias legales correspon-dientes, para caso de indulto, debiendo ser ejecutada la procesada por FUSILAMIENTO. En cuanto a responsabilidad civil se estará a lo dispuesto en la Ley de 9 de febrero de 1939.

Así por ésta nuestra sentencia lo pro-nunciamos, mandamos y firmamos.

# TERCERA PARTE

«... si no veis a nadie, si os asustan
los lápices sin punta, si la madre
España cae —digo, es un decir—
salid, niños del mundo, id a buscarla!...»

CÉSAR VALLEJO

# 1

El cuaderno azul que Pepita llevó a la prisión hace ya tanto tiempo, el que encontró bajo la piedra casi plana del camino del cerro, está lleno de palabras, desde la primera hoja hasta la última. Palabras escritas con torpeza, dirigidas a Felipe. «Para Felipe», escribió Hortensia en la tapa cuando se le acabaron las páginas, y debajo estampó su firma. El otro cuaderno tiene escritas apenas ocho páginas, y también es azul. Pepita los contempla mientras arrulla a su sobrina en los brazos. En la tapa del segundo cuaderno lee en voz baja: «Para Tensi», y mece al bebé repitiendo palmaditas en su espalda con la mano derecha. En la izquierda oculta un pequeño rollo de tela apretado en el puño.

—Tu mamá te ha escrito un libro.

Hace tiempo que la niña se ha dormido, pero la joven de ojos azulísimos no quiere dejarla en el canasto que doña Celia ha convertido en moisés y sigue acunándola. La abraza, como si temiera hundirse si la suelta, como si la niña fuese lo único a lo que pudiera aferrarse.

—La vas a malcriar, déjala en el moisés o querrá brazos toda la vida.

Pepita no contesta. Mira los cuadernos, situados uno junto al otro sobre la mesa de la cocina, sin atreverse a tocarlos, sin decidirse a abrirlos, con el mismo pudor que sintió al sacarlos de la bolsa de labor que le entregó la funcionaria, donde encontró también la sentencia, los pendientes de su hermana, un lápiz sin punta y un faldón a medio hacer. Desea leerlos, pero no lo hará.

Aún no.

No lo hará. Teme traicionar a Hortensia, ofender a Felipe, arrebatarle a la niña la oportunidad de ser la primera en leer las palabras que ha escrito su madre.

Pepita aún no sabe que perderá su temor. Y será doña Celia quien la ayude a perderlo.

—Anda, trae a la criaturita que yo la acuesto.

Los brazos de Pepita conservan por unos momentos la forma del abrazo vacío y el balanceo de su cuerpo persiste en el arrullo del bebé que ya está tendido en su canasto.

—Vamos, muchacha, acaba el faldón de la niña, crecen muy deprisa. ¿No querrás que lo deje sin estrenar?

Doña Celia ha detenido el vaivén de Pepita, le aprieta los hombros. La mira de frente a los ojos.

—Tienes una sobrina, y me tienes a mí.

—Y tengo una flojera metida hasta en los tuétanos, señora Celia. Y me ha entrado una fatiguita que no se me pasa.

—Ya pasará, hija, ya pasará.

Repite, doña Celia, que ya pasará. Y le coge las manos.

—¿Qué escondes ahí?

Es un pequeño trozo de tela cortado a tijera.

—¿Quieres guardarlo, hija?

—Sí, para siempre.

—Bueno está, pero no hace falta que lo tengas en la mano.

Doña Celia abre el cuaderno que Hortensia tituló «Para Tensi».

—Lo puedes guardar aquí.

Y al abrirlo, una carta cae al suelo.

«Querida hermana, queridísima mía:»

—¡Es para mí! ¡Hortensia me ha escrito también a mí!

Sí, en la capilla de Ventas, en su última noche, Hortensia escribió la carta que vencerá el pudor de Pepita. En ella le ruega que cuide de Tensi y le pide que le lea su cuaderno en voz alta, para que su hija sepa que siempre estará con ella. Le pide también que lea el cuaderno de Felipe, «así la niña irá conociendo a su padre», y que le entregue sus pendientes cuando sea mayor. Y le da instrucciones para terminar el faldón, que a ella no le ha dado tiempo de hacerlo, «... al punto de cruz le faltan dos filas, para que esté bien fruncidito».

La carta es larga. Dos hojas escritas por ambas caras que Pepita leerá con avidez. Dos cuartillas que serán su tristeza y su consuelo.

—De usted también se ha acordado, señora Celia. Me dice que no me aparte de su vera, que su cariño de usted no lo voy a encontrar yo. Y que es usted la mar de buena, señora Celia, la mar de buena.

—¿Eso dice?

—Así mismito. Y va cargada de razón.

Pepita se ha levantado de la silla. Le enseña la carta a su patrona señalando con el dedo:

—Mire este renglón, aquí: «La mar de buena».

253

Doña Celia lee las palabras que Pepita ha repetido en voz alta y les resta importancia:

—Se hace lo que se puede.

—Y lo que no se puede también lo hace usted, y no me lo quiera negar, que nunca le agradeceré bastante todo lo que yo le debo. Que cuando me despidió el señorito usted me acogió como a una hija y me consiguió los ajuares que mejor se pagan de todo Pontejos. Y si no es por usted, yo me habría largado ya a Córdoba sin perro que me guarde. Y usted lo sabe y lo sé yo. Y lo sabe el que hay en lo alto, si es que en lo alto hay alguien.

Pepita recoge la carta y los cuadernos y se marcha murmurando a su habitación:

—Que si arriba hubiera alguien, no le saldría por el alma consentir que aquí abajo pase lo que está pasando.

Continúa hablando para sí mientras saca una lata de galletas que esconde bajo la cama.

—¿Cómo puede ser esto? ¿Cómo puedes consentir que se lleven a la juventud a golpe de redoble? ¿Cómo es posible? Que a los mejores te estás llevando a golpe de Santo Paredón.

Guarda en su interior los diarios, la sentencia, la bolsa de labor de su hermana y sus pendientes, y vuelve a colocar la caja de lata bajo la cama.

Más tarde, cuando la niña se despierte, leerá para ella. Ahora va a terminar el faldón que comenzó a hacerle su madre.

Se sentará Pepita en la cocina. Y coserá, como todas las tardes. Acabará el faldón y Tensi podrá estrenarlo el domingo de Ramos.

—Que quien no estrena nada se queda sin manos.

Y seguirá cosiendo ajuares de novia para la tienda de Pontejos que mejor los paga. Le gusta coser, le gusta más que ir a recoger carbonilla a la estación, y más que servir en casa de extraños. Don Fernando le hizo un favor al pedirle que no volviera a su casa. No le dio explicaciones, pero ella sabe que prefiere verla desde lejos. Lo sabe. Don Fernando tiene miedo. Tiene miedo y se le ve en la cara. Del derecho y del revés se le ve. Ella sabe que don Fernando no quiere verla de cerca para que a él no le vea el miedo que le asoma cuando la tiene enfrente. Porque se le ve, clarito se le ve, hasta cuando se cruzan en la calle y él levanta el sombrero. La mira sin querer verla y sigue para alante sin pararse. La mira poco, para que el miedo no se le enrede en los ojos con el pestañeo. Y cuanto más pestañea, más se le enreda. Buenos días, Buenas tardes, eso es lo único que le sale en la voz. Y ella contesta Buenos días, Buenas tardes, señorito, aunque ya no sea su señorito y no sepa que le ha hecho un favor dejando de serlo. Ahora se gana la vida sin tener que asistir en casa de nadie, sólo cosiendo. Y con las migas que recoge en su bolsita de terciopelo, que eso también lo hace con gusto. Y pasea todas las tardes de domingo por el parque del Retiro, con la niña y con la señora Celia. A ella casi le da lástima don Fernando, cuando lo ve irse deprisa creyendo que puede huir del miedo. Y no puede, porque lo lleva puesto en la mitad de los ojos. Casi le da lástima, sí, casi, porque lástima, lo que es lástima, no le da, que ya tiene de sobra con aguantar las propias penas, que este amargamiento de vida va de mal en peor. A ella sólo le cabe un pesar, sólo uno más, que ya carga bastantes. Y es que Jaime no ha vuelto a escribir, y pasan los meses.

Sí, pasan los meses. Y seguirán pasando. Y Pepita seguirá ayudando a doña Celia en la limpieza de la pensión por las mañanas y coserá por las tardes, atenta al timbre, por si suena la puerta, por si viene el cartero, por si llega otra carta de Francia.

Siempre esperando y temiendo que suene el timbre de la calle, y contando los meses que pasan sin que el cartero pronuncie su nombre.

## 2

Quizá el tiempo se mida en palabras. En las palabras que se dicen. Y en las que no se dicen. Pepita lee una y otra vez los diarios de Hortensia. Una y otra vez. Un día y otro. Y un mes. Y otro mes. Pepita cuenta las páginas de los cuadernos azules y las veces que las ha leído para Tensi, mientras Tensi crece.

Y cuenta los días y los meses que pasan sin noticias de Francia, idénticos unos a otros en el silencio. Sí, el tiempo es también la duración del silencio.

Es necesario aprender a vivir en la espera. Es necesario aprender a respirar cuando llama el cartero a la puerta y se teme y se desea una carta de Francia. Es preciso distinguir entre el alivio y la tristeza cuando un suspiro se escapa al ver marchar al cartero. Y las manos vacías.

¿Cuánto tiempo ha pasado desde que Jaime Alcántara le escribiera una carta desde Francia? Una sola carta. ¿Y por qué no ha vuelto a escribirle? ¿Cuánto tiempo ha pasado desde que ella regresó de los sótanos de Gobernación? Es preciso distinguir un miedo de otro. Paulino no ha muerto. Jaime Alcántara ha de escribir para decirle a Pepita que Paulino no ha muerto. Es preciso saber que es más fuerte el deseo de recibir una carta que el miedo a presentarse con ella en Gobernación. Y es necesario aprender a vivir en silencio. Jaime Alcántara no ha vuelto a escribir.

Pepita retira un resto de papilla que cuelga de la comisura de la boca de Tensi. Recorre sus labios con la cuchara y vuelve a metérsela en la boca abriendo y cerrando la suya en sintonía con los gestos de la niña.

—Ésta, por mamá.

Gira la cabeza. Mira hacia la puerta de la cocina con ansiedad. Apresta el oído. Detiene la cuchara vacía en el aire. Y espera.

Espera, porque ha sonado el timbre de la calle.

Espera, y escucha decir a su patrona:

—Buenas tardes.

Y otra voz que responde maquinalmente:

—Buenas tardes.

Es la voz del cartero. Pepita se levanta de un salto y se sitúa frente a la puerta con la niña en los brazos. Ha soltado la cuchara y se aferra a su sobrina.

Doña Celia entra en la cocina con un sobre en la mano.

—Era para mí. Es de Gerardo.

Pepita deja escapar un suspiro y mira a doña Celia. Mira la carta. Doña Celia muestra una carta de su marido que lleva en la mano. Y ve la inquietud que asoma a los ojos azulísimos.

—No vuelva a mentarme la paciencia, por lo que más quiera usted, no vuelva a mentármela, que de mañana no pasa que me acerque a Ventas.

—Hija, ¿no has tenido ya bastante?

—Para dar y tomar bastante y de sobra he tenido, pero esa muchacha puede darme norte de él, de modo y manera que mañana mismito voy a buscarla.

—Es peligroso, Pepita, los nuestros están cayendo y ella puede estar vigilada.

—¡Los nuestros, los nuestros! ¿Y yo de quién soy?

—No te pongas así.

—¿De quién soy, si se puede saber?

—Pero ¿por qué te pones así? Tú nunca has querido afiliarte.

—Ni he querido ni quiero ni voy a querer, sólo me faltaba a mí eso, ni arrastrada me afilio.

—¿Entonces?

—Entonces le digo que, como yo no soy de nadie, puedo hacer lo que me dé la real gana. Y mañana mismito me voy a Ventas, que esa muchacha me dio un día una carta de él y a lo mejor tiene otra. Y yo aquí, esperando meses y meses porque el dichoso Partido le viene diciendo a usted que me tengo que estar quietecita y que tenga paciencia. Pues ya se me ha acabado la paciencia. Y mire lo que le digo, señora Celia, no crea usted todo lo que le dice el Partido, que si fuera verdad que los aliados van a entrar pronto para echar a Franco, no estarían todos tan escondidos.

No era la primera vez que discutían. Pepita no podía entender la disciplina de partido. Le costaba comprender que doña Celia aceptara las decisiones que otros tomaban por ella. Le costaba admitir que no se cuestionara jamás las órdenes que recibía y que tomara como propias las consignas que le llegaban no se sabía de dónde, al igual que Hortensia, al igual que su padre y, posiblemente también, al igual que la hija de su patrona, Almudena, y al igual que Carmina, la mujer que tendía la ropa en el balcón. Todos muertos.

—¿Sabe por qué están escondidos? ¿Lo sabe usted? Pues si usted no lo sabe, yo se lo voy a decir. Porque la guerra se ha acabado, por mucho empeño que pongan ustedes, y aquí nadie tiene ganas de más guerra. Estamos más muertos que vivos. Estamos todos muertos. Y solos. Estamos solos. Se acabó. Y punto final. Nadie va a venir a rescatarnos. Nadie. Y ustedes se empeñan en decir «los nuestros», «los nuestros», como si fueran un mundo aparte. ¿Y los demás? Yo no quiero que me diga usted «los nuestros» nunca más. Yo no quiero que esos que se figuran que aprietan la verdad en el puño levantado me digan lo que tengo que hacer, que ésos no mandan en mi persona y lo que digan y lo que dejen de decir no me deja a mí ni fría ni caliente, que yo no ando al dictado de nadie. Yo soy de «los demás». Y los demás estamos cansados. Muy cansados. Muy cansados y muy hartos. ¿Se está enterando?

Doña Celia no contestó. Sabía que Pepita necesitaba expresar su desaliento, y que no tardaría en descargar en llanto su impaciencia. De manera que se acercó a la joven, con el hombro dispuesto a recibir sus lágrimas.

—No vuelva a hablarme de «los nuestros», que yo no quiero saber nada de ellos, señora Celia. No vuelva a mentármelos, que yo sólo quiero a uno y no sé si está vivo o está muerto. Eso es lo único que yo quiero saber, y la muchacha que lo tuvo en su casa me lo va a decir. Me lo va a decir, porque yo voy a ir mañana a preguntárselo. Y me lo va a decir.

Entonces comenzó a llorar. Doña Celia la conocía bien, le abrió los brazos cuando la vio acercarse buscando su hombro.

—Mañana mismo voy. Mañana mismito.

—Es muy posible que ella no sepa nada.

Pepita se abraza a doña Celia y susurra entre sollozos sin que su patrona alcance a oírla:

—Su abuelo sabrá.

## 3

Con la niña en brazos, Pepita recorre la cola buscando a Amalia. Mira con ansiedad a la concurrencia que, al ser el día de la Merced, es más numerosa que de costumbre. Pero la hija de Sole no ha llegado aún a la prisión de Ventas. No está entre los adultos que forman la fila intentando controlar a los niños que corretean a su alrededor. Voces de Estate quieto se mezclan con risas infantiles mientras Pepita camina más despacio de lo que desea debido al peso de la niña; y entre las risas, descubre al hijo pequeño de Reme. El niño que nació tarde y mal ha soltado la mano de su padre y corre hacia Pepita. Ha venido toda la familia. También el nieto que vive en León. Saludos y besos, y Pepita muestra orgullosa a Tensi durante la emoción del reencuentro. Alegría de Benjamín al tomar a la niña en sus brazos, y al decir que hoy es la patrona de los cautivos, pobre Benjamín. Y alegría de Pepita al escuchar que Reme podrá abrazar a su nieto que vive en León.

Tras despedirse de la familia de Reme, intercambiando sus direcciones, con la promesa de que volverán a verse, Pepita continúa su camino buscando a Amalia. Al llegar a los primeros puestos de la fila, una voz la detiene:

—Señorita Pepita.

Don Javier Tolosa le extiende la mano.

—¿Qué hace por aquí? Cuánto tiempo sin verla, ¿cómo está usted?

—Bien, gracias.

La joven sujeta el velo negro que escapa de su cabeza, y el anciano señala su luto. Y lamenta:

—Me enteré de lo de su hermana. Habría querido enviarle mi más sentido pésame en una nota pero no sabía su dirección. Aunque tarde, le expreso mis condolencias. Sabe usted que la aprecio, y la acompaño en el sentimiento de verdad.

—Y yo se lo agradezco.

El aspecto demacrado del abuelo de Elvira inquieta a Pepita:

—¿Se encuentra bien?

El peso de la niña obliga a la joven a cambiarla de brazo mientras don Javier responde con una pregunta:

—¿Quién es esta preciosidad?

—Es mi sobrina. Mira, Tensi, dale un besito a este señor tan simpático.

Pepita se agachó y acercó la carita de la niña a la cara del anciano. Pero la niña no sabía besar y puso la mejilla para recibir un beso.

—¿Está usted malo, señor Javier?

—Tengo un poco de gripe, nada grave, pues.

—Tiene muy mala cara.

—Hombre enfermo, hombre eterno, no se alarme. Se diría que ha visto a un fantasma.

—A un fantasma quisiera yo ver.

Pepita no se atreve a preguntarle abiertamente por su nieto. Don Javier Tolosa también desea preguntar por él, pero no lo hace. Ambos indagan en los ojos del otro esperando una respuesta sin formular ninguna pregunta. Ambos buscan una mirada cómplice que ahuyente el miedo a preguntar. Y el miedo a saber.

Al cabo de unos minutos de sostener sus miradas, Pepita se decidió a hablar. Miró a un lado y a otro. Tomó al anciano por el brazo y pidió a los que le seguían en la cola que le guardaran el sitio.

—Le guardan un momento el sitio, si hacen el favor.

Y lo alejó unos metros de la fila.

Por un momento, don Javier respiró hondo. Levantó el ánimo y pensó que Pepita se disponía a liberar su angustia. Quizá su nieto no esté muerto. Por un momento, sólo por un momento, pensará que Pepita le trae buenas noticias. Pero ella se acercará a su oído y preguntará en voz baja.

Y las palabras que escuchará el anciano no serán las que hubiera querido escuchar:

—¿Sabe usted algo de su nieto?

Don Javier bajará los hombros y hundirá la cabeza. La decepción le llevará a guardar silencio hasta que ella repita la pregunta:

—¿Sabe algo de su nieto?

Con la vista clavada en el suelo, contestará:

—La última vez que lo vi fue cuando usted le acompañó a llevarme a casa. Me dijo que no podría ponerse en contacto conmigo en mucho tiempo, y que tuviera paciencia.

—¿Y desde entonces no sabe nada de él?

Don Javier alzará la mirada y bajará la voz:

—Me dijo que estaba en peligro, y que se iba muy lejos. Y me rogó que no hiciera preguntas.

Que no hiciera preguntas, le rogó. Y don Javier prometió que no preguntaría. Y no preguntó jamás. Aunque los latidos de su corazón se aceleraran cuando veía a Pepita, nunca le preguntó por él, nunca, aunque comprendió que se amaban al ver cómo se miraban uno al otro cuando lo acompañaron a casa. Nunca le preguntó, porque era mejor no hacer preguntas, aunque sospechara que Pepita sabía, al menos, dónde estaba. Pero ahora va a romper la promesa que le hizo a su nieto. Porque ha pasado mucho tiempo y quizá su nieto esté muerto. Va a preguntar, aunque sea mejor no hacer preguntas:

—Usted sabe algo de él, ¿no es cierto?

Con un gesto tristísimo, Pepita niega en silencio.

El anciano busca la mirada de Pepita y descubre en su huida una media verdad.

—Usted sabe algo más que yo, estoy seguro.

—¿Por qué dice eso, señor Javier?

—Porque no quiere mirarme a los ojos.

—Yo no sé nada. Y aunque supiera algo, no saldría de mis adentros el decírselo. No quiera usted perderse, señor Javier, que el que busca perderse, se pierde.

—Poco será lo que se pierda, señorita, porque si he perdido a mi nieto, si es así, cuando pierda a mi nieta, lo habré perdido todo.

Y bajó aún más la voz para añadir que Elvira iba a ser juzgada. No quiso pronunciar la palabra muerte. Tragó saliva, dijo que a su nieta le pedían la última pena, sacó un pañuelo del bolsillo y enjugó sus lágrimas:

—Acabará frente a un piquete. Como su hermana, señorita Pepita, como su hermana.

Pepita se abrazó a la niña, y comenzó a llorar. Tensi le tiró del velo y la siguió en el llanto, con su pequeña mano buscó la boca de su tía, sus dedos resbalaron en sus labios.

La fila empezaba a moverse.

—Vamos, señor Javier, no vaya a ser que le quiten el sitio.

Los familiares de las presas que se encontraban en los primeros lugares de la fila entraban ya en la prisión. Pepita tomó al anciano del brazo. Don Javier sollozaba repitiendo una y otra vez que su nieta sólo tenía dieciséis años.

—Entre, y que su nieta no le vea llorar. Yo le esperaré aquí.

Pepita controló sus lágrimas y siguió buscando a Amalia. Caminó en sentido contrario a la fila y al llegar al final, cuando ya desesperaba de encontrarla, una mujer la saludó inclinando la cabeza. Llevaba gafas oscuras y se ayudaba de un bastón para caminar. Parecía una anciana. Pero no era una anciana. Se inclinaba a ambos lados apoyándose en el bastón torpemente, como si acabara de aprender a andar. Pepita dirigió sus pasos hacia ella y, sólo al tenerla cerca, reconoció a la muchacha que andaba buscando.

Sí, es Amalia, la hija de Sole, la joven de Peñaranda de Bracamonte que colabora en el Socorro Rojo.

Pepita observa sus gafas de ciega:

—¿Qué te ha pasado en los ojos?

—He hecho una visita a Gobernación.

Al tiempo que contesta que ha hecho una visita a Gobernación, Amalia se levanta las gafas y muestra la oquedad de su ojo izquierdo.

Vacío.

Pepita siente vértigo, y tapa la cara de la niña.

—No le tapes la cara, deja que vea lo guapa que es. Pero ¿por qué lloras? Anda, anda, bonita, no llores que te pones muy fea.

Mientras Pepita muestra a su sobrina, le seca las lágrimas con el velo y se acerca al oído de Amalia:

—¿Sabes algo de El Chaqueta Negra?

—Yo no conozco a nadie con ese nombre. Y tú tampoco, ¿me entiendes?

Ante la falta de respuesta de Pepita, Amalia vuelve a preguntar:

—¿Me entiendes?

—Si no conoces al que no conoces, dime por lo menos si sabes algo del que va con él.

—Qué niña más bonita.

—Dímelo, por la niña, que le han muerto a la madre. Y a su padre, vete a saber si también se lo han muerto.

—Su padre vive.

—¿Y el otro?

—También, deja ya de preguntar, no seas insensata y vuelve a casa, no es conveniente que te vean conmigo.

Antes de que Pepita pueda preguntar algo más, una mujer se acerca a Amalia. Acaba de salir de comunicar, y sonríe señalando un paquete que lleva en la mano:

—Lo tengo.

La hija de Sole le devuelve la sonrisa y replica en voz baja sin mirarla:

—Bien. Muy bien. Sigue andando, no te pares.

La mujer que lleva el paquete en la mano mira a derecha y a izquierda y continúa su camino.

También Pepita mira a derecha y a izquierda antes de abordar de nuevo a Amalia:

—Dime cómo puedo dar con ellos, que a uno le tengo que decir que es viudo y que tiene una niña. Y al otro, que piden la última para su hermana.

—Lo saben todo. Anda, vete.

—¿Lo saben? ¿Y cómo lo saben? ¿Se lo has dicho tú? Entonces es que han vuelto. ¿Has sido tú la que se lo ha dicho?

—Escucha, ellos saben lo que tienen que saber, y quien se lo diga o no se lo diga no es cosa tuya. Y ahora vete a casa, y ten paciencia.

—Los has visto, ¿verdad? Han vuelto.

Amalia frunció el ceño. Volvió a levantarse las gafas. Mostró de nuevo la cuenca vacía de su ojo izquierdo, y recriminó a Pepita:

—Yo no le he dicho a nadie a quién he visto ni a quién no he visto. A nadie se lo he dicho y a nadie se lo voy a decir. Vete a casa.

A nadie se lo ha dicho, y a ella tampoco se lo va a decir. Pero ya le ha dicho bastante. Pepita se irá a casa. Se despedirá de Amalia. Se alejará de ella sonriendo. Y se dirigirá hacia la puerta para esperar allí al abuelo de Elvira. Su nieto vive, le dirá.

Vive.

# 4

Las madres que tenían visita de sus hijos aguardaban impacientes en el patio mirando hacia la puerta. También las abuelas, como Reme, observaban la entrada con ansiedad. Algunas se preguntaban si reconocerían a los niños, otras estaban seguras de que no sería así. Junto a Reme, una madre se apretaba las manos con tanta fuerza que acabó por clavarse las uñas. La cancela acababa de abrirse. Dos niñas vestidas de luto fueron las primeras en entrar. La mayor no superaba los seis años, y le daba la mano a la pequeña.

—¿Son ésas?

—No lo sé, hace cuatro años que no las veo. No sé, no sé.

Era la mujer que se clavaba las uñas la que dudaba. Había sido detenida junto a su marido al comenzar la guerra, una semana después de dar a luz a su segunda hija. Las niñas se quedaron con la abuela paterna. Ella fue trasladada de una cárcel a otra y acababan de traerla desde Saturrarán. Fue allí, en un convento habilitado para penal situado en el límite de Guipúzcoa con Vizcaya, donde recibió la única carta de su suegra; le contaba que su hijo había muerto y le enviaba un retrato de las niñas.

He podido ahorrar unas pesetillas, le escribió, para hacer un retrato de tus hijas y que puedas verlas. Pero no llegó a verlas. Rompieron la fotografía ante sus ojos por haberse negado a rezar el rosario, y después, rasgaron la carta despacio. Al ingresar en Ventas, se enteró de que hacía más de dos años que habían fusilado a su marido.

—Están de luto, tienen que ser mis pequeñas.

Las niñas caminaban asustadas hacia el centro del patio apretándose la mano una a la otra. La madre se acercó a ellas. Se agachó. Las miró de arriba abajo y les preguntó sus nombres. Al escucharlos, respiró profundamente.

—Soy vuestra madre.

Y abrió los brazos, esperándolas. Pero las niñas no se soltaron las manos. No hicieron ademán de acercarse al abrazo ofrecido.

—Soy yo, mamaíta.

No esperó más, apretó a sus hijas contra sí cuando éstas empezaron a llorar. El llanto desconsolado de la madre se oirá poco después en la galería número dos derecha.

—Mis pequeñas no me conocen, se han asustado de mí. Las he asustado.

Sus compañeras buscarán palabras de consuelo que no la consolarán:

—No, mujer, es que son muy chicas y la prisión impone.

Reme no quiere escuchar sus lamentos, se sienta en la silla de anea que le regaló Benjamín y saborea los besos de su nieto, los abrazos de su hijo pequeño y sus risas atronadoras, su escándalo al correr hacia ella tirando de la mano del niño que nació en León, que apenas podía seguirle en la carrera. Saborea los besos que le dieron, y los besos que ella dio, con la mirada perdida, como Elvira, la niña pelirroja que no va a morir. Elvira se pierde en la mirada azulísima de su abuelo, en sus ojos de mar que le recuerdan a los ojos de su madre y le traen siempre la calma. Aunque, hoy, cree que le ha visto llorar. Sí, le ha visto llorar, le ha visto intentar secar el mar con un pañuelo.

—Ya está bien de embeleso, hay que trabajar.

Es Tomasa, que da unas palmadas y se acerca a Sole rompiendo su ensimismamiento. Y Sole parpadea sentada en su petate enrollado contra la pared del pasillo, intentando grabarse en lo más hondo los minutos que ha durado la visita de su hija. Uno a uno. Diez minutos.

—¡A trabajar se ha dicho! Venga, Sole, a ver qué tenemos.

Amalia llevaba gafas de ciego. Y no se las quitó. Veía. Sole ha sabido que veía porque respondió a sus gestos, pero al alzar las manos descubrió su bastón. También llevaba un bastón.

—¡Sole!, ¿me estás oyendo?

Sole abandona a su hija en el locutorio por el estrépito de las palmas y los gritos de Tomasa.

—¿Cómo no te voy a oír con las voces que pegas?

—Pues no se nota, carajo, mira a ver lo que ha mandado tu hija de una puñetera vez.

No es fácil encontrar los mensajes que llegan del exterior. Los paquetes son revisados minuciosamente por una funcionaria que requisa cualquier objeto que levante sospechas antes de entregarlos a las presas. Y hace tiempo

271

que La Zapatones descubrió las latas de doble fondo y ya no pueden usarse.

—Como este paquete lo haya mutilado La Zapatones, vamos listas.

Sole revisa cada uno de los objetos que su hija le envía. En esta ocasión, es importante que no se destruya ni una sola palabra. Es importante, porque están preparando una fuga.

Sí, la fuga de Sole. Es preciso impedir que se descubra su cargo. A raíz de la detención de su hija, el Partido considera arriesgado que continúe en manos del enemigo.

—Cuidado con los pimientos.

Tomasa advierte a Sole, porque hace un mes que Sole mordió un pimiento y se llevó en la mordida la mitad de un *Mundo Obrero* escrito en papel biblia. Nadie se explicó cómo fueron capaces de copiarlo en una letra tan diminuta, y todas admiraron su tamaño: quizá un poco más pequeño que una cajetilla de tabaco.

Pero esta vez los pimientos vienen vacíos.

Será en el interior de una tartera, bajos los suculentos granos de arroz de una ración de paella, donde Sole encuentre un papel embutido en una tripa de chorizo.

—¡Aquí está!

Sole desenrolla el escrito y lee en voz alta:

«Confirmado el día convenido, la invitada está de acuerdo.

"Arriba el telón" sigue en marcha y sin cambios.

¡Suerte, chiquetas!»

La lectura en voz alta del mensaje por parte de Sole producirá un sobresalto en Elvira. Chiqueta. Sólo hay una persona a la que ella haya oído decir chiqueta. No dirá a nadie que en aquella palabra ha creído reconocer a su hermano. No lo dirá, pero Elvira estará atenta al más mínimo detalle de la operación. No lo dirá, porque Tomasa es muy estricta, y también Sole, y es posible que piensen que, si ella sospecha que su hermano ha enviado la nota, se pondrá nerviosa y fallará en su cometido. Pero Elvira no se pondrá nerviosa, no. Ella estará atenta. Y cuando doña Antoñita Colomé, la invitada, finja un desmayo, interrumpirá la representación de *La Tempranica* y bajará del escenario con todas las demás. El resto, será confusión. Será confusión, para que dos camaradas disfrazados con los uniformes que Reme ha confeccionado en el taller de costura reclamen a Sole. No dirá que sospecha que uno de ellos es su hermano. No lo dirá, pero va a estar al tanto. Y aprovechará la confusión para acercarse a la puerta.

# 5

El día de Todos los Santos, ante los ojos asombrados de la reclusión, Antoñita Colomé actuó en el penal de Ventas. Elvira la miraba orgullosa sin poder evitar mover los labios al compás de la canción que ofrecía la artista desde el escenario.

*Apoyá en el quicio de la mancebía*
*miraba encenderse las luces de mayo...*

Nadie creyó a la niña pelirroja cuando aseguró que doña Antoñita había accedido a amadrinar la representación de *La Tempranica*. Nadie confió en que respondiera a la carta que Elvira le envió, previa autorización de La Veneno, donde le pedía en nombre de todas las presas, y con todo el cariño y la admiración que sentía por ella, que fuera la madrina de honor de una zarzuela y cantara una canción.

Los aplausos llenaron el patio de un estruendo inédito hasta entonces en el penal. Vivas, Bravos y Guapa se alzaban en gritos hasta el escenario cuando Elvira le entregó un ramo de flores a la madrina de honor al finalizar su actuación. La Veneno sonreía arrogante desde la primera fila de asientos, puesta en pie, como todos los demás. Ella también se sentía orgullosa. Ella era la anfitriona de la invitada más importante que había tenido jamás. Aplaudía con entusiasmo mirando de reojo la silla vacía que se encontraba a su derecha. Allí se sentaría doña Antoñita, junto a ella, para asistir a la representación de *La Tempranica*. La miró besar a Elvira al recibir el ramo y bajar del escenario de su brazo. Al llegar a la silla vacía que la esperaba, la artista acarició el cabello rojo de la niña, la besó en la mejilla, y le sonrió. Después besó el escapulario delantero del hábito de La Veneno y tomó asiento. Todas envidiaron a Elvira, también La Veneno, porque a ella le había besado el escapulario, pero no le había sonreído. Sin apenas mirarla, tomó el escapulario que le había ofrecido, lo acercó a los labios sin rozarlo, se sentó a su derecha y miró al frente.

El penal se había convertido en un gigantesco anfiteatro. El patio no era suficiente para albergar a toda la población reclusa, de manera que permitieron a las internas que no cabían que se asomaran a las ventanas, palcos improvisados sobre una platea repleta de presas y de funcionarias que no quisieron perderse la ocasión de admirar a la Colomé. En los últimos asientos, junto a la cancela, se encontraba don Fernando, que había pedido permiso para asistir con su mujer, doña Amparo. Ambos se habrían sentado junto a La Zapatones en la primera fila, si doña Amparo no hubiera declinado la invitación alegando que prefería estar cerca de la puerta por temor a las aglomeraciones. En realidad, doña Amparo temía a las reclusas. El aspecto de aquellas mujeres famélicas la sobrecogió nada más verlas y prefirió no mezclarse con ellas.

—¡Arriba el telón!

Gritó Tomasa desde bambalinas. Y las demás actrices que componían el reparto contestaron:

—¡Arriba!

Dio comienzo la primera escena. Tomasa representó a la perfección el papel que le hubiera correspondido a Hortensia, La Moronda. Elvira no dejó de mirar a Antoñita Colomé desde el escenario mientras representaba a María. Y en la escena segunda, Reme gritó más que nunca al cantar *La tarántula* en el personaje de Gabriel:

*No se mata con piedra ni palo.*

*Maldita la araña que a mí me picó.*

La señal convenida. *La tarántula.* Cuando el plantel de actrices al completo, en contra del libreto de Julián Romea, invadiera el escenario y todas las voces se sumaran a la de Gabriel para cantar *La tarántula*, doña Antoñita fingiría un desmayo.

El plantel de actrices se sumó a Reme. Cantaron a coro *La tarántula.*

La señal.

Fingió la artista.

Se desmayó.

Las actrices continuaron cantando *La tarántula.* Alzaron la voz hasta desgarrar las gargantas. La canción sobrepasó las tapias y llegó al exterior de la prisión. Al otro lado del patio, esperaban la señal dos hombres uniformados.

*Maldita la araña que a mí me picó.*

El resto, fue confusión.

Dos falangistas exhibieron en la puerta una orden de traslado a nombre de Soledad Pimentel, natural de Peñaranda de Bracamonte, mientras la representación era interrumpida por las actrices y todas ellas bajaban del escenario para acercarse a su madrina de honor. La Veneno abanicaba a la recién desmayada. La Zapatones pedía a gritos que avisaran al médico. Tomasa vociferó que había visto una rata. Las presas que ocupaban el patio gritaron a su vez y comenzaron a correr de un lado a otro. Las que estaban asomadas a las ventanas quisieron bajar. Y bajaron. El médico tardó en llegar hasta la primera fila. La mujer del médico se quedó atrás. La chivata intentaba tranquilizarla. Sole se apostó en la puerta que daba a la galería de salida. Reme y Tomasa se apostaron a su lado. Elvira corrió hacia ellas. La portera corrió hacia el patio. La siguieron los centinelas armados que vigilaban el exterior del penal y los dos falangistas que llevaban una orden de traslado en la mano. Elvira los vio llegar. Escudriñó el rostro de los dos falangistas. Sole se separó de Reme y de Tomasa y dio un paso al frente:

—Soy Soledad Pimentel.

Los falangistas la cogieron cada uno de un brazo.

—¡Venga con nosotros!

Uno de ellos miró a Elvira a los ojos y le ordenó con voz bronca:

—Tú, ven aquí.

Elvira acarició la cabecita negra del cinturón de Joaquina que llevaba siempre en el bolsillo, y se acercó. Él la cogió por un brazo, como a Sole. Y se dieron los cuatro la vuelta.

A veces no hay que pedir permiso a Dios para hacer planes. A veces no hay que temer su risa, ni su furia. Pero antes de que los falangistas lleguen a la puerta de salida, La Zapatones gritará a sus espaldas:

—¡Alto!

El más joven se vuelve hacia ella iracundo:

—¿Desde cuándo se da el alto a los salvadores de la patria?

—Bueno, es que se iban ustedes sin..., y como se llevan a dos internas, pues...

El falangista le extiende la orden de traslado al tiempo que ordena a la funcionaria que abra la puerta. La Zapatones lee el pliego de papel y vuelve a titubear:

—Aquí sólo pone a una. Y ustedes, ustedes se lle..., bueno, ésta, con ésta qué pasa.

—Ésta me la llevo para mí, se la traigo mañana.

—La última que se llevaron así me la devolvieron hecha una pena.

—¿Y qué?

—La directora dijo que no se llevarían a ninguna más sin papeles para diligencias.

—Llame a la directora, y acabemos de una vez.

Desde el fondo del pasillo, un grupo numeroso de personas se acercaba. En medio caminaba don Fernando junto a la hermana María de los Serafines. El médico llevaba a doña Antoñita Colomé en los brazos. Su mujer, doña Amparo, le seguía extasiada sin perder de vista el perfil bellísimo y pálido de la Colomé. Mercedes marchaba a su paso, igualmente extasiada. Reme y Tomasa vigilaban de cerca a la chivata. La Zapatones corrió hacia La Veneno y le mostró la orden de traslado de Soledad Pimentel.

—Está bien, que se la lleven, ¿no ve que estoy ocupada?

—Pero es que se quieren llevar a otra.

—Por el amor de Dios, déjeme en paz.

La Zapatones volvió a insistir. Y doña Antoñita intentó resbalar de los brazos de don Fernando.

—¡Que se le cae, que se le cae! ¿No está viendo que se le cae?

Sin más contratiempos, los dos falangistas franquearon la puerta de salida llevándose a las dos presas. Reme y Tomasa sonrieron al ver cómo se alejaban sus compañeras, caminando despacio. La chivata les vio sonreír.

Ya en el exterior, cuando se encontraban en la esquina de la calle Alcalá, lejos de la prisión, el más joven de los hombres acarició el cabello de la niña pelirroja:

—¿Qué le ha pasado a tu pelo, chiqueta?

Aún seguía desmayada la artista.

# 6

Los dos uniformes de Falange que Reme confeccionó para la fuga de Sole no fueron las únicas prendas que sacó a escondidas de los sótanos de la prisión. No fueron las únicas, ni fueron las primeras. Hacía tiempo que el taller de Ventas aprovisionaba de ropa de abrigo a la guerrilla. Reme había descubierto la forma de engañar a la funcionaria que contaba la tela, el hilo y el tiempo que se empleaba en confeccionar una pieza. La funcionaria vigilaba el primer corte y estaba presente mientras cosían la primera prenda. Después entregaba el material calculado para las restantes y se limitaba a recorrer el taller de un lado a otro sin prestar mucha atención a las operarias. El truco consistía en cambiar de posición los patrones en el corte de tela. Las cortadoras entregaban a las maquinistas tres piezas, de donde la funcionaria había calculado que saldrían dos. Coser más aprisa, apurar el hilo y esconder la tercera prenda bajo la propia ropa en el primer despiste de la funcionaria era sólo cuestión de habilidad. Y la habilidad se adquiere con la repetición de los actos. Mantas, camisetas, pantalones, toda clase de prendas abultaban los refajos de las presas cuando salían del taller. La pericia de Reme señalaba que habían sido muchas las que había escondido bajo sus faldas. En cambio Tomasa las manipulaba con torpeza. La extremeña de piel cetrina se había incorporado al taller al saber que los sótanos de Ventas se habían convertido en un punto de apoyo a la guerrilla. Aprendió deprisa, escatimaba el hilo en las piezas destinadas al ejército y usaba el que hacía falta para asegurar las prendas que abrigarían a los hombres y a las mujeres del monte, pero aún era incapaz de esconder nada sin exponerse a que la descubrieran. De forma que, cuando acababa de coser una prenda, se la entregaba a Reme.

—Reme, Reme.

—¿Qué?

—Toma.

Era el Día de Difuntos. El día en que Reme y Tomasa se encontraron más solas que nunca cuando regresaron a la galería número dos derecha, en fila, en silencio y orden desde el taller de costura. Dos mantas ensanchaban los refajos de Reme.

—Hoy se nos ha dado bien.

—Sí, se nos ha dado bien.

El tono de sus voces denotaba que las dos mujeres intentaban ocultar su tristeza. La añoranza que sentían por sus compañeras añadía confusión a la congoja que ambas descubrieron al verlas marchar. Alegría, sí, sintieron una profunda alegría al observar cómo alcanzaban la puerta de salida.

—Mira, Reme, ya han abierto la puerta de la jaula.

—Y ya salen, Tomasa, ya salen.

Reme y Tomasa se emocionaron al verse libres, también ellas, por un momento. Libres, al verlas liberadas.

Pero después, la libertad de sus compañeras aumentó el cautiverio al que regresaron cuando se dieron la vuelta y caminaron solas hacia el patio.

Solas.

—¿Tienes hambre?

—Claro que tengo hambre, ¿cómo no voy a tener hambre, carajo?

Tristes.

Tomasa piensa en sus hijos. Siempre que está triste, piensa en sus hijos, arrastrados por la corriente río abajo.

—Reme.

—¿Qué?

—¿Tú sabes si todo lo que se lleva el río aparece luego en el mar?

—Todo lo que se lleva la corriente está en el fondo del mar.

Esa misma noche, en la reunión de Partido en la habitación de los lavabos, Tomasa y Reme debían incorporarse a una nueva familia. Como Reme recibía paquetes y Tomasa no, buscaron un grupo que ya estuviera compensado. Se sumaron al de cuatro presas en el que sólo dos de ellas recibían comida. Era la familia de la mujer que lloraba el día de la Merced por no haber reconocido a sus hijas. Reme le preguntó su nombre.

—Josefina.

—¿De dónde eres?

—De Gijón.

Y Tomasa le preguntó por el mar.

Reme y Tomasa abandonaron su espacio en el pasillo central, y se acomodaron en el interior de la celda que ocupaba su nueva familia junto a otro grupo de seis presas. En el momento en que Josefina les mostraba las dos baldosas que les correspondían a cada una, la voz de La Zapatones llamó a recuento. La funcionaria había pasado el día esperando el regreso de Elvira. Pendiente del registro de entradas, iba y venía, y contaba una y otra vez a las presas, como si al contarlas pudiera suceder que la niña pelirroja apareciera.

Pero Elvira no regresará jamás a la prisión de Ventas. No.

La Zapatones no sabe que Elvira no regresará. No sabe tampoco que la orden de traslado de Sole fue una artimaña. Ni sabe que doña Antoñita Colomé no se desmayó nunca. Inicia de nuevo un recuento a deshora, y tuerce el gesto al llegar a Tomasa.

—¿Cuándo traen a Elvirita?

La Zapatones no contesta, y ella repite la pregunta:

—¿Cuándo traen a Elvirita?

La insistencia de la extremeña de piel cetrina aumenta la inquietud de la funcionaria. Tomasa lo sabe. La mira a los ojos y espera en silencio con la aviesa intención de preguntar de nuevo si no obtiene respuesta. La Zapatones le mantiene la mirada y antes de que llegue a retirarla, una voz a su espalda llama su atención:

—La hermana María de los Serafines dice que haga el favor de ir a su despacho.

Es Mercedes. Sus palabras no piden un favor, ordenan.

La orden de La Veneno estremece a La Zapatones. Tomasa aprecia el temor en el rictus de su boca. El peinado de Arriba España se gira en la cabeza erguida que se da la vuelta.

—¿Qué?

—Le llama a Dirección la hermana María de los Serafines.

Las presas de la galería número dos derecha verán marchar a La Zapatones mirando al frente. Será la última vez que la vean.

La Zapatones no volverá a hacer sonar sus llaves cuando cierre las puertas metálicas del pasillo central. No volverá a mostrar un caramelo amarillo entre sus labios rojos cuando vigile a las internas en el patio. Ni volverá a murmurar en voz baja la letanía que masculla en el locutorio, el último parte de guerra. No volverá a repetir su desprecio, una y otra vez, mirando a los familiares y a las presas. *Cautivo y desarmado el ejército rojo.*

Nadie volverá a ver a La Zapatones en la prisión de Ventas.

Y nadie preguntará por ella.

## 7

Las primeras jornadas en Cerro Umbría supusieron para Elvira el mayor reto al que se había sometido jamás. Ella, y sólo ella, debía demostrar a Mateo que su hermano no había cometido una locura. El primer día, y a pesar de las reticencias de Mateo, fue sólo disfrutar del primer día.

—Has estado a punto de reventar la operación, los intereses personales deben quedar fuera de esta historia, parece mentira que todavía no sepas eso, coño.

—Tú hubieras hecho lo mismo, Mateo, no me jodas. Tú hubieras hecho lo mismo, y lo sabes.

—A lo mejor lo sé y a lo mejor no lo sé. Pero lo que tengo por seguro es que esto le va a costar caro a la chiquilla. Deberías dejar que se la lleve Amalia.

—Ni hablar, se queda conmigo.

Sentados sobre una roca, con sus armas entre las rodillas, los dos hombres fumaban un cigarrillo mientras aguardaban a que Sole y Elvira se cambiaran de ropa. Ellos ya habían cambiado las suyas, los uniformes de falangistas los llevaban guardados en los macutos. Amalia permanecía de pie. Separada unos metros de la roca, les daba la espalda apoyada en su bastón mirando abstraída a la lejanía. Acababa de decirle a Jaime que Pepita había ido a buscarla a la puerta de Ventas.

—Fue a preguntarme por ti.

—¿Cómo está?

—Preocupada.

—¿Sabe que he vuelto?

—Lo adivina. ¿Quieres que se lo digan?

—No.

Mantenerla al margen. Jaime quiere mantenerla al margen. Desde que supo que la carta que le envió desde Francia la llevó a los sótanos de Gobernación, no ha vuelto a escribirle. No la pondría en peligro nunca más.

—Cuando todo esto acabe, iré a buscarla.

Mateo les escuchaba pensando en su hija.

—Y yo iré a por mi hija.

—La llevaba en brazos.

—¿Cómo es?

—Preciosa.

Las mujeres no tardaron en llegar junto a ellos. Vestían pantalones y cazadoras demasiado grandes para su tamaño. La sonrisa luminosa de Elvira contrastaba con el gesto preocupado de Sole. Amalia se dio la vuelta al oírlas llegar, su madre se acercó a ella y la abrazó de nuevo, con idéntico dolor al que sintió cuando la estrechó en la esquina de Alcalá con Manuel Becerra, donde Amalia esperaba a los fugados para acompañarles al cerro.

—¡Cómo te han dejado, hija!

—Estoy bien, no hacen falta dos ojos para ver. Y la pierna no me duele. ¿No has visto cómo he subido hasta aquí, madre? Anda, vamos.

Elvira giraba sobre sí misma para mostrar su indumentaria a su hermano:

—Mira, Paulino. ¿Parezco un muchacho?

Sí, parecía un muchacho.

—Ya no me llamo Paulino.

—¿Ah, no?

—No.

—¿Y cómo te llamas?

—Jaime, ¿te gusta?

—Jaime. Sí, es bonito.

Después de quedarse pensativa un momento, se dobló los puños de la chaqueta y sin perder la sonrisa preguntó:

—¿Y yo me sigo llamando Elvira?

Amalia dobló los puños de la chaqueta de su madre mientras se dirigía a Jaime Alcántara, que se calzó su gorra de visera.

—La partida de El Tordo os espera en el punto de encuentro de El Pico Montero, a las doce.

—¿Cuántos son?

—Diecisiete.

—Demasiados, habrá que hacer dos grupos.

El Chaqueta Negra había llegado desde Toulouse con dos cometidos. Uno, liberar de inmediato a Soledad Pimentel, antes de que el enemigo descubriera que pertenecía a la dirección del Partido en Salamanca, y enviarla con su hija a Francia a fin de evitar riesgos a la cúpula salmantina. El segundo, reorganizar la guerrilla y constituir la Agrupación Guerrillera de Cerro Umbría. Todos los partidos de la izquierda española en el exilio habían unido sus fuerzas en un bloque antifranquista,

287

la Unión Nacional Española, que obligaría a los aliados a intervenir cuando acabara la guerra en Europa, para ello era necesario organizar un auténtico Ejército Guerrillero que demostrase que en España continuaba la lucha armada.

—Todavía estás a tiempo de pensar lo de Elvira, deja que se la lleve Amalia.

—Ya te he dicho que se viene conmigo, Cordobés.

Elvira temió que la insistencia de Mateo venciera sobre la decisión de su hermano de llevarla al cerro. Desde que salieron de Ventas, desde que comenzaron a caminar hacia la calle Alcalá, Mateo no había dejado de insistir en que llevarse a Elvira al cerro era una locura. Amalia estaba de acuerdo con él, y ya en el primer momento propuso que la niña pelirroja se quedara con ella en Galapagar.

—La casa de Galapagar es de confianza. Allí estaría segura, y tú podrías bajar a verla de cuando en cuando.

Pero Jaime no se dejó convencer. No volvería a abandonar a su hermana.

—Ella se viene conmigo. No insistáis. Tú ve a Galapagar, y no salgas de la casa hasta que bajemos a tu madre. Si no hay contraorden, de hoy en tres meses nos veremos allí.

La niña pelirroja respira aliviada. Se coloca a la izquierda de Jaime y le da la mano:

—Yo me voy con él.

Sole y Amalia volvieron a abrazarse. Se despidieron diciéndose la una a la otra No te preocupes por mí. Sole permanecerá tres meses en Cerro Umbría, un periodo conveniente antes de emprender su huida a Francia. Su

hija se esconderá durante ese tiempo en el punto de apoyo de Galapagar. Allí acudirán dos camaradas que las ayudarán a burlar la frontera atravesando a pie los Pirineos.

En el momento en que madre e hija deshicieron el
abrazo, Jaime le pidió a Amalia que hiciera algo por él. Temía que, tras la fuga de Elvira, tomaran represalias contra
su abuelo.

—Haz que lo saquen de Madrid.

—No te preocupes, yo me encargo.

—Que regrese a Pamplona.

—De acuerdo.

Amalia comenzó a bajar del cerro despacio. Y los
demás comenzaron a subir.

Eran las seis de la tarde del día dos de noviembre de
mil novecientos cuarenta y dos.

Había comenzado a llover.

## 8

A Mateo no le gustaba que las mujeres estuvieran en el monte. Toleraba a Sole porque se marcharía pronto, y porque Elvira le había contado que ella fue quien atendió a Hortensia en el parto. Y aceptaba a la chiquilla pelirroja porque había demostrado que era valiente, como su hermano, y porque había aprendido a manejar las armas como un hombre. Él mismo la había adiestrado, le enseñó a disparar con su naranjero y a distinguir el sonido de las armas. Podría manejar cualquiera, aunque ella prefería su pistolita, una pequeña pistola que llevaba al cinto. Además, tenía formación política, mucho más avanzada que la mayoría de los guerrilleros de la partida. En la cárcel había aprendido todo lo que sabía de política. Y en la escuela de campaña daba clases a los hombres que no sabían leer ni escribir. Era lista, a los dieciséis sabía más que muchos que mueren de viejos. Y era fuerte. No había tardado ni un mes en curarse de la fiebre que le subía por las tardes, y casi se había curado también de la tos que se trajo de Ventas. Respiraba el aire del monte con ansia y aunque parecía una mocosa, cargaba con el macuto y el fusil y no se quejaba nunca en las marchas. Ni siquiera tropezó una sola vez cuando debían caminar de espaldas en la nieve para despistar con las huellas. Pero era mujer, aunque pareciera un muchacho, y las mujeres no deben andar como gatas salvajes por el monte. Mateo aceptaba a Elvira porque era hermana de El Chaqueta Negra. La aceptaba, porque le hablaba de Tensi.

—Háblame de Tensi, Elvirita.

—¿De la madre, o de la hija?

—De las dos.

—Tu hija tiene los ojos más azules que el cielo. Y Hortensia nunca te llamaba Cordobés, ni Mateo, ella te llamaba Felipe.

Cuando Mateo le pedía que le hablara de Tensi, Elvira siempre le decía que su mujer le llamaba Felipe. A él le gustaba recordar a Hortensia escuchando a Elvira.

Sí, toleraba a Elvira, porque le hablaba de Tensi. Porque cuando la chiquilla pelirroja pronunciaba el nombre de su esposa, y después el suyo, él se emocionaba al sentir que los reunía por un instante. Hortensia. Felipe.

Pero era mujer, y las mujeres no deben vivir como alimañas en el monte. El Chaqueta Negra no debió traerla, y lo sabe. Por eso la deja a su cuidado cuando la partida realiza una acción, como ahora. Centinela le ha dicho que es, y la chiquilla se lo ha creído. A él no puede engañarle, la excusa de que Elvira no ha participado jamás en un secuestro no es suficiente. Siempre hay una primera vez. Tampoco sirve que diga que es demasiado joven, en la partida de El Tordo están sus dos hijas, ninguna pasa de los dieciséis y nunca se quedan a guardar el campamento. Pero El Chaqueta Negra trata a su hermana como si fuera todavía la niña que dejaron en el puerto de Alicante, y esta chiquilla dejó de ser una niña al salir por la puerta de la prisión, o a lo mejor al entrar, quién lo sabe. Es una mujer, y por eso no debió traerla. No. No debió traerla.

El Pico Montero era un conjunto de rocas rodeadas de zarzas que coronaban un cerro. La formación en círculo de las piedras formaba en su interior una explanada que la guerrilla utilizaba como campamento base, y a pocos metros de las zarzas, bajo un pequeño canchal, una profunda grieta de una roca les servía de depósito de aprovisionamiento, donde almacenaban armas, municiones y propaganda. El Chaqueta Negra instaló allí su cuartel general; de allí se había marchado con la partida de El Tordo a realizar el secuestro del recaudador de la Fiscalía de Tasas de El Altollano; y allí aguardaban Elvira y Mateo su regreso. Mientras esperaban, ella lavaba su ropa, y él la miraba. La chiquilla pelirroja había cavado un hoyo en el suelo, lo forró con una piel de oveja y lo llenó de agua. Agua clara, y nada más. El jabón estaba prohibido, a fin de evitar la tentación de usarlo en el río y que la espuma pudiera delatarlos. Mateo acababa de enterrar las latas vacías de las sardinas que les habían servido de alimento para todo el día. Se acercó a ella con la intención de pedirle que le hablara de Tensi. Pero al ver la energía con la que restregaba un pantalón, le habló de la suerte que tendría el hombre que se casara con ella.

—¿Por qué?

—Porque lo llevarás siempre la mar de limpio, chiquilla.

—Si te crees que yo voy a casarme para llevar limpio a mi marido estás tú bueno. El que quiera ir de limpio que se lave su ropa. No has aprendido nada de la República, Mateo, los tiempos de los señoritos se acabaron.

—Tú sí que estás buena, y eso sí que era un Gobierno de señoritos. No sé qué carajo me habían de enseñar a mí.

—Que los hombres y las mujeres somos iguales, a ver si te enteras.

—¿Iguales para qué, para lavar la ropa?

—Y para votar, por ejemplo, que para algo nos dieron el sufragio.

—Pero qué tendrá que ver una cosa con la otra, las mujeres no sabéis discutir, os escapáis por la rama aunque no haya ningún árbol cerca. Me he confundido, era un Gobierno de señoritas, y por eso os dieron el sufragio. Señoritas cagadas de miedo.

—¡Qué burro eres, Cordobés! ¡Qué burro!

Mateo se dio media vuelta y se alejó del recuerdo de Hortensia sin haberla recordado. Elvira era mujer, aunque pareciera un muchacho, y no se puede hablar con una mujer sin perderse en mitad de la conversación. Y menos, de política. Las mujeres quieren saberlo todo y se quedan en querer saberlo. En unos minutos volverá a ratificarse en su idea, cuando El Chaqueta Negra regrese con la partida y diga que los hermanos del recaudador se negaron a pagar el rescate. Elvira se acercará a Mateo y le preguntará:

—¿Qué ha pasado?

—Nada, lo han ajusticiado.

—¿A quién?

—¿A quién va a ser, chiquilla? ¿No han ido a raptar al de la Fiscalía de Tasas?

Mateo percibirá un leve temblor en los labios de Elvira, cuando ella quiera saber quién lo ha matado y él le diga que cualquiera.

—Uno u otro, qué más da. Le han pegado tres o cuatro tiros en la cabeza allí mismo y asunto terminado.

Ella preguntará quién es el que ha tomado esa decisión. Él contestará que esas decisiones no se toman.

—Las reglas son las reglas. Si no pagan, no pagan.

De nada servirá que Mateo intente explicarle a Elvira que ellos no raptan a cualquiera:

—A ver si te crees que era un corderito, ese hijo puta se dedicaba al estraperlo. A cuenta de la Fiscalía de Tasas, se ha llenado los bolsillos con el hambre de los pobres.

No. No servirá de nada. Elvira continuará con el horror en la cara. Y Mateo la dejará por imposible. Le dará la espalda y se dirigirá a la tienda de hule donde El Chaqueta Negra se ha reunido con los hombres para plantear su próxima acción. Mirando hacia atrás, a Elvira, levantará los hombros, agachará la cabeza y, mientras resopla, hará un ademán de desaliento apartando el aire con la mano a la altura del oído como quien ahuyenta una mosca. Definitivamente, con las mujeres no se puede hablar de política.

## 9

La noche acompaña los pasos de dos hombres y dos mujeres que se dirigen en silencio hacia la casa donde Amalia espera a su madre. Caminan los cuatro buscando el abrigo de los matorrales, ocultándose del resplandor de la luna. El Chaqueta Negra encabeza la marcha, seguido de Sole y de Elvira, y la cierra Mateo. Esparcidas por el suelo y colgando de algunas ramas de los escasos árboles, numerosas cuartillas destacan su color blanco.

—Mira.

Mateo apremia a la comadrona de Peñaranda de Bracamonte, le ordena que continúe andando y que guarde silencio. En el tono de su voz se adivina un reproche. En las marchas está prohibido hablar, terminantemente prohibido. Jaime gira la cabeza hacia ellos y se lleva el índice a los labios. Se encuentran ya a las afueras de Galapagar. El Chaqueta Negra descuelga de su hombro el fusil y observa a lo lejos la primera casa de la derecha, a unos diez metros de un pajar. Busca la señal luminosa que les indica que pueden acercarse. Sí, la luz parpadea dos veces. Permanece encendida y vuelve a parpadear. Corren los cuatro con sigilo, uno detrás de otro, y se esconden bajo el techado del pajar. Desde allí, Jaime emite el sonido de un búho. Al cabo de unos instantes le responde una abubilla.

Sólo cuando entren a la casa, Sole mostrará un papel que ha recogido de un árbol y volverá a decir:

—Mira.

Será después de que haya abrazado a su hija y haya comprobado que la lesión de su pierna ya no la obliga a cojear, y después de que Elvira haya preguntado por su abuelo y Amalia le informe de que se encuentra bien:

—Está en Pamplona, en su casa. Tuvo una bronquitis muy fuerte, pero ya se ha curado. El Socorro Rojo se encarga de él.

Entonces Jaime leerá el papel que Sole le ruega que mire, una de las miles de octavillas que el ejército ha arrojado en los montes, donde se asegura el perdón a los huidos que se entreguen y no tengan manchadas las manos de sangre y un entierro en suelo sagrado con rito cristiano a los demás.

—En Asturias hicieron lo mismo, en el treinta y nueve. Muchos creyeron estas promesas.

Pero la contraofensiva está en marcha. La guerrilla de El Llano se ha encargado ya de repartir unos folletos donde se informa de la suerte que corren los que se entregan. Toda la red de enlaces está implicada en la labor de disuadir a los que alberguen la más mínima duda. Así se lo dice Amalia a su madre para tranquilizarla.

—La gente sabe que los panfletos que han sembrado en el monte están llenos de mentiras. No te preocupes, madre, y ven a cenar.

La toma del brazo y la invita a pasar con los demás a la cocina.

—Os he preparado judías con chorizo, como a ti te gustan.

Colgado sobre el fuego, un caldero humea. Elvira se acerca al hogar y aspira el aroma de las judías con chorizo mientras se calienta las manos en las llamas. Mateo la sigue como si el olor fuera una cuerda que tirara de él y le arrastrara hacia el guiso.

—Cena caliente.

Cenarán caliente. No recuerdan siquiera la última vez que cenaron caliente.

—También hay pan, pan tierno.

En la mesa, una hermosa hogaza de pan espera a los que acaban de llegar. Mateo se sienta el primero. Se anuda una servilleta al cuello dispuesto a saborear las judías sin esperar a que los demás tomen asiento. Amalia le llena el plato hasta el borde y él moja trozos de pan. Suspira, y se chupa los dedos.

Durante la cena, los dos camaradas que habían llegado por la mañana para acompañar a Sole y a Amalia hasta Francia pondrán al corriente a sus compañeros del optimismo que respira la izquierda española en el exilio. La Unión Nacional Española contempla la posibilidad de una invasión a través de los Pirineos.

—Hasta los católicos, los monárquicos y los carlistas se han integrado en la UNE bajo el lema «Todos contra Franco y la Falange». Cuando caigan Hitler y Mussolini, las potencias democráticas no consentirán un país fascista en Europa y nos ayudarán a echar a Franco.

—Y será pronto, muy pronto. En cuanto acabe la guerra, volvemos a la República.

Con el ánimo dispuesto a creer en la recuperación de la República, Jaime, Mateo y Elvira llenarán sus macutos de provisiones. El de Elvira irá repleto de mantas, confeccionadas en la prisión de Ventas, y los de Mateo y Jaime llevarán la comida que han abonado generosamente a su enlace. Esa misma noche, cargarán con ellos hasta el campamento. Amalia y Sole despedirán a sus compañeros y partirán poco después hacia Francia con los dos camaradas que les servirán de guías.

No todas las despedidas son tristes.

No hubo tristeza en aquella despedida. Cuando caiga el fascismo en Europa, Sole y Amalia regresarán. El bloque de la izquierda española en el exilio hará posible el regreso. Y volverán a verse.

—Volveremos a vernos.

—Salud, camaradas.

—Salud.

—Hasta pronto.

—Hasta muy pronto.

—Hasta la República.

Sole ha levantado el puño para despedirse nombrando la República. También los demás lo levantan y contestan al tiempo:

—¡Hasta la República!

Pero no volverán a verse. Sole y Amalia no volverán a ver a Jaime, ni a Elvira, ni a Mateo. Jamás regresarán de un viaje que emprenderán con la esperanza de volver. Jamás regresarán de una huida que las llevará al otro lado de la frontera atravesando a pie los Pirineos. El entusiasmo les hará creer muchas veces que es posible el regreso. Pero Sole y Amalia no regresarán.

No.

Nunca regresarán.

Nunca.

## 10

El peso del macuto de Elvira obliga a la chiquilla a caminar despacio. Las mantas que Reme y Tomasa envían desde la cárcel arquean su espalda. Aunque no ha apreciado el cansancio hasta ahora, sus piernas pierden vigor. Siente la fatiga en el jadeo de su respiración y en el sabor a sangre que le llena la boca. Debería detenerse, aspirar una bocanada de aire que libere la angustia de sus pulmones, pero sabe que no es conveniente retrasar la marcha. Es necesario caminar deprisa, alcanzar el túnel horadado en las zarzas que rodean El Pico Montero antes de que el frío forme escarcha en el suelo y puedan detectarse las pisadas en las cercanías del campamento. Debe apresurar el ritmo. Caminar más aprisa. Más. Un golpe de tos alerta a Jaime. Aún no están a distancia suficiente de Galapagar. Aún se encuentran demasiado cerca. Es peligroso toser. Cualquier ruido es peligroso. El Chaqueta Negra se detiene y espera a su hermana, que camina a unos diez metros de él, separada otros tantos de Mateo. El ladrido de unos perros a lo lejos llega al tiempo que otro acceso de tos. Elvira se tapa la boca con las dos manos y cae al suelo.

—Cordobés, coge su macuto.

Los ladridos de los perros no cesan. Ahora se han sumado otros perros.

—Deprisa.

Jaime habla con el tono de voz más bajo que le es posible. Saca su pañuelo del bolsillo y se lo mete en la boca a Elvira.

—¿Puedes respirar?

La chiquilla pelirroja asiente con la cabeza.

—Cuando dejes de toser, te lo sacas.

Levantándose del suelo, Elvira vuelve a asentir. Su hermano ladea la cabeza, atento a los ladridos que no cesan. Señala la cavidad de una roca e indica a Elvira y a Mateo que le sigan. Al tiempo que camina, esparce a su paso la pimienta que lleva en una bolsa para despistar el olfato de los perros. Continúan ladrando. Es muy posible que los suelten a rastrear. En caso de que sea así, los detendrá la pimienta. Agazapados los tres, con la espalda contra la pared de piedra de la cueva, esperarán al silencio mientras la tos de Elvira se ahoga en un pañuelo. Apenas unos minutos después, los perros comienzan a calmarse. Cuando los ladridos desaparezcan por completo, reanudarán la marcha. Jaime besará a su hermana en la frente antes de dar la orden de comenzar a caminar. Y ella intentará esbozar una sonrisa apretando la mordaza entre los dientes.

Sin el peso del macuto en su espalda, Elvira recuperará el ritmo de sus compañeros en la marcha, pero no se atreverá a liberar su boca hasta no alcanzar el campamento de El Pico Montero.

—Lo siento.

Lo siento, le dirá a El Chaqueta Negra, y añadirá que lamenta no haberse metido ella misma el pañuelo.

Había olvidado la consigna: durante las marchas, un simple estornudo puede traer la muerte. Ella lo sabía. Pero lo había olvidado. El sonido de la tos se sofoca con un pañuelo. No volverá a pasar, jurará. Y él volverá a besarla en la frente.

—Estás ardiendo, chiqueta.

Está ardiendo, sí.

Jaime ordena a Mateo que releve en la guardia a las hijas de El Tordo, extrañado al ver que son las únicas que guardan el campamento.

—¿Dónde están los demás?

—Han ido a El Altollano.

Las hijas de El Tordo caminan a un paso de Jaime, que conduce de la mano a su hermana al interior de la tienda de hule. Mientras ayuda a Elvira a tenderse sobre un lecho de hojas secas y la arropa con dos mantas que saca del macuto, continúa interrogándolas:

—¿A qué han ido a El Altollano?

—A pasar la noche.

—¿No os han dicho qué iban a hacer allí?

—Sólo nos han dicho que iban a pasar la noche, y que nosotras no podíamos ir.

De madrugada, cuando regrese la partida, El Chaqueta Negra convocará a los hombres a consejo. Ante la tienda, El Tordo se defenderá de la acusación de negligencia alzando la voz. Y sus hijas bajarán la mirada al escuchar las palabras que atraviesan el hule.

—¿Has arriesgado la seguridad de este campamento por ir a una casa de putas?

La fiebre de Elvira le impedirá abrir los ojos. Las hijas de El Tordo creerán que duerme. Pero no duerme.

—Es una casa de confianza.

—Has puesto en peligro a tus hombres. Nos has puesto a todos en peligro.

—Teníamos que descargar.

—Pues descargáis con la mano.

—No es lo mismo, ya estamos hartos de tocar la zambomba.

—No te hagas el gracioso.

—No me hago el gracioso, pero te digo yo que de vez en cuando hay que tocar la flauta, y no hay flauta sin agujeros.

—Déjate de flautas, abandonar sin vigilancia un campamento es una negligencia grave.

—¡Pero si estaban las chicas!

—Escúchame bien, Tordo, porque no lo quiero repetir, faltas como ésta se castigan con la muerte.

Elvira intenta abrir los ojos. Pero los párpados pesan. Arden. Tiembla. Las últimas palabras de su hermano aumentan su temblor. Se castigan con la muerte. Busca refugio entre las mantas. Esconde la cabeza. El sabor de la cena le llena la boca. Tiene calor. Va a toser. Ahora puede toser. Sí. Tiene frío. Se castigan con la muerte. Se ahoga. Se destapa la cabeza. Ahora puede toser. La muerte. Se incorpora. Se castigan con la muerte. Las judías con chorizo salen disparadas con un golpe de tos. La tibieza de una mano le sujeta la frente. Y ella siente la mano de Tomasa. Otras manos la ayudan a recostarse de nuevo, limpian el vómito de su barbilla y enjugan con un trapo limpio y fresco su sudor. Un paño fresco en la frente. Tomasa. Es Tomasa quien refresca su rostro con paños fríos. Reme sonríe. Y Hortensia escribe en su cuaderno azul. Reme va a cantar. Elvira ya no intenta abrir los ojos. Ahora se deja llevar, se abandona. Recibe dulcemente los cuidados de las hijas de El Tordo. Sus labios se han agrietado.

—Tengo sed.

Una mano le alza la cabeza y sostiene el peso de su nuca, otra le acerca una cantimplora a los labios.

Tiembla.

—Reme, qué mal cantas.

Tiene frío. Un camión se lleva a Las Trece Rosas y Julita Conesa no deja de cantar. Joaquina deshace un cinturón. Joaquina tiene el pelo liso y negro, y los ojos grandes. Se castigan con la muerte. Hortensia lleva trece rosas en la mano. Reme sigue cantando. Hortensia lleva trece rosas muertas en la mano. Y ella acaricia una cabecita negra.

—Abrázame.

Tiene frío.

—¡Reme!

Grita Reme.

Tiene frío por dentro.

—¡Reme!

Abre los ojos y los vuelve a cerrar. Y se deja llevar por una voz que le ofrece un abrazo. Una voz desde muy lejos, desde muy dentro:

—Ven, sangre mía.

## 11

La desesperación es una forma de negar la verdad, cuando asumirla supone aceptar un dolor insoportable. Y el cuerpo se niega, se rebela. El sentimiento ruge. Y Tomasa se deshace por dentro y por fuera en un rincón de la celda. Sentada en la silla de Reme se deshace. Porque Reme se ha ido.

Sí.

Reme se ha ido. Y Tomasa rumia su desconcierto moviendo la cabeza a derecha y a izquierda. Se araña la cara. Rumia su alarido. Se muerde los labios. Mira hacia el frente. La pared. Mira hacia el suelo. Echa de golpe la nuca hacia atrás. Muros. No siente dolor. Se muerde los labios y niega con la cabeza. Se araña los brazos. Sus compañeras duermen. Reme se ha ido.

—¿Qué te pasa?

Es Josefina, la asturiana que lloraba el día de la Merced.

—¿Qué te pasa?

Se ha despertado con el ruido de la cabeza de Tomasa contra la pared. Se acerca a ella y le sujeta las manos.

—Te estás haciendo sangre.

La desesperación se rebela contra la posibilidad de un consuelo.

—Déjame.

Josefina insistirá:

—¿Qué te pasa?

Le limpiará con un pico de su delantal la sangre de la cara.

—No me pasa nada, carajo.

Esa noche, y muchas más, la asturiana impedirá que Tomasa se destroce la cara y los brazos con las uñas. Intentará sacarla del No me pasa nada, carajo. Pero no lo conseguirá. Porque Reme se ha ido. Ha conseguido la libertad condicional. Tomasa no volverá a verla. Se ha ido. Y Tomasa rumia en soledad los recuerdos de Reme.

—Ponte este jersey rojo, yo me pongo el morado y a la chivata le prestamos el amarillo. Y salimos las tres juntas al patio.

Era el día catorce de abril, y Reme quiso festejar la proclamación de la República vistiendo su bandera.

—Se la colamos a la chivata.

—Sí.

Se la colaron. La chivata se rascaba con desesperación los brazos y las piernas. Reme se ofreció a untarle Sarnical:

—Eso que tú tienes es sarna. Ven, que te pongo esto.

—Apesta.

—Pero, chica, ¿tú nunca has visto el anuncio? Sarnical, tratamiento de la sarna de olor agradable. Y ponte este jersey limpio hasta que laves el tuyo.

Se dejó untar con el tratamiento de olor agradable. Se puso el jersey limpio. Salió al patio del brazo de Reme y de Tomasa, extrañada de tanta amabilidad hacia ella. Caminó de amarillo entre Tomasa y Reme, entre el jersey rojo de una y el morado de la otra. Y pasearon las tres juntas enarbolando los colores de la bandera republicana.

—Y le tiramos bien de la lengua.

Y la chivata les contó lo que sabía de Sole. Está en Francia, les dijo.

—Ella y la hija. La comadrona es una mandamás de los comunistas. Y la hija, que se la dejaron tuerta, les hace de va y viene.

Le tiraron de la lengua, y la chivata les contó que madre e hija se encargaban de ayudar a fugarse de los campos de concentración a los exiliados españoles que habían caído en manos de Pétain.

—¿Y Elvirita?

—De ésa no tienen noticias.

Tomasa acarició la tela del vestido que llevaba puesto. Sonrió. Y continuó sonriendo mientras escuchaba cómo la chivata hablaba de La Zapatones sin que le hubieran preguntado por ella.

—La hermana María de los Serafines montó en cólera cuando se enteró de que en la Falange no sabían nada de las dos presas de Ventas.

La chivata se encontraba en Dirección cuando La Veneno ordenó a Mercedes que llamara a La Zapatones.

—Eso fue el Día de Difuntos, a mí me mandó salir cuando entró La Zapatones, pero desde fuera escuché perfectamente cómo le dijo que si las presas no aparecían por la mañana, la mandaba a ella para Málaga. A gritos se lo dijo. Que no quería verla más si no aparecían las presas. Dicen que la prisión de Málaga es todavía peor que ésta.

—¿Peor?

—Siempre hay cosas peores.

Las presas no regresaron. Y La Zapatones fue trasladada a la prisión provincial de Málaga. Los rumores dirán que la funcionaria ha aumentado su saña, y que las presas de Málaga la llaman La Tumba. Otras voces afirman que en Málaga es conocida como La Drácula.

—¿Te pica?

—Menos.

—¿Lo ves?

La chivata se rasca los brazos bajo el jersey amarillo. Reme sonríe a Tomasa. Y Tomasa se araña las piernas. Porque Reme se ha ido.

—Quédate con la sillita.

—De ninguna manera, te la regaló tu marido.

—Y yo te la regalo a ti.

—Bueno, yo te la guardo. Y tú llévate la maleta de Elvirita, busca a la niña y llévale su maleta, es un recuerdo de su madre. Y dile de mi parte que todavía llevo su vestido.

Reme se ha ido. Se ha llevado con ella la maleta de Elvira y la última sonrisa de Tomasa.

Se ha marchado, y quizá no vuelva a verla. Como se marchó Sole, la comadrona pequeña y enérgica que le daba puré con una sonda; como Elvira y Hortensia, la niña pelirroja que se fue sin su maleta y la mujer que se sentaba en la silla de anea de Reme. Todas se han marchado. Y Tomasa vuelve a encontrarse tan sola como se sintió en Olivenza, cuando no podía llorar a sus muertos y escuchaba el llanto de la madre que perdió a sus dos hijos en Castuera. Pero ahora puede llorar. Y llora. Abrazada a sus rodillas se desespera recordando a sus compañeras.

Y llora a sus muertos. Su marido. Su nuera. Su nieta. No volverá a verlos. Sus hijos. Sus hijos, no volverá a ver a sus hijos.

Cuando la desesperación dé paso a la tristeza, cuando Tomasa sea capaz de enfrentar el dolor, se abandonará a los brazos de Josefina.

—¿Es bonito el mar?

—Sí, muy bonito.

—Eso dice la gente que lo ha visto. A mí me gustaría que fuera verdad que es muy bonito.

—¿Por qué?

—Porque mis hijos están en el mar.

# 12

Un paso detrás de otro paso. Despacio. Ha de caminar despacio del brazo de Benjamín, mirando al suelo para no perder el equilibrio, ya que la distancia que Reme tiene ante sí, en la calle Hermosilla, la aturde. Seis años sin caminar por la calle. Seis años sin ver otro horizonte que un muro contra el cielo a tan sólo unos pasos. Seis años sin caminar del brazo de Benjamín. La música de un chotis confunde el ritmo pausado de Reme. Un traspiés. La organillera continúa dando vueltas a la manivela mientras Benjamín suelta la maleta que lleva en la mano y sujeta a su esposa; para que no se caiga, la toma por la cintura como en un paso de baile.

—Pobre Benjamín.

—¿Por qué me llamas siempre pobre Benjamín? Eres tú la que tiene que aprender a andar.

—Porque eres muy bueno.

—Muy bueno, muy bueno, déjate de pamplinas.

—¿Estamos cerca?

Sí, estaban cerca. Sólo unos metros faltaban para que llegasen a casa, al pequeño piso que alquiló Benjamín cuando se trasladó con su familia a Madrid desde un pueblo de Murcia. Muy cerca. Las tres hijas solteras y el niño que les nació tarde y mal caminan detrás de la pareja.

Sonríen los cuatro mirando a su madre. Sonríen, desde que la vieron salir por la puerta de la prisión con una maleta en una mano y tapando el sol con la otra. Corrieron hacia ella. La abrazaron. La llenaron de besos. Y ella no podía dejar de llorar.

—¡Sangre mía!

Benjamín fue el último en abrirle los brazos. Reme escondió la cara en su pecho, susurrando:

—¡Pobre Benjamín!

Por todo mobiliario, una mesa camilla, seis sillas y un pequeño aparador encontró Reme en la sala del piso alquilado.

—¿Te gusta?

Sin soltar la mano de su marido, Reme contestó mirando a sus hijas:

—Muy bonito, y está muy limpio y muy ordenado.

—Tuvimos que vender tus muebles.

—No importa.

—Pero mira.

Benjamín abrió la puerta de la última habitación.

—Mira.

El dormitorio.

—La cama, las dos mesillas de noche, la cómoda y el armario ropero.

Reme se sentó en la cama y acarició con las palmas de las manos abiertas la colcha de croché que había tejido su madre.

—Y mi colcha.

Esa noche, en el dormitorio de Reme y Benjamín, dos cuerpos se encontraron. Reme se había dado un baño caliente, por primera vez en seis años.

—Amor mío.

—Amor mío.

Y por primera vez, las palabras de Reme y Benjamín hablaron de amor. La ternura venció al pudor que hasta entonces habían sentido. Ambos olvidaron el recato, el miedo a pronunciar el nombre del otro en un gemido.

—Benjamín.

—Reme, mi Reme.

Él le quitó el camisón, por vez primera.

La piel recién bañada de Reme recibió los besos de Benjamín. Ella acarició todo el cuerpo de su esposo, por primera vez en veintisiete años de matrimonio. Sorprendida, sostuvo en sus manos su descubrimiento mientras hundía la nariz en la axila de Benjamín.

—Qué bien hueles, amor mío.

—Sigue acariciándome así.

—¿Así?

—Así.

Fuego de lumbre en una chimenea. Así fue el amor.

—Benjamín.

—¿Qué?

—¿Estás dormido?

—No.

—Hoy voy a dormir en una cama.

—¿Eh?

—Estás dormido.

—No, no estoy dormido.

—Voy a dormir en un colchón de lana mullidito. En una cama. En mi cama, y con mi almohada.

Benjamín le acarició la mejilla.

—Y conmigo.

—Sí, y contigo.

—Pues anda, vamos a dormir, ¿no tienes sueño?

No, Reme no tenía sueño. Acurrucada en el hombro de Benjamín, recorría con la mirada su habitación intentando convencerse a sí misma de que era cierto que ella estaba allí. Si la viera Tomasa. Si Tomasa pudiera verla. Aunque es mejor que no la vea. Pobre Tomasa.

—Benjamín.

—¿Qué?

—Le he regalado la silla que me llevaste a una compañera de dentro.

—Has hecho bien.

Tomasa es buena. Tomasa no tiene maldad y se hace la dura para que no se le note que es buena. Tomasa quiso regalarle la cabecita negra del cinturón de Joaquina. Es buena, y generosa. Irá a esperarla el día que la suelten. Porque no tiene a nadie que vaya a esperarla. Y no tiene a nadie que le mande paquetes. Ella se los mandará. Sí. Y le escribirá cartas, porque no tiene a nadie que le escriba, y no hay tristeza más grande que verla en la hora del reparto esconderse en una esquina. Se esconde, Reme la ha visto esconderse muchas veces. Y sabe que lo hace para no ver la cara de las que extienden la mano hacia un sobre y para que nadie sepa que a ella no le han escrito nunca y nunca le escribirán. Menuda sorpresa va a llevarse. Le escribirá, y le dará noticias de la hija de Hortensia. Y de Elvirita. Y de Sole. Buscará a la hija de Hortensia, y a la niña pelirroja que le regaló a Tomasa el vestido de su madre. Querida hermana, así empezará la carta. Querida hermana, para que se la entreguen

313

se hará pasar por su hermana, me alegraré que a la llegada de ésta, sí, eso es, su hermana, porque tiene que ser familiar directo.

Reme se dormirá pensando en Tomasa, buscando las palabras que escribirá en la primera carta. Ha de encontrar la forma de hablar de sus compañeras sin que la funcionaria que censura la correspondencia se dé cuenta. A Elvirita la llamará la niña de la maleta, y Hortensia será la madre de la chiquilla de ojos azules que no quería nacer. A Sole, no sabe cómo llamar a Sole. La puerta abierta de la jaula. La jaula abierta.

Sí, Sole será la jaula abierta.

# 13

Querida hermana: me alegraré que a la llegada de ésta te encuentres bien. Tomasa está en el centro del patio,
con su sobre en la mano. Había corrido a esconderse al ver
llegar a la paquetera con el correo, como hacía siempre, y
cuando escuchó su nombre volvió a correr, esta vez hacia
el centro del patio, con la mano extendida y los ojos fijos
en el sobre que llevaba su nombre. Querida hermana, leyó. Reconoció a Reme por las cosas que le contaba. Reconoció a Hortensia en la madre de la niña que no quería nacer. Reconoció a Sole en la puerta abierta de la jaula y supo
que seguía en Francia, aunque la palabra Francia estuviera
tachada. Leyó Querida hermana y se paseó de un lado a
otro para que todo el mundo viera que había recibido una
carta. Mira, me ha escrito mi hermana, le dijo a la mujer
que lloraba el día de la Merced, a Josefina. Mira, me ha escrito mi hermana, le mostró la carta a la chivata.

—No sabía yo que tuvieras una hermana.

—Ni falta que te hacía.

—¿Por qué no te ha escrito antes?

—¿A ti qué carajo te importa?

Tomasa no dirá a nadie que su hermana no es otra
que Reme. No lo dirá. Dobló la carta, la metió en el sobre

y mirando de lado a la chivata, que se rascaba con furia los brazos, se alejó de ella.

Desde que Reme se marchó, desde que se marcharon una a una las compañeras de su antigua familia, Tomasa pasea siempre sola por el patio. No le gustan las camaradas de su nueva familia. No le hacen gracia sus risas ni sus bromas. No ha hecho amistad con ninguna, ni siquiera con Josefina, que se esfuerza en ser amable con ella. Sólo Josefina se esfuerza. Las demás la miran mal, sobre todo cuando dividen la comida de los paquetes y la cuentan una y otra vez antes de darle su parte, y Tomasa come con la vista fija en el suelo.

Con el sobre en la mano, recorrió el patio a derecha y a izquierda. Mira, mira, me ha escrito mi hermana, repitió a las presas que se cruzaban con ella. Y se sentó en el banco donde, hacía tanto tiempo, tomaba el sol durante diez minutos al día, cuando Sole la alimentaba con una sonda a través de la cerradura de su celda de castigo. Sole, la camarada comadrona de Peñaranda de Bracamonte, la puerta abierta de la jaula. Tomasa apretó el sobre contra el pecho y buscó con la mirada la ventana de la galería número dos derecha. Desde allí, Reme, Hortensia y Elvira la miraban. Cuánto tiempo hacía de aquello. Cuánto tiempo. Imaginó las tres cabezas asomadas al cristal. Cuánto tiempo. Sentada en el banco contemplaba la ventana. Pero no estaba triste. Pronunció tres nombres en voz baja, para dejarse llevar por la añoranza. Hortensia. Elvira. Reme. Porque la añoranza tiene hoy tres nombres. Hortensia, la mujer que murió sin que Tomasa pudiera despedirse de ella. Elvira, la niña pelirroja que se fue sin su maleta. Y Reme, Querida hermana.

La soledad de Tomasa se aliviará cada quince días, cuando reciba puntualmente una carta de Reme y ella se siente en el banco y mire hacia la ventana; y cuando comparta con su nueva familia los paquetes que Reme le envía.

—¿A qué se dedica tu hermana, Tomasa?

—Es costurera. ¿Por qué?

—Porque parece rica por los paquetes que te manda.

Es la chivata, que recela de los envíos y de las cartas que recibe Tomasa.

—Pues no es rica, pero es de buen corazón, y me quiere mucho.

—¿Y le ha salido el corazón de repente, o lo ha llevado escondido hasta ahora?

—Métete en tus cosas, carajo, que la vela de este entierro no la vas a llevar tú.

La correspondencia y los paquetes de Reme se convertirán en el orgullo de Tomasa. Levantará la vista para comer. Y en las reuniones del Partido, presumirá al dar cuenta de las noticias que recibe de Reme. Querida hermana: la niña de la maleta volvió a ponerse malita. ¿Te acuerdas cuando cantó nuestra canción?, pues igual de malita. Pero ya está buena. No he podido ir a verla porque está con su hermano, pero sé por unos amigos que ya está buena y que vuelve a cantar, para que un día cantemos otra vez todas juntas. Así supo Tomasa que Elvira se encontraba con El Chaqueta Negra en Cerro Umbría. Así supo que la niña pelirroja estuvo a punto de morir por segunda vez.

—Elvirita está de guerrillera.

Y así presumirá ante sus camaradas.

—Con El Chaqueta Negra.

Pero serán las réplicas de sus compañeras las que hagan entender a Tomasa por completo lo que Reme le cuenta a medias en sus cartas.

—Sí, la niña le ha puesto los mismos cojones que el hermano, que está organizando la guerrilla para apoyar desde dentro la invasión que se prepara en Francia.

—¿Para cuándo?

—Para cuando entren los aliados. Así que, cuando caiga Hitler, ya podemos hacer las maletas, que echan al enano.

Pequeñas noticias, pequeñas historias contará Tomasa.

—Mi hermana me ha escrito que Reme también trabaja para la causa.

Querida hermana: me alegraré que a la llegada de ésta te encuentres bien, yo trabajo en un grupo de ayuda a los familiares de los caídos por la patria en el otro lado de la ribera.

—Sí, en el Socorro Rojo.

Será por sus compañeras como Tomasa llegará a saber que Reme se puso a disposición del Partido al día siguiente de salir de la prisión, que forma parte de un grupo de ayuda a los familiares de los presos, al igual que sus hijas, y que no tardó en ser la responsable de la célula que se reunía en la Casa de Campo simulando una merienda campestre bajo dos árboles a los que llamaron Puerta Chiquita. Será así como llegará a saber que Reme fue detenida.

—La Reme ha caído. Está en Gobernación.

Será así como llegará a saber que la pusieron en libertad sin cargos a los diez días.

—Han soltado a la Reme. No le han sacado ni media, y la han largado.

Y con las claves que Reme le escriba, para evitar que la censura descubra su juego, Tomasa sabrá que su Querida hermana continúa en la lucha y se encuentra bien. He estado de vacaciones, me empaché con garbanzos durante diez días, pero ya he hecho la digestión. Los odio, los garbanzos. Sigo trabajando en lo mío, en lo nuestro.

Cada quince días, Tomasa recibirá una carta de Reme y presumirá de tener una hermana que sigue trabajando para que se acaben pronto los garbanzos. Y se sentará sola, en su banco frente a la ventana, para leer una y otra vez las palabras de Reme, que se despide de ella con la promesa de que irá a esperarla a la puerta de Ventas cuando salga.

Y así será.

Reme tardará muchos años en poder cumplir su promesa.

Pero la cumplirá.

## 14

Los objetivos de Jaime Alcántara se cumplieron en los plazos previstos. Organizó en brigadas pequeñas a los huidos que andaban desperdigados por los montes y dividió en sectores a los que estaban organizados pero actuaban en partidas demasiado numerosas. La creación de la Agrupación Guerrillera de Cerro Umbría se llevó a cabo en asamblea en el molino Antón, en la noche del primero de abril de mil novecientos cuarenta y tres, ante los jefes de todas las brigadas. Redactaron los estatutos, se distribuyó el territorio de actuación a las diferentes partidas recién estructuradas, y después de vencer las reticencias de algunos guerrilleros, que suscitaron numerosos enfrentamientos entre anarquistas, socialistas y comunistas, Jaime, Mateo y El Tordo firmaron el acta de constitución:

Acta de creación de la Agrupación Guerrillera de Cerro Umbría.

Hoy, 1 de abril de 1943, reunidos todos los guerrilleros que integramos este destacamento acordamos lo siguiente:

1° Constituir en principio con nuestras propias fuerzas, organizadas y

encuadradas militarmente, la Agrupación Guerrillera de Cerro Umbría.

2° Exponer nuestra adhesión incondi-
cional a la política de Unión Nacional
de todos los patriotas de España, y
constituirnos en brazo armado en la zona que operamos, bajo la dirección es-
tratégica de la Junta Suprema de Unión
Nacional Española, que dota al pueblo
español de una dirección nacional de
combate antifranquista por la salvación
de España.

Firmado: El Chaqueta Negra. El Cordobés. El Tordo.

La Agrupación la componían sesenta y dos guerrilleros. Uno de ellos era Elvira.

—¿Cómo estás, chiqueta?

—Ya estoy bien, no toso ni siquiera cuando corro.

—¿Has pensado ya el nombre que quieres ponerte?

—Me gustaría llamarme Celia, como la abuela, y
como Celia Gámez.

—Celia, pues.

—¿Te gusta?

Sí, a Jaime le gusta. Acaricia la melena corta de
Elvira y sonríe:

—Dentro de nada podrás hacerte la coleta y mover-
la para mí, Celia.

En la asamblea constitutiva de la Agrupación, se había planteado la exigencia de que todos los guerrilleros tomaran un nombre falso, para que en caso de ser capturados

con vida no pudieran delatar a sus compañeros al ignorar sus nombres auténticos. Elvira entendió bien ese punto del código guerrillero que redactaron esa misma noche, estaba de acuerdo en la necesidad de preservar la seguridad de los otros. Pero se negaba a aceptar otro punto que todos asumieron el compromiso de cumplir, y no sabía cómo decirle a su hermano que ella no sería capaz de hacerlo.

—Una cola de caballo muy larga, como a mí me gusta, chiqueta.

—Claro, y tú me quitarás el lazo, como aquel día.

—¿Cuál?

—Cuando le dijiste a mamá que te ibas a la guerra. ¿Te acuerdas?

—Sí, sí me acuerdo. Tú eras así de pequeña. Una niña mimosa que no tenía ni idea de que un día se llamaría Celia.

—Todavía soy mimosa.

—Ven, pues, que voy a hacerte unos cuantos mimos.

Jaime se acercó a ella, y comenzó a hacerle cosquillas. Las carcajadas de ambos se dejaron oír en el exterior del molino Antón hasta que Celia escapó y echó a correr hacia Mateo. Jaime la miró correr. Su cabello rojo prendía el aire en una llamarada corta que se encendía a su paso. Sin saber por qué, pensó en su abuelo. Pensó en el encuentro ante la puerta de la cárcel de Ventas. Recordó la expresión de su rostro, el dolor en su voz. Elvirita está dentro. Dentro, hijo, Elvirita está dentro. Hubiera querido que su abuelo la viera así, corriendo como la luz en la noche. Hubiera querido que su abuelo la viera libre. Libre. Pensó en el locutorio siniestro de Ventas. En su abuelo aferrado a la valla metálica. En su hermana aferrada en la valla contraria. Hubiera querido que su abuelo la viera correr en esta noche abierta, correr en libertad. Libertad. Su hermana corre, él la observa correr, sonríe, y se da la vuelta. Libertad, pronuncia en voz baja. Libertad, qué extrañas son las palabras que se resisten a ser pronunciadas sin que el rubor nos alcance. Y qué extraño es llamar libertad a una carrera en la noche, al cielo raso, al monte bajo, al frío y al calor, a un pañuelo en la boca, a un fusil en la mano.

—Mateo, Mateo.

—¿Qué te pasa, chiquilla?

—El Chaqueta Negra, que me quiere matar de risa.

—Mejor morirse de eso, ¿no?

Mateo limpiaba el cañón de su naranjero con un trapo sucio. Dejó de frotar su arma y enfiló el ojo a la mirilla. Elvira quiso decirle que se llamaba Celia. Pero sintió un pánico repentino al ver el fusil y le hizo la pregunta que poco antes no se había atrevido a hacer a su hermano:

—Mateo, ¿tú serías capaz de usar eso contra ti mismo?

—No lo sé.

Y dijo que no lo sabía porque le avergonzaba reconocer que ya tuvo la oportunidad de comprobar que no sería capaz, y que le pidió a El Chaqueta Negra que lo hiciera por él.

—Abróchate bien ese botón, niña.

Elvira se abrochó un botón de su camisa que escapaba del ojal.

—Pero yo te he visto jurar que lo harías. Has jurado que lo harías.

Mateo continuó limpiando su fusil.

—Lo he jurado porque creo que hay que hacerlo. Además, si te cazan vivo, preferirías estar muerto. Dalo por cierto, Elvirita. Dalo por cierto.

—Ahora me llamo...

Antes de acabar de decir que se llamaba Celia, El Tordo apareció de entre las sombras y se sentó junto a ellos.

—¿Cuándo nos vamos?

Mateo observó el cielo y achinó los ojos para contestar:

—Hace una hora que salió el primer grupo. Estate tranquilo, que nos queda nada y menos.

—No sé por qué coño tenemos que salir nosotros los últimos.

—Tú nunca sabes nada, ni puñetera falta que te hace. Cumple las órdenes y no preguntes.

—Órdenes, órdenes, eso es lo único que sabe hacer el hermano de ésta. A mí me gustaba más ir por libre.

—Eres como los socialistas, coño, que sólo saben poner en cuestión cualquier cosa que hagamos. Y ésta se llama Elvira, que ésta sólo se le dice a los burros.

—Me llamo Celia. Y lo que hace mi hermano se llama eficacia en la organización militar, a ver si te enteras, Tordo. Y acostúmbrate a que ahora ya no vas por libre.

Lo dijo en un tono que no dejaba lugar a dudas. Se llamaba Celia, y no estaba dispuesta a que nadie la llamara «ésta», ni a que los hombres la dejaran fuera de la conversación.

—Celia es muy bonito.

—No me trates como a una cría, Tordo, que yo he visto lo que ha pasado ahí dentro con algunos de los jefes de las brigadas. Y ahora veo que te han comido la moral los que acusan a los comunistas de pretender la hegemonía en la UNE al organizar las guerrillas. A ver si dejáis la rivalidad para el enemigo, y la desconfianza para los traidores, que ya está bien de enfrentamientos entre nosotros.

—Así se habla, Elvirita.

—Celia. He dicho que me llamo Celia.

—Celia, sí, maldita sea, que me he confundido, coño, joder.

Mientras maldecía, Mateo se golpeó la frente con el puño mirando a Celia con expresión de orgullo. Volvió a pronunciar el nuevo nombre de Elvira, Celia.

—Celia.

Y lo repitió, con una sonrisa en los labios.

—Celia.

Celia se alejó de ellos sofocando una leve tos. El Tordo la miró alejarse.

—Buena moza se está poniendo. ¡Y cómo habla!

—Deja de mirarla así, Tordo.

—¿Qué bicho te ha picado?

—A mí ninguno, y a ti tampoco, así que deja de mirarla de esos modos y de esas maneras. A ver si nos vamos enterando.

—Macho, que yo sólo he dicho que está buena moza. Ni que fueras su padre...

—Hazte cuenta de que lo soy, y átate esa lengua.

Desde la puerta del molino, El Chaqueta Negra les hizo un gesto. Hora de irse. Los dos hombres se pusieron en pie al mismo tiempo. El Tordo miró a Jaime, y después a Mateo:

—Conste que no era mi intención ofender a nadie. No vayas a ir diciendo por ahí que la he ofendido.

Mateo no contestó. Se dirigió junto a él hacia el molino y cuando El Chaqueta Negra dio la orden de comenzar la marcha, le pasó una mano por el hombro.

—Si te veo otra vez mirar a Celia con ojos de putero, te mato.

Durante el regreso al campamento de El Pico Montero, El Tordo caminó detrás de Mateo con la vista clavada en el suelo. Mateo caminó a diez pasos de Celia, protegiendo su espalda de las miradas de El Tordo, y mirando al cielo. Noche sin luna, noche de estrellas. Le gustaban las noches así, cuando el cielo se dibuja a sí mismo y las estrellas parecen el rastro luminoso de una explosión de luz. Le gustaba. Y en las noches de estrellas le gustaba buscar la de Tensi. Y buscó en la noche. La estrella de Tensi. Mira, la más chica que hay en el cielo, ésa, la más chica, te la doy yo a ti, le dijo cuando él le regaló los pendientes que había comprado en Azuaga.

—¿Y se puede saber por qué me das la más chica?

—Para que tengamos que estar siempre muy juntitos, so tonto.

—Ven aquí, so tonta.

Y la amó.

Y ella le pidió que la mirara.

Mírame.

Sí, Mateo pensó en Tensi mientras caminaba detrás de Celia, a diez pasos de aquella niña que llevó al puerto de Alicante, que ha dejado de ser una chiquilla y que ya no parece un muchacho.

Cuatro horas de marcha. Cuatro horas para añorar a Hortensia. Cuatro horas para asomarse al abismo de su pérdida, para enfrentarse de nuevo a su muerte, para hacer el amor en una estrella y sentir que le sobra la vida y le faltan los brazos. De no abrazarla. No abrazarla. Y le faltan los labios porque le falta su boca. Besos, caricias y relámpagos. Le faltan. Mírame, aunque yo no te mire. Nunca volverá a mirarla. Nunca. ¿Por qué Tensi está muerta? El monte no es sitio para una mujer. ¿Por qué permitió que bajara a las huertas de El Altollano? Ha de acostumbrarse al dolor. ¿Por qué no supo proteger a la mujer que llevaba un hijo suyo en el vientre? Acostumbrarse, para poder soportarlo. ¿Por qué Tensi está muerta?

El grupo ha llegado ya al campamento, y Celia se da la vuelta. Se dispone a hablar con Mateo. Pero no lo hace. Le mira. Y Mateo huye de su mirada. Y huye de ella. Se dirige a paso rápido hacia las hendiduras que forman las últimas rocas y se esconde entre las piedras. Para ocultar el llanto.

## 15

El sol había calentado en exceso la tienda de hule.
A pesar del techado de ramas verdes que habían cons-
truido sobre ella, el calor en su interior provocaba un sofoco que Celia no podía soportar. Las hijas de El Tordo
habían caído ya rendidas al sueño. Ella intentaba dormir.
Se secó el sudor que le resbalaba por el cuello y se incorporó para buscar la cantimplora. Le molesta la pistola en
el cinto. Querría quitársela, pero no está permitido dormir sin el arma. Es mejor el invierno. Aunque a veces el
frío sea insoportable. Recuerda con auténtico espanto las
noches de marcha, los pasos hundidos en la nieve, los
miembros helados, aun después de aplicarse el linimento
para atravesar un río. Pero es mejor el invierno. Tragó
agua fresca. Vació el resto de la cantimplora sobre su cabeza y se la colgó en bandolera. Se levantó. Salió de la
tienda y buscó el consuelo de una sombra. Su hermano
dormitaba tendido junto a su arma bajo el saliente de
una roca. Ella se recostó a su lado. También allí se asfixia-
ba. La piedra que les servía de techo les protegía de los
rayos del sol, pero acumulaba el calor, y ardía. El olor
del cuerpo de su hermano, que le llegaba en vaharadas
con el más mínimo movimiento que hacía, le asqueaba

tanto como el suyo propio. Hay que oler a monte, le dijo Mateo la primera vez que pidió jabón, o un poco de colonia.

—A monte, niña, para que no puedan seguirnos el rastro.

Y a monte olían, a monte sucio y sudoroso, pesado, caliente, lento y animal. El cansancio venció a la repugnancia, y Celia se quedó dormida. Habían caminado durante toda la noche. Y el día había sido largo, y hermoso. Fue un día hermoso, sí. Ella se sintió guerrillera, más que nunca, con su fusil al hombro, marchando con la partida de El Chaqueta Negra hacia El Llano. Fue un día hermoso. Tomaron un pueblo en nombre de la República en una operación militar perfectamente coordinada. Todas las partidas de la Agrupación Guerrillera de Cerro Umbría participaron en la invasión. Fue un día de victoria. Colocaron la bandera tricolor en el balcón del ayuntamiento, requisaron la pistola del alcalde, las armas y las municiones del cuartelillo, desvalijaron la caja fuerte del jefe de la Falange local y los vecinos les entregaron cestas repletas de alimentos. Eufóricos de éxito, durante la marcha de regreso al campamento entonaron el himno guerrillero. Caminaron toda la noche, y al llegar a El Pico Montero, llenaron el depósito de aprovisionamiento con el armamento requisado y el acopio de víveres, y volvieron a cantar.

Todos se admiraron al ver cantar a Celia.

—Pero si tenemos aquí a Celia Gámez.

Era El Peque, un jefe de Agrupación que había llegado de Toledo para coordinar la sublevación de los pueblos del interior. Tenía los ojos negros, la sonrisa generosa, fácil, y llevaba sombrero. Los hombres de su unidad le admiraban por su arrojo, pero también le temían. Aplicaba las leyes del monte con el máximo rigor. Y de él decían que no le temblaba el pulso al disparar cuerpo a cuerpo contra el enemigo, y aseguraban que no le temblaría tampoco al ajusticiar él mismo a los traidores. Eso decían. Y Celia pudo comprobarlo durante la ocupación del pueblo, cuando un muchacho gallego anunció en la plaza de la parroquia que deseaba abandonar la guerrilla, que no aguantaba más. El Peque le dirigió una sonrisa, le arrebató el arma que cargaba al hombro y miró a dos de sus hombres. Bastó una mirada. Los dos hombres encañonaron al muchacho y, ante la sorpresa de Celia, se lo llevaron a la calle que daba la vuelta a la iglesia. El Peque los siguió.

Cuentan que El Peque amenazó de muerte al gallego. Si te vas, te mato, dicen que le dijo. Y dicen que su mirada negra traspasó a aquel muchacho. Y que antes de que El Peque le apuntara con su arma, mojó los pantalones.

—Aquí mismo te despacho, tú decides.

Los cuatro hombres regresaron a la plaza. Uno de ellos pasó un brazo por los hombros del chico, otro le dio palmaditas en la espalda. El Peque le devolvió el arma, y sonrió. Nadie había visto nunca ternura en El Peque. Nadie. Nunca. Él la ocultaba bajo una sonrisa irónica, o tras una carcajada, en el preciso instante en que la sentía. Y ante el muchacho gallego de los pantalones mojados sonrió. Pero después de cantar el himno guerrillero en el campamento, aquel amanecer de agosto, la mirada negra de El Peque atravesó a Celia. Y ella sintió su ternura en lo hondo, en lo más hondo. Y para siempre.

Poco después, cuando Celia y las hijas de El Tordo se retiraban a dormir, El Peque las alcanzó de camino a la tienda:

—Cantas muy bien.

—Gracias.

Y al ver que El Peque pasaba junto a ella, Celia detestó oler a monte por primera vez.

—Mejor que la Gámez.

—No exageres.

—No exagero.

Ella se detuvo al llegar a la tienda. El Peque continuó caminando y sin volver la cabeza, agitó la mano para despedirse:

—Que duermas bien.

Pero no puede dormir. No puede. No pudo en la tienda y no puede ahora. Se ha despertado abrazada a su hermano. El calor de los dos cuerpos la ha despertado. Se incorpora. Mira a su alrededor. Todas las sombras están ocupadas. A lo lejos, ve a Mateo, con su fusil en bandolera y un cubo en cada mano. Se levanta, y grita:

—¡Cordobés!

Él se detiene y la espera.

—¿Vas a por agua?

—¿A ti qué te parece?

—Déjame ir contigo.

—Ni hablar.

—Por favor, necesito refrescarme en el río.

No es la primera vez que Celia quiere acompañar a Mateo cuando a él le toca ir al río. Ella sabe que es muy peligroso, por eso no le extraña que Mateo se niegue.

—Te he dicho que no.

—Anda, precioso, que no he visto a un guerrillero más precioso que tú. Mira cómo tengo la cantimplora, seca como un lagarto.

—Pues espérame aquí, que ya te la lleno yo cuando vuelva.

—Venga, Mateíto, no seas malo.

—No te pongas zalamera, chiquilla, y no quieras llegarme a las entretelas, que no me vas a llegar, no lo vas a conseguir por más que lo intentes.

No. No lo conseguirá. Por más que lo intente, Celia no conseguirá convencer a Mateo. Le verá desaparecer en el túnel de zarzas. Después, encaramada en la roca más alta, le verá llegar al río con un cubo en cada mano y su fusil en bandolera. Él sabrá que le está mirando. Soltará los cubos. Descolgará el naranjero de su espalda y agachado sobre el lecho del río, tomará agua entre las palmas y la lanzará con fuerza hacia atrás, por encima de su espalda. Y sonreirá, sin que la chiquilla pelirroja le vea sonreír. Para ella, sonreirá.

Así le verá Celia por última vez, salpicando el agua hacia su espalda. Para ella.

# 16

El abrazo de su hermana despertó a El Chaqueta Negra. Se dio media vuelta y vio cómo Celia charlaba con Mateo. Cerró los ojos. El calor sofocante le impedía conciliar de nuevo el sueño pero intentó volver a dormir. Recuperar a Pepita, ver cómo le resbalaba un mechón de la frente. Apretó los párpados. En sus ojos cerrados buscó a Pepita. Sus caderas se contoneaban en la casa de Ave María. La vio caminar hacia la cocina. Las flores de su vestido iban cayendo al suelo al ritmo de sus pasos. Sus zapatos estaban mojados. Jaime abrió los ojos. Sacudió la cabeza. Se secó el sudor de la frente y optó por levantarse. Hizo una ronda por los puestos de guardia, rechazando la visión de las flores marchitas en el suelo. Al llegar a la roca que ocupaba El Tordo, le ofreció un cigarro.

—¿Hace un cigarro?

—Hace.

Fumar a la luz del día requería una pericia que ambos dominaban. Ocultaban las brasas en la palma de la mano y expulsaban el humo poco a poco, dispersándolo en el momento mismo de exhalarlo.

—Hay que ir a la estafeta, esta misma noche te acercas.

—¿Has visto eso?

—¿El qué?

—Ese brillo, detrás de aquel árbol.

—Yo no veo nada.

Los dos hombres compartían una misma preocupación. Durante la toma del pueblo, un guerrillero de El Llano les había informado de que su enlace de Guadarrama había ido a Soto del Real a comprar víveres y no había regresado.

—No sé, pero no me da buena espina. A Soto era la primera vez que iba. Si no llega esta noche a Guadarrama, mañana os dejo aviso en la estafeta y os vais del cerro echando leches.

Los que suministraban a la guerrilla tenían la consigna de comprar en distintas tiendas y en distintos pueblos, para no levantar sospechas al adquirir alimentos en exceso.

—¿Conoce la situación del campamento?

—Perfectamente, su hijo está con El Tordo. Antes de que tú llegaras, subía ella misma con un burro. Me da a mí que la han trincado. Y esa mujer nos tiene dicho que no resistirá la tortura.

El guerrillero de El Llano no se equivocaba. El tendero de Soto del Real se extrañó al despachar las viandas, demasiadas para una sola familia, pero no avisó a la Guardia Civil. Sin embargo, el boticario dio parte en el cuartelillo, después de cobrarle el kilo de bicarbonato que le había pedido. Y la enlace de Guadarrama no resistió la tortura.

—Parece que allí brilla algo, detrás de aquel árbol.

Sí, algo brillaba detrás de un árbol. Jaime atisbó la lejanía, el breve movimiento de los matorrales que circundaban el cerro aumentó su alarma:

—¡Mira!

El Tordo hizo visera con la mano para mirar en círculo:

—No corre ni gota de aire, ¿qué coño es eso? Alguien está moviendo los matojos.

—¡Despierta a todo el mundo! Hay que largarse de aquí.

En ese instante, la luz del sol reverberó en el charol de un tricornio. Y luego en otro.

Y en otro.

Y en otro.

Los números de la Benemérita se acercaban al río, donde Mateo salpicaba agua hacia atrás.

Celia vio cómo los civiles cercaban a Mateo. Gritó su nombre:

—¡Mateo!

Mateo alzó la mirada. En un instante supo que estaba perdido. En un instante supo que debía alertar al campamento, y cómo hacerlo. Echó mano al naranjero. Y supo, en un instante, que a él no le cogerían con vida. El disparo del naranjero de El Cordobés desconcertó a la Guardia Civil. Los que aún estaban agachados se pusieron en pie. Los que aún se ocultaban descubrieron su posición.

Un disparo.

Celia reconoció el sonido del naranjero de Mateo, mientras alguien tiraba de su brazo para obligarla a bajar de la roca.

Un disparo, un solo disparo bastó para despertar a los guerrilleros que aún estaban durmiendo.

La Guardia Civil fotografió el cadáver de Mateo, y el de cada uno de los guerrilleros que murieron en El Pico Montero, y expuso las fotografías en los escaparates de las tiendas de todos los pueblos de El Llano. Seis hombres. Y una chiquilla. Los rumores que corrían señalaban la trampa en la que caerían los que reconocieran a sus muertos. Sólo unos pocos confiaban en que les entregarían los cadáveres, y no serían detenidos ni interrogados. Los demás miraban los retratos procurando controlar la emoción para que su rostro no les delatara al conocer la muerte de los suyos. Miraban. Guardaban silencio y se alejaban sin un gesto de dolor, sin una lágrima.

En casa, a escondidas, llorarán. Rezarán por ellos a escondidas. No hay duelo si no hay difunto. No encargarán ninguna misa, ningún responso, ningún funeral para sus muertos. Sus muertos no les pertenecen. No se pondrán de luto. Y no habrá redoble de campanas.

—No vayas.

Era un ruego inútil, y doña Celia lo sabía. Pero volvió a rogar:

—No vayas.

Los rumores habían llegado a la pensión Atocha. Pepita estaba recogiendo las migas de pan negro en su bolsita de terciopelo cuando el sepulturero llevó la noticia. Dicen, dijo, que detienen a todo el que reconozca a algún muerto y que a una mujer se la llevaron porque aseguró que ningún retrato era de El Chaqueta Negra. Un guardia civil la cogió del brazo y no dejó de empujarla hasta que llegaron al cuartelillo. Ahí dentro me vas a decir cómo tiene la cara ese bandolero y por qué lo sabes tú.

—¿Y era El Chaqueta Negra?

—No sé, nadie lo sabe, y digo yo que el que lo sepa se cuidará de ir diciéndolo.

Cuando se vaya el sepulturero, Pepita le pedirá a doña Celia que cuide de Tensi mientras ella se acerca a ver esas fotografías.

—No vayas.

Pepita no atenderá al ruego de doña Celia, aunque doña Celia insista:

—No vayas.

Saldrá de la pensión Atocha. Cerrará la puerta sin escuchar la voz que sigue implorando:

—No vayas.

Irá.

Va a tomar el mismo tren que la llevó hacia Jaime Alcántara cuando se llamaba Paulino. Y en la estación de Delicias, recordará los besos que se dieron.

Algas.

Subirá al último vagón, y se sentará en el último asiento sin advertir que en el primero se acomoda Reme aferrada al brazo de Benjamín.

Viajará asomada a la ventanilla, sudando sin notar calor, apretándose las manos sin sentir sus dedos, mirando sin ver un paisaje de mediados de agosto, amarillo y doliente.

Bajará al andén donde un día pisó sangre sin saber que la pisaba, y se dirigirá hacia el escaparate más próximo sin mirar atrás. Sin ver que Reme ha descendido del tren sujetándose el vientre, ni que Benjamín la lleva por los hombros y pregunta al jefe de estación por el aseo, porque Reme está enferma.

Caminará deprisa.

Apretará los labios.

Seis hombres y una chiquilla. Siete fotografías. Siete muertos.

Y unos ojos azulísimos que buscan ávidos en un escaparate.

Una pareja de guardias civiles hace su ronda y se detiene en la puerta de una mercería.

—¿Conoces a alguno, guapa?

—No.

Mintió. Conoce a uno. Sólo a uno. Tiene los ojos cerrados y la boca abierta.

Los guardias civiles buscan el amparo de una sombra. Bajo el toldo de la taberna contigua a la tienda, observan cómo Pepita se da media vuelta. El vuelo de su falda le acaricia las piernas.

Se va.

Un escalofrío le recorre el cuerpo. Conoce a uno. La primera fotografía, arriba a la derecha.

—Adiós, bombón.

Ella se marcha sin mirarlos. Lleva en sus ojos azules el rostro de la muerte. Y ellos miran sus pantorrillas.

Pepita camina controlando sus pasos. Piensa en Tensi. Su tacón izquierdo encuentra un adoquín que sobresale en el suelo. Recupera la compostura después de un ligero quiebro y atraviesa la plaza sin ver a Reme. Sin ver que Benjamín abanica a su esposa mientras ella se enjuga el sudor del cuello con un pañuelo. El malestar de Reme les ha obligado a buscar un banco a la sombra.

Hace días que Reme está enferma pero cuando los rumores de la exposición de fotografías llegaron a la calle Hermosilla, se levantó de la cama y quiso ir a verlas. Necesitaba saber si la chiquilla era Elvira.

—¿Estás mejor?

—Sí, vamos.

Pepita doblaba ya la esquina cuando Benjamín ayudó a Reme a levantarse del banco.

La mirada de Reme no se detuvo en los rostros de los hombres. No reconoció al marido de Hortensia. Tampoco Benjamín supo que la primera fotografía, arriba a la derecha, pertenecía al hombre que entró con él al locutorio, un día de Navidad, cuando su hijo y su nieto vinieron desde León y Pepita consiguió que les dejaran entrar a todos a la prisión de Ventas.

De los labios de Reme escapó un suspiro. La chiquilla no es Elvira.

Los guardias civiles la oyen suspirar:

—¿Qué le pasa, señora, la conoce?

—No.

—Pues tiene usted la cara descompuesta.

—Es que está enferma.

—¿Y no será que se ha puesto enferma de ver a estos?

—No, señor, venía ya mala.

Reme se sujeta el vientre con las dos manos y se dirige aprisa hacia la taberna. La sigue Benjamín, y la pareja de la Benemérita. Ella preguntará por el retrete, él pedirá un agua de limón para su esposa.

Cuando lleguen a la estación, el tren estará a punto de marchar. Pepita se ha sentado ya en el primer vagón, ellos subirán al último.

No es Elvira. No es Elvira. Reme lleva en los ojos aliviados la imagen de Elvira moviendo su melena roja.

Benjamín lleva en los suyos el horror, los ojos cerrados y la boca abierta de una de las hijas de El Tordo.

## 18

El que tiró de Celia para hacerla bajar de la roca fue
El Chaqueta Negra. Huye, le dijo, corre, corre. Y ella
corrió. Corrió. Sin mirar atrás y sin esperar a su hermano. Corrió, con el disparo del naranjero de Mateo
retumbando en sus oídos. Sin oír nada más. Un disparo, como un grito. Un alarido que la atravesó por dentro, que la atraviesa mientras corre junto a los demás en
desbandada. Corre. Apenas unos pocos quedan atrás.
Corre monte abajo con la pistola en la mano y la cantimplora vacía en bandolera. Su hermano organiza la fuga
instando a los que huyen, gritando que no abandonen las
armas, citándolos en el campamento de reserva, la base
de retirada para situaciones de emergencia. Pero ella no
mira hacia atrás. No oye a su hermano. No oye más que
el naranjero de Mateo. Ese disparo, y sólo ése, es el que
la hace correr. Corre. Huye de un grito que la desgarra
mientras corre. Llora. Corre. Siente que se ahoga. Suda.
Tose. Huye hacia El Llano. Tropieza. Cae. Se levanta.
Corre. Corre aunque las piernas no aguanten su carrera. Hacia El Llano. Aunque le falte el aire. Hacia El
Llano. Corre. Sin mirar a los que han tomado otro camino. Hace calor. Corre. Vuelve la mirada. Y está sola. Corre

monte abajo sola. Hacia El Llano. Siguió corriendo. Y sintió que se ahogaba. Las piernas no le respondían. Un golpe de tos. Se metió un pañuelo en la boca. La carrera perdía su fuerza. Cayó al suelo. Se levantó. Corrió unos pasos. Volvió a caer. Unos pasos más. Hacia El Llano. Miró a su alrededor y descubrió unos matorrales. Buscó cobijo y sombra, por un rato. Sólo por un rato. Se agachó. Entre los matorrales. Hacía mucho calor. Tenía sed. Le dolía el pecho y las piernas le temblaban. Oteó la lejanía. Nada. Nadie. Se sentó en la tierra. Se sacó el pañuelo de la boca y volcó su cantimplora en la lengua. Una gota resbaló como un regalo. Una gota. La paladeó. Atisbó de nuevo la lejanía. Nadie. Aprestó el oído. Silencio. Silencio y soledad entre el follaje. Ha de abandonar su escondite. Buscar a los demás. Y cuando estaba dispuesta a levantarse, escuchó el sonido de un búho. Tres veces. Sí, era el sonido de un búho. Ella contestó como abubilla. Tres veces. Los matorrales más cercanos se movieron. Alguien preguntó en voz baja:

—¿Quién eres?

Celia guardó silencio unos momentos antes de contestar:

—¿Y tú?

Las ramas comenzaron a separarse, y Celia vio cómo El Peque asomaba levemente el rostro.

Ella separó con las dos manos el ramaje que la cubría.

Él sonrió al ver a la muchacha pelirroja, que apartaba las ramas como si descorriera una cortina y asomaba poco a poco la cabeza.

—¡Celia!

También Celia sonrió. Una sonrisa triste, tristísima.

—Me he perdido.

El Peque se llevó el dedo índice a los labios. Celia se acercó a su oído.

—Mateo ha muerto.

—Sí, lo sé.

Los dos compartieron el dolor y el refugio.

Y hasta que cayó la noche, soportaron juntos la sed.

## 19

Con un barreño de cinc lleno de agua, Pepita sube a la azotea de la pensión. Mira hacia el cielo, y vuelve a llorar.

—Ya estáis los dos juntitos, Hortensia.

Desde que regresó de ver las fotografías, le asalta el llanto de repente, sin que ella sepa que va a suceder. Todos los días llora varias veces. Se le caen las lágrimas en cualquier momento, en cualquier lugar, aunque no esté pensando en tristezas.

—Aquí, al solito, que va a quedar el agua bien rica para mi niña.

Va a dejar el barreño al sol toda la tarde. Después, con el agua soleada, bañará a Tensi. Porque ya no tiene costura y puede entretenerse con la niña. Hace apenas una hora que entregó su último ajuar en la tienda de Pontejos. Cuatro juegos de sábanas, tres de toallas, dos mantelerías con sus doce servilletas de lino cada una, todo bordado con las letras $D$ y $M A$ dentro de un escudo floreado con capullos de lis, y un camisón de novia con tres filas de volantes de encaje de Holanda en el cuello y en los puños. La dependienta revisó el trabajo. Se llamaba Manolita.

—¡Qué hermosura! No es de extrañar que se esté corriendo la voz de que eres la mejor bordadora de Madrid.

Le pagó, pero Manolita no le dio otro ajuar, sino un recado de la dueña:

—Dice que ya te avisará.

Pepita salió a la calle confiando en que ya le avisaría, pero antes de llegar a la esquina, la alcanzó la dependienta y le habló en voz baja:

—No te va a dar más ajuares.

—¿Por qué?

—Le han dicho que tu padre y tu hermana eran rojos, y que tú estuviste detenida en Gobernación.

No eran necesarias más explicaciones. Pepita ya había perdido un trabajo por haber pasado unas horas en Gobernación, cuando don Fernando la sacó de allí y le dijo que ya no podía servir en su casa.

—Gracias por decírmelo, con Dios, Manolita.

—No hay de qué.

La dependienta miró a un lado y a otro y volvió corriendo a la tienda.

De camino a la pensión, Pepita entró en la iglesia de San Judas Tadeo. Prendió dos velas.

—Una para que me digas si Jaime está vivo, y otra para que me encuentres trabajo.

Se le caían las lágrimas. Y susurró implorando al patrón de los imposibles mientras depositaba una moneda de diez céntimos en el cepillo:

—Esta perra gorda es para el trabajo. Y si de hoy a mañana me entero de que Jaime está vivo, te echo otra.

Después de tranquilizar a Pepita cuando regresó llorando de la iglesia, doña Celia clavó un papel en la puerta de la pensión, y otro en la del portal de Atocha, donde se ofrecía costurera con experiencia.

No tardará Pepita en tener trabajo. Tres semanas más tarde, cuando esté bañando a Tensi, la dueña de la tienda de Pontejos llamará al timbre y preguntará por ella. Querrá saber si es Pepita la costurera que ofrece sus servicios en la puerta, se dice que es la mejor costurera de Madrid, y necesita hacerse un vestido muy especial, porque su marido va a llevarla al Sarao Romántico del Palace.

Atenderá Pepita a su primera clienta, le tomará medidas y le ordenará que le traiga el corte de tela, no sin antes compartir la noticia y carcajadas con doña Celia en la cocina.

—¿Se da usted cuenta, señora Celia? Esa mujer no quería que bordara para su tienda y ahora quiere que cosa para ella.

Y al día siguiente, por la mañana, bien temprano, bajará a dar las gracias a San Judas. Prenderá otra vela. Esta vez una sola. Una vela grande que ha comprado en la cerería que hay frente a la iglesia. Y depositará un billete de una peseta en el cepillo, para que el santo le diga si Jaime está vivo:

—Que se ve que cobras los imposibles por adelantado, y de uno en uno. Tú sí que eres listo. Un imposible: una vela, una perra gorda. Pues por éste te he echado una peseta, y he puesto un velón bien hermoso, que yo también soy muy lista y sé que los trabajos mientras más difíciles, más caros.

De regreso a la pensión, mirará hacia el cielo. Subirá a la azotea para tender una colada blanca y volverá a mirarlo mientras sacude una sábana y la sujeta bien estirada con dos pinzas:

—No sabía yo que los santos fueran tan peseteros.

Después otra sábana, y la siguiente. Cuando haya acabado, se quedará observando cómo se agitan con el viento. Y si no hay viento, moverá la cuerda con la mano. Le gusta el vuelo blanco de la ropa y el aroma que desprende.

—¡Pepita! ¡Pepita!

Es doña Celia, que asoma medio cuerpo por el hueco de la escalera. Lleva a Tensi de la mano. La niña la llama abuela y le pide que la coja en brazos. Ella grita:

—¡Pepita, baja corriendo!

Grita, porque ha llegado el cartero.

—¿Qué pasa?

—¡Tienes carta!

Las escaleras que dan a la azotea son estrechas y empinadas. Pepita baja saltando los peldaños de dos en dos. El cartero aguarda en la puerta con una carta en la mano. Doña Celia no ha querido cogerla. Le ha pedido al cartero que espere un momento, porque Pepita le ha esperado a él durante mucho tiempo. Y ha extendido muchas veces la mano hacia una carta que nunca era suya. Y durante los últimos meses, desde el desastre de El Pico Montero, se desespera y llora cuando cierra la puerta y el cartero se marcha sin haber pronunciado su nombre. Pero en esta ocasión, lo ha pronunciado. Y doña Celia quiere que Pepita lo oiga, y que tome la carta que es suya en su mano.

Oirá Pepita su nombre.

Y temblará al extender la mano.

—Gracias.

Llorará al darle la vuelta al sobre:

Remitente: Jaime Alcántara.

Leerá en el reverso Jaime Alcántara. Besará el sobre. Abrazará al cartero y a doña Celia. Extenderá los brazos hacia Tensi. Y bailará con ella.

La alegría de Pepita no disminuirá cuando lea el primer párrafo en su habitación y comprenda desde dónde ha llegado esa carta, ni cuando tome el sobre que había abandonado sobre la cama para comprobar la dirección del remitente:

Prisión Central de Burgos.

Jaime está preso. Está preso, sí. Pero está vivo. Y ha escrito para decirle que la sigue queriendo. Está vivo. No ha dejado de pensar en ella en todo este tiempo. La sigue queriendo. Y Burgos está muy lejos. Pero ella irá a verle a Burgos.

Irá a Burgos.

Sí, cuando acabe el vestido para el Sarao Romántico del Palace.

Irá, porque él la sigue queriendo.

Tomará medidas a la dueña de la tienda de Pontejos mientras repasa una a una las palabras que Jaime ha escrito en la carta. Le probará el vestido muchas veces, porque su clienta quiere llevar el disfraz más romántico del baile. Conversará con ella sin prestarle mucha atención, y sabrá por lo que escucha a medias que presume de amor. Sí, presume de amor mientras Pepita le pincha con un alfiler al ceñirle el talle. Presume, porque su marido la ha invitado al baile, donde habrá cinco orquestas, y actuará Minerva, y habrá un recital de poesías y un fandango final con Ana de España y sus ocho parejas de baile, cena en el Salón Rojo, y vals en el Jardín de Invierno. Sí, presume del baile del Palace, adonde acudirá lo mejorcito de Madrid, y presume de amor. Se ruboriza cuando habla de su marido. Y más de una vez se le escapa un suspiro. También Pepita suspira cuando la oye suspirar, mientras piensa en las cartas que recibe desde Burgos cada quince días.

Suspira la clienta.

Y suspira Pepita.

## 20

Poco antes de la fiesta que ofrece la Asociación de la Prensa en el Palace, el vestido estará acabado. La dueña de Pontejos enviará a su dependienta, a Manolita, a recogerlo a la pensión Atocha. Manolita le entregará a Pepita un regalo de Navidad de parte de su señora: la barra de labios que la perfumería Roberta obsequia a los que compran la entrada del Sarao en su establecimiento, y unas medias de cristal que le quedan pequeñas.

Pepita cobrará el trabajo, aceptará el obsequio y rogará a la dependienta de Pontejos que espere en el pasillo, porque está acabando de envolver el vestido en la cocina. Pero antes de que acabe de envolverlo, sonará el timbre de la puerta.

—Es don Fernando.

Doña Celia le anuncia a Pepita que don Fernando pregunta por ella.

—¿Don Fernando, el señorito?

—El mismo.

—¿Y qué quiere?

—Verte, me ha dicho.

Pepita recibió a don Fernando en la cocina. Y mientras él pestañeaba, ella continuó envolviendo el vestido sobre la mesa.

—Usted dirá, señorito.

—Es Navidad.

Ante aquel anuncio tan inesperado, Pepita levantó la vista. Apretó tres cabezas de alfileres que sujetaba entre los labios y emitió un sonido que don Fernando interpretó como un Noticias frescas. Aun así, el doctor Ortega volvió a decir:

—Es Navidad.

Y Pepita no tuvo más remedio que sacarse los alfileres de la boca.

—¿Ha venido usted a decirme que es Navidad, señorito?

—No. Pero he sabido que tu novio está en Burgos, y como es Navidad...

—¿Cómo ha sabido usted eso?

—Todo se sabe. Y como es Navidad, he venido a preguntarte por él, y no quiero dejar la ocasión de ofrecerte un aguinaldo.

Don Fernando sacó la mano del bolsillo, y le extendió unos billetes.

—Guarde eso, señorito, no me ofenda.

—Estoy en deuda contigo, Pepita, y ésta es una buena ocasión.

—Usted no tiene cuentas pendientes conmigo, de forma y manera que no me ofenda con unos dineros que no sé a qué cuento vienen.

—Es un aguinaldo, Pepita. Es sólo un aguinaldo.

Pepita toma los billetes de la mano extendida hacia ella y los mete en el bolsillo de la chaqueta de don

351

Fernando. Sospecha que bajo la excusa del aguinaldo se esconde un motivo oscuro que ella no llega a comprender.

—No se hable más, señorito. Le he dicho que me está ofendiendo.

—No quiero ofenderte, sólo quiero ayudarte.

—¿Me quiere usted decir por qué se siente en la obligación de ayudarme?

El doctor Ortega cerró la puerta de la cocina y contestó en voz baja:

—Porque tú me ayudaste a mí.

—¿Yo? ¿En qué menester, si puede saberse?

—No pronunciaste mi nombre.

Pepita acabó de envolver el vestido. Mientras prendía el papel de seda con alfileres, recordó la insistencia de don Fernando en preguntar si había mencionado su nombre el día que la sacó de Gobernación. Ahora Jaime está preso, piensa. Y piensa que don Fernando cree que Jaime sabe cosas que no tenía que saber. Miedo. Miedo tiene don Fernando. Y culpa. La culpa le duele en la conciencia y se le enreda en los ojos cuando mueve las pestañas. Se le enreda, Pepita lo comprobó la última vez que se vieron. Ella cruzaba la calle y se encontraron de frente. Don Fernando iba con su padre y del brazo de doña Amparo, que ya no vive en la torre como una paloma. Pepita quiso pararse a saludar. Pero doña Amparo le dijo adiós y siguió caminando, y ellos, los dos, se miraron, y luego inclinaron la cabeza a su paso. El padre sonreía, el hijo no dejó de pestañear. Miedo y culpa. Por miedo la echó de su casa y le roe la culpa por eso. Don Fernando sólo la sacó de Gobernación para que no pronunciara su nombre, y ahora sabe que Jaime está preso y pestañea por si lo pronuncia él.

—Mal pago me dio echándome de su casa, no quiera lavarse la conciencia en la mía. Mal pago me dio, no vuelva a figurarse que puede pagarme algo más. Lo que usted viene a comprar no está en venta.

—Pepita.

—¡Ni Pepita ni leches! ¡Váyase de aquí ahora mismo!

Doña Celia oirá los gritos de Pepita. Y acudirá a la cocina:

—¿Qué pasa?

—Nada, señora Celia, que el señorito se va.

—Pero ¿qué ha pasado?

—Nada, ya me iba, es cierto.

Mientras don Fernando salía, Pepita se acercó a su oído, tiró de su brazo, escondido bajo la capa española, y le obligó a acercarse:

—Y vaya tranquilo, señorito, que su nombre queda guardado, y si no se ha voceado hasta hoy, quiere decirse que no se voceará, haya o no haya dineros de por medio.

—Yo sólo quería...

—Ya sé lo que usted quería, y ahora usted ya sabe que lo que viene a comprar no está en este comercio. Con Dios, señorito.

Pepita le regala una media sonrisa.

Don Fernando pestañea.

Al día siguiente del Sarao Romántico, Pepita comenzará a recibir encargos y se verá obligada a dar citas para atender a las clientas. Porque su vestido de época causará sensación cuando la dueña de la tienda de Pontejos entre al Salón Rojo del Palace. Sus amigas le preguntarán por su modista, ella recelará ante la posibilidad de compartir a la mejor costurera de Madrid. Y será su dependienta, Manolita, la que corra la voz entre las clientas de todos los comercios de la calle y de la plaza de Pontejos.

Y se correrá la voz. La creadora del vestido más bonito del baile vive en Atocha, en la pensión de doña Celia.

Pepita ha de organizarse. La mejor costurera de Madrid tendrá cola en su puerta. Pero la primera cita ha de ser después de Reyes, a su regreso de Burgos. Ahora va a comprar dos billetes de tren, porque irá con doña Celia y con la niña a ver a Jaime. Dos billetes, porque la niña no paga. Con lo que ha cobrado del vestido tiene suficiente. Irán las tres.

Ella se pondrá su mejor vestido, el mismo que usó para ir a la calle Ave María la primera vez que deseó ser hermosa, el de flores moradas y falda de vuelo que fue de Almudena. Le ha reformado el escote y las mangas, según la última moda, y le ha quitado un poco de vuelo a la falda.

Porque de nuevo desea ser hermosa.

Llevará medias de cristal.

Y se pintará los labios.

## 21

Una partida de ajedrez para ocupar la mente. Jaime
busca la calma. Un movimiento de alfil para olvidar un
sueño que se repite una y otra vez. Pepita camina hacia
la cocina, lleva mojados los zapatos, las flores de su vestido caen al suelo. Una partida contra la desolación y la
derrota. El Cordobés ha muerto. Una partida de ajedrez
contra el desasosiego. El camarada que no se separó de él
desde que se conocieron en la escuela guerrillera de
Benimamet ha muerto. Mueven blancas. El que se llamaba Felipe ha muerto llamándose Mateo Bejarano.
También El Tordo ha muerto, no pudo proteger en la
huida a una de sus hijas y cayeron los dos abatidos por
la espalda. La torre amenaza al alfil. Una partida de ajedrez para que Jaime deje de pensar en los acontecimientos que se han sucedido uno tras otro en desbandada. El
desastre de El Pico Montero provocó que la Agrupación
Guerrillera de Cerro Umbría se desintegrase cuando
acababa de ser constituida. Jaque a la reina. Él bajó a su
hermana de la roca. Tiró de ella y la llevó a la salida tra-
sera del campamento. La vio correr. Todos corrieron.
Ella se alejó monte abajo. Llevaba su pequeña pistola en
la mano.

—Mueves tú.

—Jaque al rey.

Los que lograron escapar aguardaron escondidos a que pasara el día. Por la noche se reagruparon en el lugar acordado para estas situaciones y allí mismo se decidió, a causa de la caída del Cerro en manos enemigas, que se incorporaran a la Agrupación Guerrillera de Extremadura y Centro. Esa misma noche supieron que el pueblo de El Llano que habían ocupado con éxito fue arrasado, fusilaron a los guardias civiles que habían entregado sus armas, desterraron a todos los vecinos, incendiaron sus casas y les prohibieron residir en su tierra, o aproximarse a una distancia menor de cincuenta kilómetros. El rey se enroca. Su hermana no acudió al punto de encuentro. No volvió a verla. Pero supo de ella un mes después, cuando Jaime se reunió con Jesús Monzón en una bodega de Ave María para preparar la ofensiva del Valle de Arán. Está a salvo, fue lo único que le dijeron, y él no preguntó más. Está a salvo. Él sólo ha de saber que está a salvo. Y es suficiente. Moverá peón tres, si no quiere dejar al rey al descubierto. Durante la reunión con el comisario político en Ave María, intentó alejar de su mente la imagen de Pepita. Sus zapatos mojados, su vestido de flores. No pudo evitar el recuerdo de su pesadilla recurrente. Dudó al salir a la calle, y en la esquina con Magdalena volvió a dudar, Pepita vive tan cerca. Sería tan fácil subir, perder un minuto y tenerla en sus brazos. Deseó verla, con su vestido lleno de flores, de nuevo lleno de flores. Dudó, pero no quiso ponerla en peligro, se mordió los labios y se fue directamente a la estación de Delicias. En el andén de los besos, pensaba en Pepita, en sus ojos de un color imposible, en el mechón que le resbala siempre en la frente y en sus labios esperando los suyos. Quizá por eso no advirtió que dos hombres le seguían. No pudo subir al tren.

—Jaque mate.

El rey cae sobre el tablero. Se asume la derrota. Se propone la revancha.

Otra partida.

El tiempo pasa entre las piezas negras y blancas. Hace frío en el patio. La malta que tomó en el desayuno ya no calienta su estómago. Es media mañana, y aún guarda en su bolsillo los cuatro higos secos con una almendra dentro. Hora del almuerzo. También su compañero de juego ha reservado el valor energético de los higos del desayuno para aguantar el hambre, porque rechazarán el rancho en el comedor, sopa de lechuga, maloliente y fría, o guiso de garbanzos, cuatro garbanzos bailando en agua sucia, peores aún que las populares «lentejas de Negrín» que se comían durante la guerra. Los higos, y un chusco de pan que acompaña a las gachas, aliviarán la hambruna hasta la tarde. Después de asistir al taller de ebanistería, donde construyen pequeñas cajas de madera que las mujeres rifarán por las calles de sus pueblos, bajarán a la cocina y se asarán unas patatas.

—Sales tú, Gerardo.

Volverá a perder. Volverá a creer que no le importa. Pero le importa. Demasiados fracasos, ajenos y propios, harán que busque en el ajedrez nimias victorias. Aprenderá estrategias nuevas, ataques y defensas que le liberen de la sensación de que ya no forma parte activa en ningún flanco. Jugará con pasión. Y en aquel penal, al que llaman La Universidad, estudiará los libros que logran engañar la censura, y esperará con pasión las cartas de Pepita, que no logran engañarla, mientras se convierte en un experto en la Historia del Partido Bolchevique de la Unión Soviética.

—Jaque.

Dos días faltan para el encuentro con Pepita. Dos días. Esperará, impaciente, dos días.

Dos días.

Aún le duelen los riñones y sangra al orinar. Y los dedos también le duelen, aunque las uñas ya le hayan crecido. Mi nombre es Jaime Alcántara. Soy prisionero de guerra. Jaime Alcántara. El Tribunal Militar le juzgó como Jaime Alcántara, natural de Belchite. No lo relacionaron con El Chaqueta Negra.

No fue condenado a muerte.

Se instruye la presente Causa como consecuencia de las investigaciones llevadas a cabo por la Brigada Político-Social de la Policía Gubernativa de esta capital, encaminadas al descubrimiento y desarticulación de las actividades clandestinas de carácter subversivo que venían desarrollándose por una serie de vecinos de esta capital que se proponían reorganizar el Partido Comunista, interviniendo unos folletos publicados bajo el título "Guía de Bibliófilo" que tenían varios artículos del periódico clandestino *Mundo Obrero*.

El presidente del Tribunal era coronel, tenía un bastón de mando. Cuando el abogado defensor intentaba una alegación, el coronel golpeaba el bastón contra el suelo.

Primero leyeron la lista de los condenados a muerte. Un nombre tras otro, de corrido. Sin temblar. Después, las condenas restantes, pronunciando el nombre del procesado y la pena correspondiente.

Jaime Alcántara, treinta años.

—Mate.

—Estás aprendiendo tú mucho.

Pequeñas victorias.

—¿Echamos otra?

—Luego.

Sí, luego, más tarde volverá a jugar. Ahora desea pasear por el patio.

—¿Te ayudo?

—Gracias, ya puedo yo.

Puede apenas caminar. Pero camina. Y piensa en Pepita. Iré con la señora Celia y llevaré a la niña, le había escrito en su última carta. Se llama Tensi, como su madre. Piensa en Mateo, va a conocer a su hija; él no llegó a conocerla. Dos días. Y recuerda a Hortensia, la mujer que aprendió a escribir en los muros de la Casa Grande de Don Benito. Con un lápiz gastado aprendió, él le llevaba la mano.

—Así, ¿ves?

—Así, sí. Pero si me sueltas, me viene el lío. Y me sobran o me faltan letras.

—Tú escribe, que yo entiendo. Yo sé la letra que sobra y la que falta.

—¿Y sabes poner la que falta y quitar la que sobra?

—Tú no pienses en eso. Tú sólo tienes que escribir una palabra, juntar las letras y pensar que está bien.

—Claro, que la letra que sobra ahí en otro lado está faltando.

Jaime pasea por el patio. Apura un cigarrillo y aplasta la colilla contra el suelo. Se siente mal. Apenas puede dar un paso sin que el dolor le apriete en la vejiga, en los testículos. Don Gerardo se acerca. Le ayuda a llegar a la enfermería y pide por favor una bolsa de agua caliente.

Se aplicará Jaime la bolsa. El calor le ayudará a orinar. Sangre. No aliviará su dolor. Y sentirá rabia. Rabia, porque ha de recuperarse en dos días. Ha de entrar por su pie al locutorio. Dos días. Rabia, porque sabe que no podrá ser, que Pepita le verá caminar apoyándose en don Gerardo. Rabia.

Rabia, sí.

## 22

El locutorio de la Prisión Central de Burgos es triste y oscuro, pero silencioso. En lugar de valla metálica,
dos muros a media altura acabados en barrotes hasta el
techo limitan el pasillo central. Los presos no reciben
muchas visitas, de modo que los funcionarios que vigilan
el pasillo pueden escuchar las conversaciones de todos y
detenerse a escuchar la que más interés les despierte. Pepita y doña Celia esperan. Cada una aprieta una mano de
Tensi. La niña mira a su alrededor con los ojos muy
abiertos. Ha visto a los familiares aferrarse a los barrotes
que tienen delante, pero el muro le impide ver que al
otro lado han entrado los presos. Pepita la alza en sus
brazos.

—Ahí están.

Doña Celia ha visto a don Gerardo. Pepita sólo dis-
tingue a dos hombres, uno apoyado en el otro.

—¿Dónde?

—Ahí.

Don Gerardo ayuda a Jaime a llegar hasta la verja.
Pepita se abraza a la niña mientras gime:

—¿Qué te han hecho?

Entre los barrotes, Jaime extiende hacia Pepita su mano derecha. Ella extiende la suya. No pueden alcanzarse. Pero sienten que se están tocando los dedos.

El funcionario les ordena que se retiren. Jaime mira los ojos azulísimos que tiene enfrente.

—¡Cuánto tiempo sin ver ese color imposible!

—¿Cuál?

—El de tus ojos, chiqueta.

¿Me quieres?, preguntó ella. Te quiero, respondió él sujetándose a los barrotes porque le era imposible mantenerse en pie.

—Échate atrás, quiero verte el vestido.

Pepita da unos pasos hacia atrás, para que Jaime vea su vestido.

Lleno de flores.

Y Jaime sonríe, y le pregunta si la niña que lleva en brazos es Tensi.

Es Tensi, sí, aclara Pepita al regresar a la verja, y le pide a la niña que mire a Jaime:

—Mira.

—¿Eres mi papá?

—No, hijita, no soy tu papá.

Se parece a ti, le dice a Pepita, tus mismos ojos. Y después le ruega que pida unos pantalones que ha dejado en paquetería.

—Te he metido en el bolsillo la medida del largo. Es para que me los arregles.

Ella no sabe que en los bajos, Jaime ha escondido un manifiesto donde los presos piden que se levanten las penas de muerte. Aún no lo sabe. Pero lo sabrá. Lo descubrirá cuando se disponga a arreglar los pantalones y descosa el bajo. Y entregará el manifiesto en Puerta Chiquita, donde sabe que Reme se reúne con las mujeres que colaboran en el Socorro Rojo.

Pepita se acerca más a los barrotes. Grita, porque estaba acostumbrada a gritar en el locutorio de Ventas.

—Yo te he traído un paquete, y dinero.

—¿Por qué gritas?

—No sé.

—No vuelvas a traer dinero, el Partido se encarga de mí, tú ya tienes bastante con ese angelito.

El tiempo de la visita se acaba. El funcionario ordena a los presos que se retiren. Ahora es Jaime el que pregunta:

—¿Me quieres?

—Sí.

—Yo también te quiero, chiqueta.

Don Gerardo ayuda a Jaime a caminar. El vigilante se impacienta:

—¡Vamos, deprisa, cada uno a su brigada!

Los gritos de Pepita llegan a Jaime atravesando el aire:

—¡Volveré el año que viene!

Jaime gira la cabeza hacia atrás, hacia los ojos azulísimos, mientras se marcha:

—Escríbeme.

Se acabó el tiempo. Jaime ve cómo tiemblan los labios de Pepita, ve cómo agita la mano.

—Volveré el año que viene, amor mío.

Ahora llega la espera.

Esperarán un año para volver a verse. Se escribirán una carta cada quince días. La espera. Jaime regresa a la brigada apoyándose en don Gerardo. Jugará con él al ajedrez. Mientras espera. Espera las cartas censuradas de Pepita. Espera esas cartas, y las cartas de su abuelo. Esperar, esperar. Pamplona y Madrid se alternarán en el remite, una carta por semana. Él contestará las cartas. Alimentará de palabras sus afectos, para poder seguir viviendo. Y no es fácil. Palabras que engañan la ausencia pero señalan la distancia. No, no le resulta fácil saber que la vida transcurre fuera de la prisión, y que él es tan sólo un testigo inmóvil que asiste a los acontecimientos a través de los otros, desde lejos. Siempre desde lejos.

No es fácil, no.

## 23

Las ciudades tienen su propia historia. Pero tienen
también su historia ajena, pequeña y personal, una y
múltiple, la historia que escriben los que la llevan en un
rincón de la memoria. Jaime está en Burgos. Ha vuelto a
la ciudad donde nació, donde fue al colegio por primera
vez, donde su madre alejaba el miedo de la cabecera de
la cama, donde su padre le enseñaba a desfilar, soldadito
de plomo con espada de madera, donde aprendió a leer y
a escribir, donde tuvo su primera pelea, donde conoció
el placer de tirar de unas trenzas, donde adivinó el alcance de la palabra Pasión. Está en Burgos. Y en Burgos no
perderá su pasión. No la perderá, aunque a veces siente
que la está perdiendo. Aunque a veces siente que Burgos
está muy lejos. Con pasión continuará en la lucha, desde
Burgos, desde lejos, recordando a su padre, apasionado
en el ejercicio de la disciplina militar, recordando a su
madre, apasionada contadora de cuentos infantiles. Con
pasión asistirá en su brigada a las charlas políticas noc-
turnas. Leerá los partes de guerra ingleses. Debatirá con
sus compañeros sobre la marcha del conflicto bélico
mundial. Con pasión celebrará el avance de los aliados,
la toma de París, el repliegue de las fuerzas del Eje, y

alimentará la esperanza de que los gobiernos demócratas respalden a la Unión Nacional. Y lo hará con pasión, en el penal de Burgos.

Los guardianes permanecen en sus garitas, al calor de una estufa, y sólo interrumpen la actividad carcelaria para hacer los recuentos. La población reclusa puede moverse libremente por la prisión, salir al patio, bajar a la cocina, o reunirse en las brigadas para celebrar las reuniones políticas. Jaime asistirá al entusiasmo de la población reclusa por el desembarco de Normandía, al optimismo de los que hicieron las maletas, convencidos de que el fin de la dictadura franquista llegaría con ese desembarco, y a la decepción cuando supieron que las puertas de las cárceles no se abrirían tras la victoria de los aliados. Desde Burgos, asistirá a la impotencia del Gobierno republicano en el exilio, y a las razones que el Partido Comunista atribuye a las potencias democráticas para no intervenir en territorio español, que serán debatidas entre los presos aumentando el enfrentamiento que existía ya entre socialistas, anarquistas y comunistas:

—Hablan de la situación de España como «el problema español», ¿podéis creerlo? Simplemente somos eso, un problema.

—Me cago yo en esos demócratas.

—Pues límpiate con este papel, que aquí lo dice bien clarito, los comunistas tenéis la culpa. Si no fuera porque todo el mundo piensa que, si la República vuelve, el Gobierno sería para vosotros, nadie temería un satélite de la Unión Soviética en el sur de Europa.

—¿Y quién es todo el mundo, si se puede saber?

—No te pongas chulo, que el compañero tiene razón, sois vosotros los que la habéis jodido con tanto marxismo-leninismo.

—A ti te parto yo la boca.

—Atrévete.

Discusiones a las que se sumarán otros presos. Los que engrosan a diario las listas de la población reclusa. El último camarada que llegó ha traído malas noticias:

—Lo del Valle de Arán ha sido un desastre, un descalabro.

Jaime le ayudó a arrancar la última contraventana de madera, y colocaron encima su colchoneta para aislarla del frío y la humedad del suelo.

—Hay que convocar una reunión urgente.

Convocaron asamblea general. Y el recién llegado dio a conocer el fracaso de la Operación Reconquista de España y propuso como tema de discusión la responsabilidad de Santiago Carrillo en la retirada del Valle de Arán, el protagonismo excesivo de Jesús Monzón, su imprudencia, y el optimismo desmesurado y la ausencia de estrategia de la UNE para una invasión que contaba con un efectivo de siete mil guerrilleros españoles preparados para la ofensiva desde Francia, pero que no tuvo en cuenta la falta de apoyo desde el interior.

—Confiaban demasiado en la insurrección del pueblo, y el pueblo está hasta los cojones.

—Diez días ha durado la aventura, se acabó.

Desde la Prisión Central de Burgos, desde lejos, siempre desde lejos, Jaime asistió con sus camaradas al intento fallido de penetración por los Pirineos. Y a través de la prensa guerrillera que introduce un funcionario en la prisión, previo pago mensual de ciento cincuenta pesetas, se pondrá al corriente de que las Agrupaciones Guerrilleras continúan en la lucha armada a pesar del fracaso.

Las discusiones políticas les ayudarán a sentir que forman parte de la resistencia activa. Escribirán manifiestos y propaganda que distribuirán entre los presos y sacarán al exterior demostrando así que la lucha continúa en las cárceles. Jaime participará en el comité de agitación y propaganda y dará instrucciones a sus compañeros del taller de ebanistería para que oculten en las cajas compartimentos laterales, donde sacarán las octavillas que sus mujeres repartirán en autobuses y trenes. Y el tiempo pasará también en esas cajas. Porque el tiempo no se detendrá en Burgos, aunque Jaime sienta a menudo que lo está viendo transcurrir desde lejos. El tiempo y la pasión de Jaime lograrán engañar a los muros de la prisión, cuando Pepita abra esos pequeños compartimentos laterales en la pensión Atocha.

—Jaime.

—Dime, Gerardo.

Jaime tiene una carta de su abuelo en la mano. Don Gerardo tiene otra. Han estado esperando los dos toda la tarde, pero el funcionario que reparte la correspondencia estaba hoy perezoso y retrasó más de dos horas la entrega.

—¿Echamos la última cuando acabemos de leer?

—Bien.

La carta de don Javier es más corta que de costumbre. La letra más deformada. Más temblorosa la mano que la escribió. En apenas unas líneas, le cuenta a su nieto,

Querido nieto, que Elvirita fue a despedirse de él antes de marcharse de España y le dijo que ahora se llamaba Celia, como la abuela. Añade que él se encuentra bien, a pesar de la neumonía. Es leve, le escribe, es leve, tú no te inquietes. Pero Jaime no puede dejar de inquietarse. Las palabras de su abuelo le llenan de congoja. Su abuelo está enfermo. Y Celia está en Praga.

Acabará de leer la carta y, en el preciso instante de acabar de leerla, comenzará a esperar otra.

—Cuando quieras, echamos la última.

La última, sí. Su compañero ya no esperará con él, jugando al ajedrez, el momento de recibir una carta a la semana. No esperará con él el día de visita para bajar al locutorio una vez al año, ni regresará después con él a la brigada, para volver a esperar a que pase otro año. Porque su compañero obtendrá la libertad en el transcurso de la tarde. Un funcionario pronunciará su nombre y añadirá en voz alta:

—¡Que salga con todo!

Saldrá con todas sus pertenencias y una caja que le lleva a Pepita de parte de Jaime. Sus compañeros de brigada aplaudirán, y acompañarán con vítores su partida. Una fila de abrazos. Un llanto vivo. Él se cargará el macuto al hombro, y le entregará a Jaime el ajedrez:

—La próxima la echamos fuera.

Y en la puerta de la prisión, doña Celia le estará esperando.

# 24

Para celebrar el regreso de su marido, doña Celia ha invitado a Pepita y a Tensi a merendar en San Ginés. Chocolate con churros.

—¿Puedo comer todos los churros que quiera?

—Todos los que quieras.

La niña se muerde el labio inferior y alza los ojos calculando los churros que será capaz de comer. Doña Celia se aferra al brazo de don Gerardo con fuerza. Él le aprieta la mano. Ambos intentan ocultar su emoción ante Pepita, para que ella no sienta la ausencia de Jaime a través de la presencia de don Gerardo. Pero la siente, como un golpe, aunque también disimula su emoción y sonríe mirando a Tensi.

—Menudo atracón te vas a dar, chiquilla. Ya te estoy viendo comer con los ojos, y te estoy viendo esta noche con un cólico de muy señor mío.

Sí, Tensi despertará a Pepita de madrugada al darse la vuelta en la cama una y otra vez.

—¿Te quieres estar quieta y dejar de darme patadas, que pareces un rabo de lagartija?

—Es que me duele la barriga.

—Ya lo sabía yo, que no se puede ser tan ansia viva.

Después de vomitar la indigestión de los churros y el chocolate, Tensi busca el mimo de los convalecientes en los brazos de Pepita.

—¿El señor Gerardo es mi abuelo?

—Sí.

—Pero si tú no eres mi madre y él no es tu padre, no puede ser mi abuelo.

—Yo soy tu madre de mentirijilla.

—¿Y el señor Gerardo es mi abuelo de verdad, o de mentirijilla como tú?

—De mentirijilla, pero hay mentirijillas que son una verdad más honda que las propias verdades.

—Los niños de la escuela tienen madres de verdad. Yo quiero tener una madre de verdad.

—Tú tienes una madre de verdad que está en el cielo y otra de mentirijilla, tú tienes más madres que los demás niños, anda duérmete que es muy tarde.

—Pero ¿qué les digo a los niños que digan que es mentira que tengo un abuelo?

—Diles que hay mentiras que son verdades.

—¿Y a las monjitas también?

—También. Duérmete.

Por la mañana, cuando Pepita esté peinando a Tensi, la niña mirará el reflejo de ambas a través del espejo. Y por la tarde, cuando se dirijan a la Casa de Campo a reunirse con Reme, Tensi tirará de la mano de Pepita para que su tía la mire.

—¿A que me parezco a ti?

—Sí.

—¿A que me parezco como si fueras mi madre de verdad?

Es domingo y a pesar del frío, la Casa de Campo está más concurrida que de costumbre. Al llegar a Puerta Chiquita, el grupo de mujeres que simula haberse reunido para merendar rodea a Reme.

—Pobrecito.

—Te acompaño en el sentimiento.

—Es un consuelo que no ha sufrido.

—¿Qué ha pasado?

—El chico de Reme, que se le ha ido de repente.

Pepita se abre paso hacia Reme mientras las mujeres que van quedando a su espalda se lamentan:

—Ya se sabe que a esos angelitos no les dura mucho el corazón.

—Pero una nunca está preparada.

—Y menos ella, que llora los años que estuvo en la cárcel. Dice que los perdió de cuidar a su niño y que ha sido una mala madre.

—Mala madre no ha sido.

Reme abraza a Pepita.

—Mi niño.

—Ahora está en el cielo. Es un angelito del cielo y está mucho mejor que aquí. Mucho mejor que todos nosotros, Reme.

Después de intentar consolar a la madre que ha perdido a su hijo, las mujeres abren sus cestas. Sacan la comida que han podido reunir y Reme la distribuye en paquetes que harán llegar a los presos que no tienen familia.

—No es mucho.

No es mucho. No.

—¿Alguna traéis dinero?

Pepita lleva dinero. Y lleva también un manifiesto en la caja que Jaime le envió con don Gerardo.

—Hay que mandar esto al extranjero, para que lo publiquen los periódicos.

Antes de que acabe el año, el manifiesto será publicado. Las cajas de ebanistería cumplirán su función de palomas mensajeras y Pepita, sin pretenderlo, se convertirá en un miembro más del Partido Comunista en la clandestinidad, aunque jamás se afiliará.

—Yo lo hago por Jaime, ¿sabe usted? Yo no le debo nada a los suyos, señora Reme. De buena gana los mandaba a todos a tomar vientos.

Lo hace por Jaime. Lleva a la Casa de Campo los mensajes que él envía, rifa en el Rastro las cajas, o visita en nombre del Socorro Rojo las tiendas de comestibles que Reme le indica para llenar su cesta, por Jaime. Y reserva parte de lo que gana cosiendo para entregárselo a Reme porque sabe que ella distribuye entre los presos el dinero que recauda. Y Jaime está preso. Y siempre se niega a coger el dinero que Pepita le lleva una vez al año. Se reúne con Reme en Puerta Chiquita por Jaime. Pero todos los meses acude a la cita renegando del Partido.

—Los suyos a mí no me han traído nada más que disgustos, señora Reme.

—Mujer, ya será para menos.

—Disgustos, se lo digo yo, y a ustedes no les arriendo ninguna ganancia con tanta política cuando pase lo que quiera que pase, que pasará.

—Lo que quiera que pase será la libertad.

—Y los disgustos. Y si no, al tiempo.

Disgustos.

El último disgusto de Pepita se lo dio el arzobispado, hace un mes, cuando le negó el sacramento del matrimonio porque su novio era comunista. Jaime ya había firmado el poder donde designaba a don Gerardo para que, en su nombre y representación suya, contrajera matrimonio por poderes con Pepita. Pero el capellán de la Prisión Central de Burgos le dijo que tenía que abjurar de sus ideas políticas antes de casarse. Jaime se negó. El arzobispo dice que la culpa está en ti, añadió el capellán. Por mí no me preocupa, pero a mi novia le van a dar un disgusto, le contestó Jaime, y después le preguntó que si él se quitaría la sotana por alguna razón. Cuando el cura respondió que por ninguna, él le pidió que entendiera que un comunista tampoco abandona por ninguna razón su ideología.

—Así que ya lo ve, señora Reme. De aquí para adelante estoy expuesta a ir a Burgos y que no me dejen entrar, como me pasó el año pasado, que me dijeron que yo no era familiar y me tuve que volver sin verle. Menudo disgusto pasé yo, que para mí se me queda, que eso no lo puede saber nadie. Y el disgusto que pasaría él yo no me lo quiero ni figurar. Un año entero, que se dice pronto, esperando, ahorrando para el viaje, y venirme sin verle un momento siquiera, después de gastarme los dineros, que el poquito que hay lo podía haber echado yo en otra cosa. Y ahora resulta que después de los años me vienen diciendo que no soy familiar, y que el arzobispo no consiente en que lo sea porque mi novio es político. De modo y manera que no me venga usted diciendo que la política se hace para la libertad, porque lo que es libertad, yo sólo lo he visto en los chiquillos cuando meten los pies en los charcos y chapotean hasta que les da la gana.

A ella no le gusta la política. A ella le gustaría vivir en paz. Y estar en Córdoba. Y que Jaime no estuviera preso. A Pepita no le gustan las cosas que no entiende, y asiste a las reuniones mensuales, año tras año, aportando lo que puede aportar, pero no habla de política. Habla con sus compañeras de la muerte del hijo de Reme, de la boda de las tres hijas que le quedaban solteras, o de lo mayor que se está haciendo Tensi. A ella no le gusta hablar de política. Intervendrá en las conversaciones cuando las mujeres hablen de cosas que ella entiende, o cuando Reme llegue diciendo que por fin ha podido devolverle su maleta a Elvira, la chiquilla pelirroja que siguió en la guerrilla, luchando con las armas en la mano, más valiente que nunca, hasta que la mandaron a Checoslovaquia. Y cuando cuente que Sole, la comadrona de Peñaranda de Bracamonte, y su hija, que se la dejaron tuerta, se han exiliado en Méjico y colaboran activamente con el Gobierno republicano, o cuando anuncie que Antoñita Colomé, la cantante que ayudó a la fuga de Sole y de Elvira, ha tenido que huir a Francia porque le dijo a un falangista que toda su sangre era roja.

Pero cuando las mujeres hablen de que los aliados han ganado su guerra y ya tienen bastante con eso, indignadas al saber que no intervendrán en territorio español, y comenten que han creado la Organización de Naciones Unidas excluyendo a España, Pepita guardará silencio. Y cuando llegue la noticia de que Argentina, Portugal, la República Dominicana y la Santa Sede son los únicos países que mantienen sus embajadas en

España, a pesar de que la ONU ha propuesto como medida sancionadora la ruptura de relaciones diplomáticas, Pepita seguirá guardando silencio. Mirará a su alrededor, asistirá en silencio a los comentarios de sus compañeras sobre el aislamiento al que las potencias democráticas han sometido a España, sobre la crisis económica, el apoyo argentino, la visita de Eva Duarte, o las lentejas de Perón.

Pepita asistirá en silencio a las meriendas en la Casa de Campo, año tras año, de la mano de Tensi, que crecerá entendiendo las palabras que Pepita no quiere entender. Pepita se dará cuenta de que la niña mantiene los ojos muy abiertos y después de las reuniones busca a Reme para que le hable de su madre.

—Era valiente, muy valiente.

Pepita advertirá que Tensi mira a Reme con admiración.

Y que comienza a hacer preguntas que no le convienen:

—¿Qué es una célula, Reme?

Y dejará de llevarla a las reuniones.

—¿Por qué ya no traes a la niña?

Le preguntarán.

Y ella dirá que la niña se aburre, para no decir que es muy chica para que le pique la política. Y que ella no va a consentir que le pique.

Y continuará escuchando a sus compañeras en silencio, sintiendo que una araña negra y peluda teje sobre ella su tela pegajosa, y temiendo que su sobrina esté en casa rascándose una mordedura.

## 25

—Pepita.

—¿Qué?

—Estás en Babia.

—Me había distraído.

La reunión en Puerta Chiquita acaba de terminar. Pepita ha escuchado con alegría que Tomasa ya tiene una cama. La prisión de Ventas se ha descongestionado y cada presa tiene su espacio y su cama. Tomasa le ha escrito a Reme, y Reme ha leído su carta. Pepita ha escuchado las palabras de la compañera que llama hermana a Reme. Y ha escuchado después que las últimas Agrupaciones Guerrilleras van a ser disueltas, tras la desaparición paulatina de sus divisiones.

—Están cada vez más acosadas por los tercios móviles de la Guardia Civil.

—Y cada vez menos apoyadas por sus enlaces de El Llano.

—La lucha armada ya no tiene sentido.

La lucha armada ya no tiene sentido. Y Pepita piensa en Hortensia, que murió por luchar con las armas en la mano, más valiente que nunca. Y piensa en los que murieron en el Cerro, en la sangre que pisó en la estación el día que conoció a El Chaqueta Negra, y en la fotografía de los que tenían los ojos cerrados y la boca abierta.

—¿Pero te has enterado de algo?

—¿De qué? ¿De que se ha acabado la guerrilla porque ya no tiene sentido?

—Te has enterado de la mitad. Anda, vente conmigo al metro que de camino te explico lo que falta.

Sí, se ha enterado de la mitad. Pepita comenzó a pensar en los muertos cuando las mujeres anunciaban que el próximo año será Jacobeo. Pensó en los muertos. Y pensó en el dichoso Partido, que había mantenido la guerrilla inútilmente, durante años, para demostrar su fuerza, para hacerse notar, para que muchos de ellos murieran más valientes que nunca, sin sentido.

Y de camino al metro, Reme le explica que los hombres y mujeres que quedaban en el monte eran muy pocos.

—Ya han sufrido bastante, ahora tienen que irse. Nuestra lucha es política, y ya sólo puede ser política.

La lucha es política, y los que han luchado con las armas están muertos, en la cárcel, o en peligro.

—El año que viene es Jacobeo.

—¿Y qué pasa con eso?

—Que tienes que escribir una carta.

Tiene que escribir una carta, porque el próximo año es Jacobeo, y todos los familiares de los presos van a enviar un escrito al cardenal arzobispo de Santiago de Compostela solicitando que pida al Gobierno un indulto.

Pepita ha de pedir el indulto de Jaime.

Reme lo pedirá para Tomasa, su hermana, la extremeña de piel cetrina que ya tiene una cama.

Escribirá Pepita la carta. Y el día siete de enero de mil novecientos cincuenta y cuatro, recibirá un acuse de recibo donde el cardenal Quiroga Palacios Saluda y Bendice a Josefa Rodríguez García y le comunica que ha pedido con el más vivo interés el indulto a que hace referencia en su carta, habiendo recibido la contestación de que el Gobierno estudia con cariño esta petición, y le encomienda al Altísimo este asunto. Él nos ayudará, escribe a modo de despedida.

Él nos ayudará. El Altísimo. Pepita se repite a sí misma la frase, y acude esa misma tarde a la iglesia de San Judas Tadeo con un billete de una peseta para su cepillo. Él nos ayudará. Es martes, y la cola en la iglesia supera la plaza de Santa Cruz. Él nos ayudará. El Altísimo. Pepita esperará con paciencia repitiendo su deseo. Él nos ayudará. Entrará a la iglesia cuando le toque el turno. Prenderá una vela. Él nos ayudará. Y echará en el cepillo el billete de una peseta mientras dirige su mirada al santo.

—Échale tú una mano, San Tadeíto.

## 26

El indulto que el Gobierno ha otorgado con motivo del año Jacobeo no ha alcanzado a Jaime. Pepita escribe otra carta. Y esta vez le contesta el secretario particular del Excmo. y Rvmo. Sr. Cardenal Arzobispo de Santiago, Jesús Precedo Lafuente, Pbro.

En apenas la mitad de una cuartilla escrita a máquina,

El secretario saluda a su muy aprecia-
da en el Señor, Doña Josefa Rodríguez
García, y, por encargo de S. E. Rvdma.,
se complace en hacerle presente que el señor Cardenal ha recibido su atenta carta
del 3 de los corrientes. El Exmo. Prela-
do le encarga le comunique que solicitó
a su tiempo de las Autoridades competen-
tes un decreto de indulto en la forma
más amplia posible para conmemorar las
solemnidades jacobeas de este año. Lamenta S. E. que su familiar no haya sido
beneficiado por este decreto y anota su
nombre por si se le presenta ocasión
propicia para hacer alguna petición a su

favor. Se despide de ella cordialmente en el Señor, y aprovecha la ocasión para ofrecerle el testimonio de su distinguida consideración y aprecio.

Pepita lee en voz alta el Saluda. Jaime lo escucha y baja la mirada al otro lado de los barrotes. Cuando Pepita acaba de leer, Jaime alza la vista y encuentra al vigilante parado frente a él.

—Lo siento. Si necesitas algo...

Pepita no es capaz de controlar el llanto. Jaime la señala con la cabeza dirigiendo hacia ella la atención del funcionario.

—Déjame que la consuele.

—No puedo hacer eso.

—Sí puedes.

—Ya la dejo pasar sin que estéis casados, no me pidas más.

—Si no te pido más, tampoco te daré nada. Nunca. ¿Lo entiendes?

Sí, lo entiende. El vigilante es el que se encarga de pasar la prensa clandestina, y el Partido le abona generosamente el servicio. Y Jaime le entrega una propina adicional, una vez al año, para que espere a Pepita en la puerta y la haga pasar al locutorio antes de que otro funcionario le exija el libro de familia.

La mujer de ojos azulísimos no alcanza a escuchar la conversación entre los dos hombres, pero descubre en la mirada de Jaime un asomo de dureza que jamás le había visto. Jaime se levanta.

—Me vas a dar cinco minutos.

—Tú no sabes lo que me estás pidiendo.

—Cinco minutos.

Pepita se levanta, se aferra a los barrotes. Ve que el vigilante abandona el pasillo central y Jaime sale del locutorio. Unos minutos después, el funcionario que acaba de dejar el pasillo la toma del brazo.

—Venga conmigo.

Al final de una galería estrecha hay una puerta. Pepita sabe que detrás de aquella puerta espera Jaime. Lo sabe. Aunque no sepa por qué, lo sabe. Camina hacia la puerta guiada por el funcionario, que no suelta su brazo.

En efecto.

Jaime.

El funcionario ha abierto la puerta.

—Tienen cinco minutos.

Cinco minutos. El tiempo cuenta para Jaime por primera vez después de tantos años; cuenta y corre junto a Pepita, aunque sólo sea durante cinco minutos.

Ella le ofrece la boca.

—De cerca eres todavía más guapa.

Él le acaricia las mejillas y busca su mirada.

—Me quedan muchos años, perderás tu juventud si me esperas.

—Y tú de cerca eres más tonto. Anda, bésame.

Sin prisa. Se besarán sin prisa. Y en silencio y sin prisa se abrazarán, se tocarán las manos el uno al otro, se mirarán los dedos mientras los cubren de caricias, y sonreirán antes de encontrarse de nuevo en los labios. Durante cinco minutos.

Cuando el funcionario abra la puerta, Jaime le pedirá un minuto más.

—Está bien, pero sólo un minuto.

Un minuto más, para que Jaime vuelva a besarla. Para sentir en su boca las algas de un mar de un minuto. Un minuto.

—Tiene que irse ya.

Tiene que irse.

Se va.

Hace muchos años que Jaime sintió el mar en los labios.

Se va.

Pasarán muchos años hasta que vuelva a besarla.

Se va.

El funcionario ya ha cerrado la puerta.

# 27

Después de recoger una caja que Jaime ha dejado para ella en paquetería, Pepita abandona el penal de Burgos más triste que nunca.

Más triste que nunca caminará hacia el autobús que la llevará a Burgos. Más triste que nunca tomará el tren de Madrid. Y cuando llegue a la pensión Atocha, con sus ojos azulísimos más tristes que nunca, doña Celia y don Gerardo dejarán de apuntar entradas y salidas en el libro de contabilidad, se retirarán los dos de la mesa de la cocina, e interrumpirán el intento de cuadrar el balance del mes, abrumados por la tristeza que descubrirán en la mirada de Pepita.

—¿Qué te pasa, hija?

—No me pasa nada, señora Celia.

—¿Cómo está Jaime?

—Así, así.

Tensi abandonará sobre su cama los cuadernos azules de su madre, cuando oiga la voz de Pepita. Antes de salir de la habitación, se detendrá frente al espejo del armario ropero, se ceñirá el talle con un lazo ancho de raso y se pondrá de puntillas. Después correrá a darle un beso a la recién llegada.

—¿Has comido?

—No.

—Ven, siéntate, que te voy a poner un plato de conejo con tomate, ya verás qué rico, lo he hecho yo.

—¿De verdad?

—De verdad de la buena.

El conejo con tomate reanimó a Pepita, que se levantó de la mesa en cuanto terminó de comer para lavar su plato cuando don Gerardo se retiró a dormir una siesta.

—Mira, mamá.

Tensi volvió a ponerse de puntillas y arrimó su hombro al de Pepita.

—Casi como tú.

—Todavía te falta.

—Anda, déjala en paz y sigue creciendo.

Doña Celia le quitó a Pepita el plato de las manos.

—Se te ve cansada. Ve a dormir un poco, ya lo friego yo.

Estaba cansada, sí, pero no podía ir a dormir. Jaime le había dejado en paquetería una caja de madera.

—Tengo que ir a llevar una caja a Puerta Chiquita.

—Voy contigo.

—No.

Hacía tiempo que Pepita se negaba a llevar a Tensi a las reuniones de la Casa de Campo, pero ella siempre volvía a insistir.

—Déjame ir.

—Tú te quedas con la abuela.

—Llévame, antes me llevabas.

—Pues ahora no, ¿estamos?

—Pero ¿por qué?

—No seas pelma, que hoy no tengo ganas de discutir.

Se fue sola a simular que participaba en una merienda campestre, y en su cesta llevó la propaganda que debía entregar a Reme.

Una de las mujeres había llevado una botella de sidra y vasos de vidrio. Era un día de celebración, y esperaban a Reme para brindar por los presos indultados. Tomasa era uno de ellos. La extremeña de piel de aceituna había salido de la prisión de Ventas con la cabeza erguida, apretando con fuerza el hatillo que había formado con sus escasas pertenencias y temiendo hasta el último instante que la puerta no se abriera para ella.

Temblaba.

Tomasa comenzó a temblar en el momento en el que empezó a recoger sus cosas. Y continuó temblando durante toda la mañana, mientras esperaba a la funcionaria que debía conducirla hasta la puerta. Josefina intentaba calmarla.

—Mujer, no estés tan nerviosa.

—Es que están tardando mucho en llamarme, carajo.

—Ya vendrán.

Sentada en la cama, abrazada a su hatillo, temblaba. Sin poder controlar su ansiedad, se mantuvo atenta al sonido del cerrojo de la galería central. Josefina se sentó junto a ella. Pero no tardó en levantarse, al escuchar unos gemidos desde la celda contigua.

—Ya está llorando otra vez.

Sí, otra vez lloraba su compañera de celda, una mujer de Granada que llevaba veinte años de reclusión y se desgarró en llanto al saber que le había llegado la menopausia.

Más de quince días llevaba llorando. Josefina intentaba consolarla. Mujer, más tranquila te quedas, le decía. Y la granadina continuaba gimiendo que su marido quería hijos, y ella también, y que durante el año escaso que estuvieron juntos lo anduvieron buscando.

—Y ahora me viene esto, cuando no me quedan ni dos meses para salir.

Tomasa temblaba. Oía el rumor de voces de la celda de al lado pero su oído se mantenía atento al cerrojo de la cancela. Sonaron las llaves. Chirrió el cerrojo. El taconeo de la guardiana llegó hasta Tomasa. Tomasa temblaba. Se levantó con su hatillo en la mano. Cerró los ojos. Contuvo la respiración y esperó en su celda. Tiembla, piensa, duda, y teme que la funcionaria pase de largo.

Pero no.

La funcionaria pronunció su nombre. Y Tomasa se despidió de sus compañeras. Abrazó a Josefina, la mujer que no reconoció a sus hijas el día de la Merced, y a la granadina que jamás sería madre. Y caminó despacio hacia la puerta de salida siguiendo a Mercedes, temiendo hasta el último instante que no fuera cierto. Pero la puerta se abrió. La puerta de la jaula, abierta.

Antes de girar la llave, Mercedes le tendió la mano, y la extremeña le ofreció la mejilla. La funcionaria la besó. Giró la llave. Habló en voz baja:

—Me alegro. Me alegro, de verdad, de que pueda marcharse de aquí.

La puerta abierta de la jaula se cerró a espaldas de Tomasa. Mercedes quedó dentro, aún se peinaba con un moño alto en forma de plátano.

Reme esperaba a su hermana al otro lado. Cruzó la acera al ver salir a Tomasa, al ver su desconcierto, y caminó aprisa del brazo de Benjamín. Pobre Benjamín.

Tomasa se abrazó a ella:

—Reme, la silla se me rompió hace años. La arreglé varias veces pero volvió a romperse la muy puñetera.

—¿Qué dices?

—Tu silla, la de anea.

—Déjate de sillas. ¿Qué quieres hacer, Tomasa? ¿Qué es lo primero que quieres hacer?

—Quiero ver el mar.

Quiere ver el mar. Y camina despacio por la Casa de Campo apoyada en el brazo de Reme. Un paso tras otro. Despacio. Reme sonríe. Mira a Benjamín. Y él le devuelve la sonrisa. Cómplices que saben que no es la edad de Tomasa la que le impide andar sin dar un tropiezo. Cómplices que saben que la extremeña que ha salido de Ventas con el pelo completamente blanco y la piel más cetrina que nunca ha de aprender a caminar.

—Mira lo que tengo, Reme.

Tomasa le enseña la cabecita negra del cinturón de Joaquina. El regalo que llevó siempre en el bolsillo en recuerdo de Las Trece Rosas.

—Es de las dos. Ahora quiero que la lleves tú.

Un brindis espera a los tres ancianos en Puerta Chiquita:

—¡Por la libertad!

—¡Por la libertad!

—¡Por la libertad!

Y cuando acabe la reunión, Pepita se despedirá para siempre de Reme y de Benjamín.

388

Para siempre, sí, porque Reme y Benjamín han decidido regresar a su pueblo.

—Nos volvemos para el pueblo.

—¿Cómo es eso?

—Ya ves, yo siempre había dicho que no volvería nunca. Pero somos ya viejos y queremos volver. Así que nos vamos, qué carajo.

Regresan a su pueblo y se llevan a Tomasa con ellos, porque Tomasa quiere ver el mar y su casa está al lado del mar.

Algún día Pepita también regresará a casa. Algún día, cuando Jaime pueda brindar por la libertad, regresará a Córdoba. Mientras tanto, seguirá acudiendo a las reuniones de Puerta Chiquita, añorando a Reme. Y continuará viajando a Burgos una vez al año, añorando a Jaime a su regreso.

Pero algún día, Pepita volverá a Córdoba.

—Si tú quieres ir, nos vamos.

—¿De verdad?

—Yo voy donde tú quieras, chiqueta.

La sonrisa de Pepita hizo sonreír a Jaime.

—Tengo una casa. Y la llave de la casa. Habrá que comprar algunos muebles, el dormitorio desde luego, que yo quiero mi propia cama y mi propio colchón. Nos casamos, y nos vamos a Córdoba.

Ella soñaba. Y él la dejaba soñar.

El semblante de Pepita perderá la expresión de entusiasmo poco a poco. Se tocará la barbilla mientras desciende sin prisa de su ensoñación. Apartará el mechón de su frente con un leve gesto de melancolía, dirá que aún hay tiempo para pensar en la casa y le preguntará a Jaime por la salud de su abuelo:

—Cómo está, ¿ya está bueno del todo?

—Mi abuelo ha muerto.

—¡Dios mío!

—Me mintió.

—No digas eso.

Le mintió, sí. En sus cartas siempre le decía que se encontraba mejor.

—No me permiten escribirle a mi hermana. Te he dejado un estuche de madera, para que lo rifes en el Rastro.

Pepita sacará una carta de la prisión, en el compartimento lateral de un estuche de madera que rifará en el Rastro una mañana de domingo. Llevará la carta a Puerta Chiquita y desde allí se encargarán de enviarla a Praga.

La carta tardará más de dos meses en llegar a manos de la chiquilla pelirroja que dejó de parecer un muchacho, pero llegará. Y Jaime sabrá que ha llegado cuando reciba la contestación en el fondo de una cesta que le llevará Pepita en su próxima visita, dentro de un año.

La respuesta de su hermana hará que Jaime descubra en el tiempo pasado un espacio en blanco que sólo puede llenar con palabras. Palabras. Las palabras que Celia escribirá al recibir la carta de Jaime, en Praga. Palabras que le harán saber que la carta ha llegado, que ella la ha tomado en sus manos emocionadas. Y la ha leído, en el comedor de su casa, ante la mirada atenta de su marido. Palabras que le harán saber que Elvira sigue llamándose Celia.

Su hermano la llama chiqueta. Querida chiqueta. Le dice chiqueta y le anuncia que don Javier Tolosa ha muerto. Nuestro abuelo ha muerto, querida chiqueta.

Un quejido escapa al aire. En Praga. Un suspiro. Celia se refugia en los brazos de su marido. Busca consuelo en su fuerza, en las manos que ciñen su espalda, en la seguridad que le inspiran las palabras que susurra a su oído:

—Tú podrás con todo, Celia Gámez.

Podrás con todo. Y Elvira escribirá a su hermano. Y llenará de palabras el vacío de los años que llevan sin verse. Le contará que después del desastre de El Pico Montero, ella continuó en la lucha, y tras el fracaso del Valle de Arán se unió a los guerrilleros que vinieron de Francia. Le contará que la falta de apoyo a la guerrilla la obligó a desistir. Le contará que se enamoró de El Peque el día que mataron a Mateo. Recuerda bien ese día. Corrió monte abajo con la pistola en la mano llorando la muerte de Mateo.

Y se perdió.

Entre unos matorrales la encontró El Peque. Su mirada negra la atravesó de nuevo. Él le entregó su ternura. Ella dejó de llorar entre sus brazos. Cuando la noche se cerró sobre ellos, El Peque le anunció que iba a regresar a El Pico Montero; quería recuperar las armas y las municiones que habían abandonado en el depósito de abastecimiento.

—Voy contigo.

Y regresaron al cerro.

La Guardia Civil había dejado retenes de vigilancia en el campamento. El Peque los descubrió. Celia no sabe cómo. Sólo sabe que cuando los dos se arrastraban por la cara norte, él giró la cabeza, se caló el sombrero que siempre llevaba puesto, aplastó el fusil contra su mejilla, le señaló la hendidura de unas rocas próximas, y le indicó con la mano que le siguiera. Al llegar al escondite, habló en voz baja, muy baja, dibujando las palabras en sus labios:

—Hay retenes de vigilancia. Tú espérame aquí. No te muevas por nada del mundo hasta que yo vuelva.

Celia permaneció escondida en el entrante de un canchal durante horas. Y El Peque no volvió.

Dos meses después, cuando Celia se incorporó a la Agrupación Guerrillera de Extremadura y Centro, le dijeron que El Peque había muerto intentando recuperar las armas de El Pico Montero.

Celia describirá a su hermano la inmensa tristeza de los camaradas al dar la noticia, y el luto que llevó ella por dentro durante diez años. Levantará la vista del papel recordando su dolor.

Escribirá, para que su hermano lea una carta dentro de un año. Para que el vacío del tiempo se llene de palabras. Para que Jaime reciba, dentro de un año, contestación a la carta que Pepita lleva en el lateral de un estuche de madera que rifará en el Rastro. Escribirá Celia, recordando una sonrisa, la de El Peque, en una noche de agosto calurosa y lejana. Recordando la ternura de una mirada buscando la suya entre los matorrales, cuando ella apartó las ramas y El Peque sonrió.

Escribirá, rememorando el frío de otra noche menos antigua, cuando el Partido consideró necesario la disolución de las agrupaciones guerrilleras y la enviaron a Checoslovaquia, y llegó a Praga agotada de un viaje en tren hacia el exilio.

En la estación te espera un camarada, es bajo y lleva sombrero, le dijeron.

Y a él le encargaron que fuera a recoger a una española que llegaba a las nueve. Una camarada que llevará un lazo rojo atado al asa de su maleta de cuero marrón.

Un año tardará en saber Jaime que Celia llegó a Praga con un lazo en la maleta de su madre.

Y al bajar al andén, Celia se encontró con El Peque.

Él se sorprendió al verla, le sonrió.

Los dos se sorprendieron al verse.

Celia recibió la mirada oscura de El Peque, su ternura. Y dejó en el suelo la maleta, y la huella de otro viaje.

—Vamos, vamos. ¿A qué vienen esas lágrimas?

—¿Por qué no volviste a buscarme?

—Fui, pero ya no estabas.

—¿Sí?

Sí, El Peque regresó al canchal al amanecer, apenas quince minutos después de que Celia decidiera abandonar su escondite. Unos meses más tarde, cuando se incorporó a la Agrupación Guerrillera de Levante y Aragón, a él también le dijeron que Celia había muerto, que le habían aplicado la «ley de fugas» intentando alcanzar la frontera francesa por los Pirineos. Diez años pasaron los dos creyendo que el otro había muerto. En la estación, Celia no podía controlar el llanto.

—Vamos, Celia, Celia Gámez.

—Esto está tan lejos, y yo ya no puedo más.

El Peque la abrazó.

Ella sintió sus manos rodeando su espalda. Y su voz en su oído.

Podrás con todo, le dijo, y podrás conmigo.

Un año tardará Jaime en saber que Celia y El Peque se casaron en Praga. Un año tardará en llegar la carta de Celia. Un año tardarán las palabras que aliviarán el desasosiego de Jaime, su desolación de horas marchitas, de noches huyendo de un sueño repetido donde las flores de un vestido caen al suelo.

## 29

—¿A Córdoba?

—Aquí ya no cabemos, señora Celia. En cuanto salga Jaime, nos vamos. Yo quiero mi casa, y él también.

—Si es cuando salga Jaime, ya hablaremos, aún queda mucho tiempo, hija.

—Ya está hablado, nos iremos a Córdoba.

Las dos mujeres charlaban mientras iban y venían de la cocina al comedor cargadas de platos y vasos, preparando las mesas para la comida.

—¿Jaime querrá irse a Córdoba?

—Me ha dicho que él va a donde yo quiera.

—¿Y Tensi? ¿Os llevaréis a Tensi?

Tensi leía los diarios de su madre en su rincón preferido. La luz del balcón iluminaba su perfil ensimismado. Pepita la observó mientras llenaba una jarra de cristal en el fregadero, bajo el grifo de agua fría. Le gustaba ver la expresión de su rostro cuando se abstraía en los cuadernos azules. Sentía que la madre acompañaba a la hija. Que las dos se unían a través de las palabras que Hortensia escribió para Tensi. Hace años que las lee en voz baja, arrimada siempre al mismo balcón. Pepita siente al verla que su madre también la está viendo. Y sonríe, porque Tensi se ha convertido en una joven muy hermosa. Y Hortensia la estará mirando embelesada, como la mira Pepita.

Doña Celia ha entrado en la cocina. Y ordena a Tensi que eche una mano:

—Anda, no seas gandula y pon tú la mesa para nosotras.

Era el día primero de mayo y don Gerardo no comería con ellas. Como todos los años, la policía se presentó en la pensión por la mañana temprano y se lo llevó a comisaría. Medida que aplicaban con todos los elementos perturbadores o sospechosos de serlo, para evitar altercados durante el día del trabajador. Él estaba acostumbrado, y doña Celia también. Aguardaban los dos en el vestíbulo, esperando el sonido del timbre para que la policía permaneciera ante su puerta el tiempo imprescindible. Ella le daba un beso y un bocadillo envuelto en papel de estraza. Y pasaba el día esperando a la noche. Bien entrada, él volvería a casa.

—Tensi, ¿me estás oyendo?

—Sí, abuela.

—Pues anda, espabila.

Pepita había acabado de llenar su jarra y se encontraba ya saliendo de la cocina, momento que Tensi aprovechó para acercarse al oído de doña Celia.

—Díselo tú, abuela.

—Hemos quedado en que se lo decías tú.

Desde la puerta, Pepita las oyó cuchichear y les preguntó qué se traían entre las dos con tantos dimes y diretes.

—Díselo tú.

—No, se lo dices tú.

—Pero empiezas tú.

—Bueno está, ¿lo queréis soltar de una vez, o no lo queréis soltar, que parecéis dos loros agarrados a un columpio? Con todos mis respetos, señora Celia.

Fue Tensi la única que habló:

—Quiero afiliarme al Partido.

La jarra que Pepita tenía en la mano resbaló y se estrelló contra el suelo.

—¿Quién te ha metido esa idea en la cabeza? ¿Ha sido usted, señora Celia? ¿Ha sido usted? ¿No ve que es una chiquilla?

—No te enfades con ella, que ella no ha sido.

—Entonces, ha sido el señor Gerardo. Pues mira la avería que tiene el señor Gerardo todos los primeros de mayo. Mira dónde está y dime si tú también quieres acabar averiada.

Doña Celia recogió los añicos del suelo y Tensi dejó sobre la mesa los cuadernos de su madre.

La mirada azulísima de Pepita se detuvo en las tapas azules, en la letra de Hortensia. Para Felipe. Para Tensi.

—Eres una chiquilla. Tan chica no puedes meterte en eso.

—Mamá, tengo dieciocho años.

—Pues ya está, muy chica, ¿verdad, señora Celia? ¿Verdad que es muy chica para esos berenjenales?

Los dedos de Pepita acarician los cuadernos que ha leído tantas veces en voz alta. Para Tensi. Ahora Tensi los lee sola. Hace tiempo que los lee sola, y también los ha aprendido de memoria. Pepita sabe que no podrá convencer a Tensi. Sabe que no podrá ir en contra de las palabras que escribió su madre. Lucha, hija mía, lucha siempre, como lucha tu madre, como lucha tu padre, que es nuestro deber, aunque nos cueste la vida.

No, no la convencerá. Y lo sabe.

—Tus padres pueden estar orgullosos de ti.

Se retira a su habitación y busca bajo la cama su vieja caja de lata. Regresa con ella a la cocina, saca los pendientes que compró Felipe en Azuaga, y se los entrega a Tensi:

—Tu madre me pidió que te los guardara hasta que fueses mayor.

Las manos de Pepita tiemblan al buscar en el interior de la lata. Saca un pequeño trozo de tela que guarda en el puño mientras vuelca la caja sobre la mesa de la cocina, porque busca algo más. La llave de su casa de Córdoba cae al suelo. Bajo su bolsita de terciopelo rojo, sobre las cartas de Jaime, doblado en cuatro y amarillo de años, encuentra un papel. Una sentencia.

—Ya eres mayor, Tensi, ya eres mayor para meterte donde quieras aunque yo no quiera que te metas, pero júrame que tendrás cuidado, júrame por la memoria de tu madre que tendrás mucho cuidado.

—Por las dos madres que tengo te lo juro, tendré muchísimo cuidado, tú no te preocupes por eso.

—¿Cómo no me voy a preocupar?

—Anda, mamá, no llores.

Tensi recoge la llave que ha caído al suelo. Limpia las lágrimas de Pepita con sus dedos, le da un beso en la mejilla, y le pregunta qué es lo que guarda en el puño.

A espaldas de Tensi, doña Celia mira a Pepita y niega con la cabeza. Suplica con un gesto que no le entregue a la hija el trozo del vestido de su madre. Hace tiempo que doña Celia ha dejado de ir al cementerio con su sobrina Isabel, y con unas tijeras. Hace tiempo que los familiares tienen permiso para enterrar a sus muertos. Pero doña Celia no ha olvidado el dolor que desfiguraba los rostros cuando ella entregaba los trocitos de tela. Pepita no lo ha pensado bien. Ella no quiere ver ese dolor en el rostro de Tensi.

Al ver la expresión de doña Celia, Pepita reconoce su error.

—¿No vas a decirme qué es eso que tienes en la mano?

Sin contestar a Tensi, Pepita mira a doña Celia. Mira la sentencia, y doña Celia vuelve a negar con un movimiento de cabeza.

—Mamá, que te estoy preguntando qué es lo que tienes en la mano.

Pepita recoge las cartas y la sentencia, besa el trocito de tela antes de guardarlo todo en la lata, y contesta que es un recuerdo.

—Es un recuerdo.

Sólo un recuerdo.

## 30

Va a cumplir cuarenta y dos años, Pepita. Se sitúa frente al espejo y observa las canas de sus sienes y del mechón que nace en su frente. Aún es hermosa, aunque ella sólo vea en su reflejo la necesidad de teñir su cabello y la amenaza de las arrugas que rodean sus ojos.

Unos segundos bastan para que Pepita se coloque el velo y huya de su propia imagen. Unos segundos, para que busque su caja de lata bajo la cama; para leer la última carta de Jaime. La carta donde habla de un rumor.

Queridísima mía: Corre un rumor por la prisión, cada día más fuerte, y siento que cada día es más cierto que pronto estaremos juntos. Muy pronto, chiqueta.

Sí, muy pronto.

Un rumor habla de la posibilidad de un indulto inminente. El Papa ha muerto. El indulto alcanzará a las condenas de treinta años que no hayan sido conmutadas por las penas de muerte, en su sexta parte.

Pepita vuelve a hacer los cálculos que Jaime detalla en su carta. El indulto le cubriría cinco años, más diecinueve que lleva en la cárcel son veinticuatro, de modo que le quedan otros seis de condena por cumplir, que ésos son los que le tocan de condicional, está más claro que el agua más clara.

Vuelve a leer las indicaciones de Jaime. Te enviaré un telegrama en cuanto me llegue la notificación del indulto, quizá sea después del Consejo de Ministros del jueves de la semana que viene. Si quieres casarte en Madrid, tendrá que ser el mismo día de mi libertad, arréglalo todo para la boda, porque no me dejarán quedarme en Madrid ni una sola noche.

Pepita lee la palabra indulto, lee libertad, lee semana que viene, lee boda, y recuerda que doña Celia y Tensi la están esperando. Antes de guardar la carta en la caja, se detiene en el poema de Luis Álvarez Piñer que Jaime utiliza para despedirse de ella,

*Procura no herir tu corazón en su escarcha.*
*No dejes que se enrede en el reloj*
*el azul de tus ojos.*

se sujeta en la cabeza un velo negro con dos horquillas y se dirige a la cocina:

—¿Está usted preparada, señora Celia?

—Sí, vamos.

—¿Voy bien?

—Claro que vas bien.

—No me he pintado los labios.

—Ni falta que te hace, vas a pedirle al cura que te case con Jaime no que se case contigo.

—¿Y Tensi?

—Ya sabes lo impaciente que es, nos espera abajo.

—¿Se ha puesto manga larga?

—Sí.

—¿Seguro? No vaya a ser que no la dejen entrar.

—Se ha puesto una rebeca, no empieces tú también.

Las tres mujeres caminan aprisa hacia la iglesia. Pepita mira al frente con ansiedad y marca el paso de la joven y de la anciana que la acompañan. Cuando entren en la sacristía, el sacerdote las estará esperando:

—Ustedes dirán.

—Quiero casarme.

Pepita expondrá su caso. Su novio es ateo.

—Pero yo creo en Dios.

Ya les han negado una vez el sacramento de matrimonio. Su novio es una persona política y no va a renunciar a sus ideas, aunque consiente en casarse. Saldrá muy pronto de la prisión de Burgos. Se irán a Córboba, donde Pepita conserva la casa de su padre.

—Quiero entrar casada con él en mi casa.

—Te conozco, hija mía, te he visto muchas veces frente a la imagen del santo y sé que eres una mujer piadosa y devota. Yo podría casarte, pero estamos hablando de un sacramento, y tu novio es comunista.

Pepita no aparta su mirada azulísima de los ojos del sacerdote. Tampoco doña Celia y Tensi han dejado de mirarle ni un solo instante. Intervienen las dos para interceder a favor de Pepita:

—Pero el novio quiere casarse.

—Y el sacramento le vale a ella, ¿o no le vale?

—Sí, a ella le vale, pero yo no puedo bendecir ese matrimonio. Las cosas son así, hija mía.

Pepita tomó una mano del sacerdote.

—Las cosas son así o como queramos que sean. Yo soy cristiana y usted es cura. Las cosas son así, pero también pueden ser de otros modos y de otras maneras, y usted no puede decirme eso para que yo me conforme, que a mí se me han juntado ya las hambres con las ganas de comida y no me voy a conformar. Mire, padre, yo lo traigo todo, menos el libro de familia que tenemos que ir los dos al juzgado, lo traigo todo, la fe de bautismo, el certificado de nacimiento, mío y de él, una devoción grandísima y la esperanza de que usted consienta en casarme y San Tadeo me ampare.

El sacerdote se llamaba Abundio. Le conmovió la determinación de Pepita, apretó su mano, le pidió que le siguiera y la invitó a sentarse en el primer banco de la iglesia. Tensi y doña Celia salieron de la sacristía tras ellos, y esperaron ante la imagen de San Judas Tadeo.

Pepita y don Abundio estuvieron hablando largo rato. Él le rogó que le contara toda su historia. Ella se la contó. Y le dijo que durante años había fingido estar casada:

—Años y años, ¿sabe usted? Que se me paraban los pulsos yendo a Burgos sin saber si me dejarían pasar y hasta que entraba al locutorio no se me quitaban las angustias que llevaba agarradas al alma.

—¿Y cuándo sale tu novio de Burgos?

—En cuantito que sea el Consejo de Ministros, puede ser la semana que viene, le indultarán cinco años, y seis le dan de condicional, pero no le dejarán pernoctar en Madrid, tenemos que casarnos ese mismo día, antes de irnos a Córdoba, que el tren sale a las nueve, el nocturno. Yo iré a buscarlo al penal a las siete de la mañana y me lo traigo pitando a la iglesia.

—¿Y si no le dan el indulto?

—Se lo van a dar, padre. Esta vez, se lo dan. Pero si no se lo dan, si por una maldición que no está escrita no se lo dan y tengo que esperar otros cinco años, yo le pido a usted palabra de que nos casará cuando salga.

Amenazaba lluvia. Al salir de la iglesia, Pepita respiró hondo. Doña Celia y Tensi, impacientes, miraban a Pepita sin atreverse a preguntar. Las tres dieron un paso. Y las tres se pararon. Pepita volvió a suspirar, y en medio del suspiro lanzó: ¡Nos casa!

—Vamos ahora mismo a comprar el dormitorio.

A paso rápido anduvieron las tres. Sonriendo al andar. Las tres entraron en la tienda de muebles con una sonrisa. Y sonriendo compraron el dormitorio más bonito del mundo. Pero cuando el dependiente preguntó la dirección de la entrega, la novia se echó a llorar.

—Tiene que mandarlo a Córdoba.

—A Córdoba, no se preocupe, señora, en Córdoba estará. Pero no llore usted, que yo no he visto en mi vida una novia que encargue los muebles y se venga a llorar.

Tensi secó con su pañuelo las lágrimas de Pepita mirando al dependiente:

—¡Ay, maestro!, pero si usted supiera dónde está el novio, se iba a enterar.

## 31

La soledad se descubre a menudo en la necesidad de un abrazo. Pepita desea un abrazo, lo desea más que nunca. Y está inquieta. Y recorre la casa vacía con un telegrama en la mano.

INDULTO EN BOE MAÑANA LIBERTAD

Tensi tarda en llegar. Pepita abre la puerta de la pensión y se asoma al hueco de la escalera. Está al llegar, Tensi. Y doña Celia, y don Gerardo, tienen que estar todos a punto de llegar. Pero no llegan. Y Pepita regresa a la puerta abierta. Cree haber oído unos pasos y vuelve a asomarse al hueco de la escalera. No, no hay nadie abajo. Regresa a la pensión y cierra la puerta. Necesita un abrazo, y bebe un vaso de agua fría. Se sienta en la cocina. Lee de nuevo el telegrama. Lo deja sobre la mesa, lo mira, lo acaricia, lo extiende con los dedos, le quita las arrugas, lo coge, lo besa. Se levanta. Se dirige a su habitación. Vuelve a la cocina. Se sienta. Tienen que estar al llegar. Se levanta. Se asoma al balcón. Se aferra a la baranda. Mira hacia la plaza de Jacinto Benavente. Mira hacia la esquina de San Sebastián con Atocha. Mira su reloj de pulsera. Mira de nuevo a derecha y a izquierda. Dónde se habrán metido. Por qué, precisamente hoy, tardan tanto en la reunión del dichoso Partido. Asoma el cuerpo un poco más. Más. Mira de nuevo a derecha y a izquierda.

—¡Virgen mía, que vengan ya, por lo que más quieras! A izquierda y a derecha.

Lleva más de cuarenta días esperando ese telegrama, cuarenta y tres días exactamente, recibiendo una carta por semana donde Jaime le asegura que los rumores se han confirmado, que el indulto está al caer, que le enviará un telegrama un día de estos. Muy pronto estaremos juntos, chiqueta. Muy pronto.

Esta tarde se irá a Burgos, dormirá en la fonda donde para todos los años. Ha de estar en la puerta del penal mañana a las siete. Y Tensi no llega, ni doña Celia, ni don Gerardo. Y ha de ir a ver a don Abundio. Y preparar una pequeña maleta. Y sacar el billete. Y necesita un abrazo.

—¡Ahí están! ¡Ay madre mía de mi vida, que ya me estaba empezando a hervir la madreselva! ¡Tensi! ¡Tensi!

Grita alzando el telegrama como quien iza una bandera. Pero Tensi no la oye, camina junto a doña Celia y don Gerardo ajena a la excitación de Pepita.

—¡Señora Celia! ¡Señor Gerardo!

Tampoco ellos pueden oírla, ni la ven enarbolar su telegrama acariciando el aire.

—¡Tensi! ¡Tensi!

Nada.

Pepita se retira del balcón. Sale corriendo y baja las escaleras para ir al encuentro de los que están cruzando la calle San Sebastián.

Un abrazo, necesita un abrazo.

Tensi la ve llegar a la carrera y corre hacia ella:

—Mamá, ¿qué pasa?

—Jaime sale mañana.

Le temblaron las manos, a Pepita, al entregarle el telegrama. Y a Tensi le tembló la voz al leerlo.

—Mañana libertad.

—¡Abrázame, hija!

Se abrazarán las dos. Y doña Celia y don Gerardo se sumarán en breve al abrazo. Se abrazarán los cuatro. Y don Gerardo gritará:

—¡Vamos ahora mismo a comprar el BOE!

Y las tres mujeres replicarán:

—¡Vamos!

Pepita y Tensi tomarán del brazo a doña Celia, la ayudarán a apresurar el paso.

Deprisa, hacia la Puerta del Sol.

Deprisa, hacia el kiosco de prensa.

MAÑANA LIBERTAD.

Don Gerardo comprará la publicación oficial. Y pasará las páginas deprisa. Una a una, deprisa.

Las tres mujeres miran las hojas pasar. Pepita aprieta las manos. Doña Celia y Tensi están llorando.

—¡Aquí, éste es, el mil quinientos cuatro!

Delante del kiosco, don Gerardo leerá el Decreto 1.504, palabra por palabra.

—Vuelva a leerlo, señor Gerardo.

Rogó Pepita. Y don Gerardo volvió a leerlo, en plena calle y en voz alta.

Los cuatro estaban llorando.

Antes de regresar a la pensión, se dirigirán a la iglesia de San Judas Tadeo. Pepita irá abrazada al Boletín

Oficial del Estado. Le mostrará a don Abundio el decreto que lleva la firma de Francisco Franco y de Luis Carrero Blanco, ministro subsecretario de la Presidencia del Gobierno.

> *Decreto por el que se concede indulto con motivo de la exaltación al Solio Pontificio de Su Santidad el Papa Paulo VI.*
>
> *Acontecimientos memorables aconsejan hacer llegar a los que sufren condena el júbilo y la alegría de sus conciudadanos, con la fundada esperanza de que el recuerdo del hecho que motivó la gracia ha de cooperar a la recuperación del delincuente, reincorporándole así a la paz de la vida familiar y social, finalidad máxima a que aspira nuestro sistema penitenciario.*
>
> *El magno y jubiloso acontecimiento de la exaltación al Pontificado Supremo de Su Eminencia Reverendísima el Cardenal Juan Bautista Montini, y la santa memoria de Juan XXIII, mueven al Jefe del Estado, fiel intérprete de los sentimientos de adhesión inquebrantable y fiel devoción que al sucesor de San Pedro profesa el pueblo español, a decretar un indulto general, como homenaje a la persona augusta y sagrada del Papa y a la magnanimidad de la Santa Iglesia Católica.*

El indulto se compone de ocho artículos que especifican los beneficios que se conceden en cada uno de ellos. El caso de Jaime se contempla en el apartado d) del artículo primero. Pepita señala el párrafo con el dedo:

—Mire, don Abundio, mire, lea aquí, este apartado, éste, el d.

*Penas de veinte años en adelante, en una sexta parte,*
*excepción hecha de aquellas condenas en que se hubiera*
*conmutado la pena capital por la de treinta años.*

Cuando don Abundio termina de leer el apartado d)
del artículo primero, Pepita le muestra el telegrama.

INDULTO EN BOE MAÑANA LIBERTAD

—¿Lo ve? Se lo dije, le dije yo que saldría en cuantito hubiera Consejo de Ministros, y ahora vengo a decirle que cumpla la palabra que me dio.

# 32

La hora de la libertad estaba prevista a las siete de la mañana, pero el director de la prisión se retrasó. Jaime contó uno a uno los minutos que pasó en la brigada con la maleta hecha pensando en Pepita.

Eran casi las ocho cuando un funcionario pronunció su nombre:

—Jaime Alcántara, que salga con todo.

Y Jaime caminó hacia el despacho del director acelerando sus pasos y los del funcionario. Pepita le esperaba.

Con un pañuelo de bolsillo en la mano, sonándose la nariz a cada instante, el director de la Prisión Central de Burgos firmó el Certificado de Liberación Condicional a nombre de Jaime Alcántara y el V° B° en el reverso, estampado con cinco sellos y otras tantas firmas, donde se detallaban las instrucciones que debía seguir el recluso liberado. Pocos minutos después de que dieran las ocho de la mañana, Jaime recibió el documento pensando en Pepita, angustiado porque sabía que habría llegado a buscarle mucho antes de la hora acordada. Lo guardó en su bolsillo. Un pliego de papel, un simple pliego de papel.

Estrechó la mano que le tendía el director. Escuchó sus recomendaciones y sus buenos deseos, inquieto. Pepita le esperaba.

Sí, Pepita camina en el exterior de la prisión mirando hacia la puerta. Pasos cortos y lentos que vuelven sobre sí mismos al recorrer una distancia de apenas tres metros. Le espera. Y mira a cada instante su reloj. Se lo acerca al oído. Quizá olvidó darle cuerda esta mañana.

No.

No olvidó darle cuerda.

Las manecillas del reloj obedecen al tiempo, y se mueven lentamente. Un leve tic tac escucha Pepita mientras pasea sin perder de vista la puerta. Hace más de hora y media que pasea. Hace más de hora y media que sus tacones repiten el sonido de la espera.

Desde las garitas de guardia, los soldados la observan, se han cansado ya de lanzarle piropos; han abandonado ya los silbidos, las lisonjas y las sonrisas. Pepita no les mira siquiera. Ella sólo enreda el azul de sus ojos en la puerta, y en el reloj de su muñeca.

Las ocho y diez.

Los soldados miran también sus relojes, contagiados de la impaciencia de la mujer de ojos azulísimos.

Cuando las agujas marquen las ocho y cuarto, se abrirá la puerta. Y el que antes se llamaba Paulino saldrá dejando en el penal sus últimos diecinueve años.

Pepita correrá hacia él.

Y él retirará las canas de un mechón que resbala en su frente.

—¿Has esperado mucho tiempo?

411

—El que ha hecho falta.

Sí, ha esperado mucho tiempo. Y necesita un abrazo.

—Estás muy guapa, chiqueta.

—Abrázame.

Ha esperado a Jaime mucho tiempo. Demasiado tiempo, y Jaime la abraza.

Dos cuerpos que se encuentran.

Dos impulsos.

Dos relámpagos.

Pero han de tomar el autobús, y darse prisa, porque tienen que llegar al tren de las nueve. Doña Celia, don Gerardo y Tensi les esperan en la estación de Madrid; y don Abundio, en la sacristía de la iglesia de San Judas Tadeo.

Jaime y Pepita no se soltarán del brazo ni un momento.

No dejarán de mirarse a los ojos el uno al otro.

Y no encontrarán palabras que decirse.

Sonreirán.

Y cuando lleguen a Madrid, doña Celia, don Gerardo y Tensi les verán sonreír al apearse del tren.

Jaime abrazará a todos, uno a uno, largamente.

Tensi lleva puestos los pendientes de su madre.

—Yo estaba con tu padre cuando compró estos pendientes.

—¿De verdad?

—Sí, en Azuaga.

Y Jaime recordará una fotografía de Hortensia luciendo esos mismos pendientes y con un niño en los brazos.

Besará la mejilla de Tensi, acariciará sus pendientes.

Pero no dirá nada. No dirá que Hortensia, cuando recibió aquellos pendientes, alzó en brazos a un niño que no era suyo y gritó que ella tendría uno como ése. Algún día. Y él le hizo un retrato.

—Don Abundio os espera, hay que darse prisa, que tenemos que pasar antes por la pensión.

Don Abundio espera. Y antes de ir a la iglesia, Pepita quiere cambiarse de ropa. Se pondrá un traje de chaqueta gris y una mantilla corta que le han regalado los padrinos de boda, doña Celia y don Gerardo.

En la puerta del templo, aguardan los testigos, Isabel, la sobrina de doña Celia, y Manolita, la dependienta de Pontejos.

Al entrar en la iglesia del brazo de Jaime, Pepita girará la cabeza a la derecha, se sujetará la mantilla y sonreirá, al santo. También Jaime sonreirá mirando hacia la derecha, y besará el pulgar de Pepita mientras guiña un ojo al patrón de los imposibles.

El cortejo nupcial avanza hacia la sacristía, que don Abundio ha llenado de flores.

Los novios.

Los padrinos.

Isabel.

Manolita.

Tensi lleva los anillos de boda.

Don Abundio bendijo la unión:

—*In nomine Dei.*

Cuando la comitiva salió a la nave central para dirigirse a la calle, don Abundio los detuvo. Y en voz alta y en la iglesia, oró por el matrimonio ante el altar mayor.

Al salir del templo, los novios recibieron un regalo del cura: tañían las campanas.

Y una tormenta de verano.

Llovía.

El agua caía a chorros de los picos de la mantilla de Pepita, como si la mantilla fuera la propia lluvia. Y al caminar, los pies de unos lanzaban agua a los pies de los otros. Mares. Charcos.

Charcos.

Sí.

Don Gerardo, doña Celia y Tensi irán directamente a la pensión Atocha. Isabel y Manolita van a recoger el pastel de bodas que han encargado en la Antigua Pastelería del Pozo, una tarta decorada para la ocasión, con rosetas de mantequilla y ribeteada de merengue, que ha elaborado el mismísimo Julián Leal, dueño del establecimiento.

Solos caminarán los recién casados bajo la lluvia. Solos, empapados y sonriendo se dirigirán hacia la Puerta del Sol, donde Jaime se comprará una gabardina y unos zapatos. Él apartará con sus dedos el agua que resbala en las mejillas de Pepita. Ella no podrá evitar mojarse los pies en los charcos.

Al salir de la zapatería, Pepita verá los pasos aturdidos de Jaime, y cómo tropieza mientras mira a lo lejos y se apoya en su brazo.

—Estos espacios abiertos, tanto espacio por delante, se me lían los pies.

—Son los zapatos, que no te haces a ellos.

Para celebrar la boda, cenarán todos juntos en el comedor de la pensión Atocha. El preso liberado manejará con torpeza el cuchillo y el tenedor. Y don Gerardo le asegurará que no tardará en aprender a manejarlos de nuevo. Se acabaron los tiempos de rancho y cuchara, dirá.

Sí, se acabaron los tiempos de rancho y cuchara.

Tensi sonríe. Mira a Jaime con admiración y no deja de hacer preguntas. Unas veces quiere saber cosas de su madre, otras de su padre.

—Mi madre me dijo en su cuaderno que tú le enseñaste a escribir, y que mi padre era muy valiente.

Jaime replicará que su padre era muy valiente, y su madre también, mientras ayuda a Pepita a cortar la tarta.

—Déjame que os acompañe a la estación.

Ella se queda en Madrid para seguir luchando en su célula, y para ayudar en la pensión a sus abuelos.

—Preferimos despedirnos aquí.

Se despedirán en la pensión y Tensi llorará.

—Escríbeme en cuanto llegues, mamá.

Doña Celia y Pepita también llorarán.

Los recién casados bajarán las escaleras del brazo.

Asomada al hueco de la escalera, Tensi vuelve a rogar:

—Escríbeme.

Pepita promete que escribirá.

Jaime sonríe.

Sonríen los dos.

Ella lleva en su bolso la llave de la casa de su padre.

Él guarda en el bolsillo la dirección del Comité Provincial del Partido Comunista en Córdoba y las instrucciones de su libertad condicional.

Es ya noche cerrada. La pareja camina por la calle Atocha.

Pepita mira a Jaime.
Y Jaime no deja de mirarla.
Llueve.
Fue larga, aquella tormenta de verano.

1° Irá directamente al lugar que se le haya designado, que es Córdoba, provincia de Idem, donde permanecerá hasta que se le conceda la libertad definitiva si observa buena conducta.

2° No podrá salir del lugar que se le haya asignado sin la autorización correspondiente.

Si tuviera necesidad de cambiar de residencia, lo solicitará de la Junta Local de Libertad Vigilada o de la Provincial, en su caso, y esperará a que su solicitud se resuelva, para evitar la revocación de la gracia que disfruta con el efecto de reingreso en la Prisión.

3° Tan pronto como llegue al lugar de su destino, se presentará ante las Juntas Locales de Libertad Vigilada, y, en las Capitales de Provincia, ante las Comisiones Provinciales de Libertad Vigilada, las que le instruirán de dónde ha de presentarse en lo sucesivo. El incumplimiento de este precepto será puesto en conocimiento de la Comisión

Central de Libertad Vigilada, quien tomará medidas oportunas, pudiendo, incluso, solicitar del Excmo. Sr. Ministro de Justicia, por medio de Organismo competente, la revocación de los beneficios de libertad condicional que disfruta. Al objeto de identificar su persona, exhibirá el presente documento hasta tanto que por la Comisión Central se expida el carnet de protección y tutela a que hace referencia el artículo 11 del Decreto del 22 de mayo de 1943.

4° Queda obligado a dirigir, por correo, el primer día de cada mes, un conciso informe referente a su propia persona escrito por sí mismo. Este informe se presentará a las Autoridades anteriormente citadas para que lo visen y lo remitan al Director de la Prisión.

Si quedare sin ocupación, lo manifestará a las Juntas Provinciales o Juntas Locales de Libertad Vigilada de quien dependa, consignando el motivo, para practicar por ésta las gestiones posibles a fin de proporcionarle otra nueva si su proceder lo merece.

Habrá de ser veraz en sus informes, y con todo interés se le recomienda que evite las malas compañías y todo lo que pueda conducirle a una vida relajada o a la comisión de nuevos delitos.

Burgos, a veinte de julio de mil novecientos sesenta y tres.

Y era miércoles.

«Y a lo lejos
la empalizada temporal improvisaba
el horizonte imprescindible.»

LUIS ÁLVAREZ PIÑER

*Mi gratitud a todas las personas*
*que me han regalado su historia.*

Gran parte de esta novela se la debo a una cordobesa de ojos azulísimos. A Pepita, que sigue siendo hermosísima. Y a Jaime, que murió junto a ella el día 29 de abril de 1976 en Córdoba, poco antes de que la policía se presentara a buscarlo, como todos los años, para evitar que se sumara a la manifestación del 1º de Mayo. Pasen, y llévenselo, les dijo Pepita, y los condujo ante el cadáver de Jaime.

Y a Felipe, el amor de Hortensia, que salió de casa con 21 años y regresó con 47.

A Elvira, la dueña de la maleta que llegó de Trijueque con dos uniformes de su padre, dos pares de leguis y una gorra de plato.

A Enrique, hijo de una mujer fusilada después del parto.

Y a Mercedes, que buscó a Pura, y me presentó a José Luis Silva.

A José Luis Silva, que estuvo 16 años en Burgos.

A Isabel Sanz Toledano, que compartió celda con Las Trece Rosas.

A Manolita del Arco, que estuvo condenada a muerte durante 5 meses, y pasó 18 años en la cárcel.

A Soledad Real, condenada a 30 años por un tribunal contra el comunismo y la masonería.

A José Amalia Villa, que presenció la desesperación de una mujer de Granada que no reconocía a sus hijas, y el dolor insoportable de otra, su llanto desgarrador, porque no tenía hijos y le llegó la menopausia en la cárcel.

Y a una mujer que no quiere que mencione su nombre ni el de su pueblo, y que me pidió que cerrara la ventana antes de comenzar a hablar en voz baja.

Y a Rafaela, que nunca había contado su historia y habló conmigo en Cádiz.

A Gerardo Antón, Pinto, que me contó su lucha en la Agrupación Guerrillera de Extremadura y Centro con todo lujo de detalles y una generosidad extrema.

A Reme y Florián, Celia y El Grande, que se conocieron el uno al otro en la guerrilla; y al amor, en Praga.

Y a El Rubio, y a Quico, y al Comandante Ríos, y a Sole, y a Carme, y a Esperanza, y a María, y a Rafael, y a Antonio, y a Carmen, porque me enriquecieron con sus experiencias.

A José Luis Muñoz Bejarano, que me prestó el nombre de su abuelo Mateo.

Y a Fernando Antón. A toda La Gabilla Verde. Y a Santa Cruz de Moya.

Y a Joxe Izquierdo, que me llevó al campo de concentración de Castuera y a la Casa de la Sierra, en Don Benito. Y a la Asociación Jóvenes del Jerte, por los encuentros de El Torno, y de Jerte.

Y a Rosa, que me regaló la novela de Juana Doña.

Y a Rosario Ruiz, que me buscó el libro de Giuliana di Febo y documentación sobre Las Trece Rosas.

Y a Fernanda Romeu Alfaro, por su ensayo *El silencio roto*, y porque hizo posible que yo tuviera en mi casa las cartas originales de Julita Conesa, y porque gracias a ella conocí a José Amalia Villa, Soledad Real, Manolita del Arco e Isabel Sanz Toledano.

A Antonio, sobrino de Julita Conesa, por su generosidad, por la caja que hizo llegar a mis manos con las cartas de su tía.

A Tomasa Cuevas, a Soledad Real, a Juana Doña, por sus testimonios escritos.

A José Hernández, que vio la bandera nacional en unos labios y un peinado de Arriba España.

A Juan Luis y Raquel, y a Toñi, porque les pertenece el recuerdo de la bolsita roja de terciopelo.

Y a Nieves Moreno, que descubrió el rostro de Hortensia en un libro de Julián Chaves.

A José María Lama, que me presentó a Libertad, la hija de José González Barrero, último alcalde republicano de Zafra.

A Benjamín, de Alicante, que me contó su historia en el paseo de las palmeras.

Y a una mujer de Gijón que me rogó que contara la verdad.

Y a Manuel Santiago y María José Martín, por el testimonio de la abuela María de los Ángeles.

Y a Matilde Eiroa, a Secundino Serrano, a Francisco Moreno Gómez, a Daniel Arasa, a Julián Chaves, a José María Lama, a Nigel Townson, a Paul Preston, a Gerald Brenan, a Carlos Llorens Castillo, a Josep Maria Sanmarti, a Javier Marcos Arévalo, a Hugh Thomas, a Mary Nash, a Jacobo García Blanco-Cicerón, a Mirta Núñez Díaz-Balart, a Antonio Rojas Friend, a Fernando Díaz-Plaja, a Francisco Espinosa y a Manuel Tagüeña, porque entré a saco en sus publicaciones y me llevé valiosa información y numerosos documentos.

A los funcionarios de la Biblioteca Nacional, de la Hemeroteca, y de la Biblioteca de la Comunidad de Madrid de la calle Doctor Esquerdo, que me ayudaron en mi búsqueda.

Y a María Ageo, que rastreó un sueño.

# Biografía

Dulce Chacón (Zafra, 1954-Madrid, 2003), poeta y novelista, publicó los libros de poemas: *Querrán ponerle nombre* (1992), *Las palabras de la piedra* (1993), *Contra el desprestigio de la altura* (Premio de Poesía Ciudad de Irún 1995) y *Matar al ángel* (1999), todos ellos recogidos en el volumen *Cuatro gotas* (2003). Como narradora publicó las novelas: *Algún amor que no mate* (1996), *Blanca vuela mañana* (1997), *Háblame, musa, de aquel varón* (1998), *Cielos de barro* (Premio Azorín 2000) y *La voz dormida* (Alfaguara, 2002), Premio al Libro del Año 2002 del Gremio de Libreros de Madrid, y traducida al francés y al portugués. También es autora de la obra de teatro *Segunda mano* (1998) y de la versión de *Algún amor que no mate* (2002), nominada a los premios Max 2004 a la mejor autora teatral en castellano.

# Dave Meurer

## LIFE JOURNEY®

*Bringing Home the Message for Life*

COOK COMMUNICATIONS MINISTRIES
Colorado Springs, Colorado • Paris, Ontario
KINGSWAY COMMUNICATIONS LTD
Eastbourne, England

Life Journey® is an imprint of
Cook Communications Ministries, Colorado Springs, CO 80918
Cook Communications, Paris, Ontario
Kingsway Communications, Eastbourne, England

IF YOU WANT BREAKFAST IN BED, SLEEP IN THE KITCHEN
(previously titled *Daze of Our Wives*)

Cover Design by: BMB Design, Inc./Scott Johnson
Cover Photo Credits: ©SuperStock
©PhotoDisc

First Printing, 2005
Printed in the United States of America
1 2 3 4 5 6 7 8 9 10 Printing/Year 08 07 06 05 04

ISBN: 0781441544